AF302733

ELISA RIMPACH

GLANZ DER ZUKUNFT

DIE GROSSE MÜNCHEN-SAGA

Erstausgabe August 2023

Copyright © 2023 dp Verlag, ein Imprint der
dp DIGITAL PUBLISHERS GmbH
Made in Stuttgart with ♥
Alle Rechte vorbehalten

Glanz der Zukunft

ISBN 978-3-98778-711-9
E-Book-ISBN 978-3-98778-619-8

Covergestaltung: Anne Gebhardt
Umschlaggestaltung: ARTC.ore Design
Unter Verwendung von Abbildungen von
commons.wikimedia.org: © Photochrom Print Collection
stock.adobe.com: © Bernd Kröger, © Aastels
Trevillion: © Ildiko Neer / Trevillion Images
Lektorat: The Write Spirit
Satz: dp DIGITAL PUBLISHERS GmbH
Druck und Bindung: Books on Demand GmbH, Norderstedt

KAPITEL 1

Sonntag, 6. Mai 1895

Ein Sturm tobte in den Bergen. Die Föhnlage, die seit Tagen für herrliches Frühsommerwetter gesorgt hatte, brach blitzend und donnernd in sich zusammen. In der Stadt war nichts davon zu spüren. Die Münchener genossen den lauen Abend. Späte Spaziergänger flanierten durch den Englischen Garten. In den Bierkellern wurde getrunken und Karten gespielt, in den Kaffeehäusern diskutiert und philosophiert. Die Daheimgebliebenen auf ihren Terrassen, Balkonen oder an ihren weit geöffneten Fenstern bestaunten das Schauspiel, das ihnen das ferne Wetterleuchten über der Zugspitze bot.

In der Bogenhausener Villa des Sattlermeisters und Leder-Fabrikanten Maximilian Hartmann war das Personal mit den letzten Vorbereitungen für den abendlichen Empfang beschäftigt. Die Dienstmädchen rückten das im Schein der Glühbirnen funkelnde Silbergeschirr auf der langen Tafel zurecht. Angus, der Butler, begutachtete derweil die Weinflaschen, die eine nicht abreißende Prozession von Küchenjungen aus dem Keller herauf schafften, mit einem, von einem Monokel riesenhaft vergrößerten Auge. Würzige Bratendüfte waberten von der Küche her in den großen Saal, in dem das Festbankett stattfinden sollte. Dessen

Glastüren öffneten sich zum Garten hin und gaben den Blick frei auf die blau-weiß gefliese Terrasse, wo zwei Diener die Kerzenleuchter auf den in einem Halbrund angeordneten Stehtischchen entzündeten.

Das grelle Licht der elektrischen Beleuchtung des Saals reichte bis zum ersten der beiden, durch einen Rosenbogen und vier hohe Tannen getrennten Rondelle aus englischem Rasen, die den größten Teil des Gartens der Villa einnahmen. Es wurde von pfirsichfarbenen Rosen eingerahmt, deren noch halb geschlossene Blüten das Nahen des Sommers ankündigten. Die zweite Rasenfläche lag im abendlichen Schatten. Das Klirren der Gläser und die Gespräche der Dienstboten drangen nur gedämpft durch die Nadeln der Bäume und die dichten Rosenbüsche. Ganz am Ende des Gartens stand ein von einem Zwiebeltürmchen gekrönter persischer Pavillon. Auf einer Bank saß dort eine junge Frau und las im Schein einer Petroleumlampe in einem Buch. Ihre Stirn war gefurcht und ihre Augen glitten unentwegt über die Zeilen. Sie war so in ihre Lektüre vertieft, dass sie das Mädchen nicht hörte, das sich ihr mit raschen Schritten näherte.

„Wusste ich doch, dass ich dich hier finden würde“, sagte die neu Angekommene.

Die Angesprochene las den Absatz fertig, ehe sie aufblickte.

„Was gibt es, Elsa?“, fragte sie.

„Du sollst zu Papa kommen. Die Gäste werden jeden Augenblick eintreffen.“

Die Leserin seufzte. „Manchmal wünschte ich, Papa würde wieder heiraten. Am besten eine Frau, die in der Rolle der Gastgeberin aufgeht. So wie du", sagte sie.

Elsa lachte hell auf. „Ach, Isolde, eine Stiefmutter wünschst du dir ebenso wenig wie ich. Und jetzt komm! Du solltest dich frisch machen. Deine Haare sehen aus, als ob ein Vogelschwarm darin leben würde. Und was trägst du denn da für ein Kleid? Herrje, du hast dich ja gar nicht umgezogen!"

Isolde seufzte noch einmal und sah auf ihr weißes Leinenkleid hinab. „Geh schon vor, ich komme gleich nach."

„Gut, aber beeil dich! Die ersten Gäste treffen bereits ein."

Von der Straße her war das Rumpeln schwerer Räder zu hören. Isolde nickte, doch ihr Blick fand den Absatz wieder, bei dem sie zu lesen aufgehört hatte, und als ihre Schwester durch den Rosenbogen eilte, waren ihre Gedanken längst an einem weit entfernten Ort.

***

Als Elsa in den Saal zurückkehrte, waren die ersten Gäste bereits eingetroffen. Der Vater stand bei einer Gruppe von Herren seines Alters. Er trug einen schwarzen Frack, den ein Dienstmädchen am Nachmittag stundenlang von Fusseln befreit hatte, sowie ein blütenweißes Hemd, von Angus gebügelt und gestärkt. Das Gesicht ihres Vaters war gerötet und die Spitzen seines Schnurrbartes hüpften auf und ab, während er sich unterhielt.

Der Butler führte vom kleinen Salon her drei Männer in blauen Galauniformen mit scharlachroten Krägen und Aufschlägen in den Saal. Ihr Anblick ließ Elsas Herz ein wenig rascher schlagen. Es waren Offiziere, Unterlieutenants zwar nur, wie sie an der einzelnen goldenen Metalltresse an den Kragenenden erkannte. Aber in einem Alter, in dem sie auf glänzende Laufbahnen hoffen konnten.

Sie eilte auf die Soldaten zu, die ihre mit Hahnenfedern geschmückten Zweispitze absetzten, Haltung annahmen und salutierten.

Elsa schenkte ihnen ihr schönstes Lächeln. „Im Namen meines Vaters darf ich Sie von Herzen zu unserem kleinen Empfang begrüßen. Es freut mich ganz besonders, dass Sie als Angehörige des Offizierskorps uns mit Ihrer Anwesenheit beehren.“

„Mademoiselle“, sagten die drei Unterlieutenants im Chor und schlugen dabei ihre Hacken so knallend zusammen, dass die ältere Frau, die eben am Arm ihres Gatten vorbei flanierte, zusammenzuckte.

„Gestatten Sie mir, dass ich Ihnen meine Kameraden vorstelle?“, fragte einer der drei, ein Hüne mit flachsblondem, kurz geschorenem Haar, einem sorgfältig gestutzten Schnurrbart und einer wulstigen Narbe auf der rechten Wange. Elsa neigte den Kopf zur Seite und hob auffordernd die Augenbrauen. Das war ganz nach ihrem Geschmack. Für Offiziere mit einem Schmiss hatte sie eine Schwäche.

„Zu meiner Linken Unterlieutenant von Waldsee, zu meiner Rechten Unterlieutenant von Heilmann. Und meine Wenigkeit, Bruno, Graf von Scharfenberg, ebenfalls Unterlieutenant. Vom 1. Schweren Reiterregiment.“

Die Vorgestellten verneigten sich.

„Es ist mir eine Ehre“, sagte Elsa. „Ich hoffe, die Herren haben einen bequemen Sitz auf unseren Sätteln?“

Die breite Mensurnarbe auf der linken Wange von Unterlieutenant von Waldsee glänzte fleischig im Schein der Glühbirnen. „Zu bequem darf ein echter Kavalleriesattel nicht sein. Wenn wir im Felde dem Feinde mit gezogenem Säbel entgegen jagen, zählt allein die Festigkeit. Ein sicherer Sitz, das ist es, was wir Kavalleristen brauchen, und das zeichnet die Hartmannschen Sättel vor allen anderen aus.“

Seine Begleiter nickten beifällig. Elsa lächelte.

„Es freut mich, das zu hören. Ich hoffe, die Herren amüsieren sich auch gut auf unserem bescheidenen kleinen Empfang?“

„Ausgezeichnet, Fräulein Hartmann“, sagte der Graf. „Wobei ich hervorheben muss, dass es insbesondere Ihre angenehme Gesellschaft ist, die verspricht, dass aus diesem schönen Abend ein glänzender werden könnte.“

Das Kompliment ließ einen behaglichen Schauer durch ihren Körper laufen.

„Wohl gesprochen, Scharfenberg“, sagte von Heilmann und nickte ihr lächelnd zu.

„Nun, dann sollten wir auf diesen glänzenden Abend anstoßen, meinen Sie nicht?“

Sie winkte den Dienstboten herbei, der ein Tablett voller Champagnerkelche durch die Grüppchen der

Gäste balancierte. Von Scharfenberg reichte Elsa ein Glas, dann bedienten er und seine Kameraden sich.

Sie hob den Kelch. „Auf das Schwere Reiterregiment Nummer 1."

Die Offiziere schlugen die Hacken zusammen und wiederholten den Toast wie aus einem Munde. Elsa verkniff sich ein zufriedenes Lächeln, als sie den Kelch an ihre Lippen führte. Sie spürte das Kribbeln des Champagners auf ihrer Zunge, schmeckte die herbe Fruchtigkeit des Getränks und genoss die bewundernden Blicke der Herren. Das versprach tatsächlich ein großartiger Abend zu werden.

***

Isoldes Körper saß noch immer auf der Bank im Pavillon. Doch in ihrer Fantasie war sie inmitten des indischen Neujahrsfests. Staunend beobachtete sie die mit roter und gelber Farbe besprengten Menschen, die zu einer fremdartigen Musik sangen und tanzten. Der Duft von Zimt, Kardamom und tausend anderen Gewürzen, deren Namen sie nicht kannte, erfüllte ihre Nase. Ein feiner Schweißfilm bildete sich auf ihrer Haut.

„Entschuldigen Sie", sagte eine Stimme und die Fantasie brach in sich zusammen.

Sie blinzelte. Vor ihr stand ein Mann. Er war noch jung, in ihrem Alter. Das dunkelblonde Haar war mit einer gehörigen Menge Wichse zu einer glänzenden Tolle gebändigt worden. Seine grauen Augen musterten sie aufmerksam. Isolde spürte, wie eine Woge der Wut in ihr anbrandete. Was wollte der Kerl hier? Konnte er sie nicht einfach in Ruhe lassen? Er musste doch gesehen haben, dass sie las. Sie war schon im Begriff, ihn darauf hinzuweisen, als ihr einfiel, dass es sich wohl um einen Gast ihres Vaters handeln musste. Da würde sie sich zusammenreißen müssen. Sie atmete tief durch und versuchte, ihr Bestes zu geben.

„Ja, bitte?", erwiderte sie.

„Verzeihen Sie mir meine Unverfrorenheit. Ich habe auf Einladung des Hausherrn ein wenig den Garten erkundet und als ich Sie hier sitzen sah, ein Buch in Händen, wollte ich Sie nicht in Ihrer Lektüre unterbrechen."

„Nun, warum haben Sie mich dann angesprochen?" Isolde biss sich auf die Zunge. Das war unverschämt gewesen. Ihr Gegenüber schien sich daran jedoch nicht zu stören. Die Grübchen vertieften sich in dem Maße, in dem sein Lächeln sich verbreiterte.

„Der Einwand ist berechtigt, ich hoffe aber, mich hinreichend verteidigen zu können. Ich habe mich der Sünde der Neugier schuldig gemacht. Das Lesen ist eine meiner größten Leidenschaften. Als ich Sie hier sitzen sah, musste ich erfahren, welches Buch die Macht besitzt, Sie derart in seinen Bann zu ziehen, dass Sie es der glänzenden Soirée dort drüben vorziehen."

„Ich würde auch einem deutlich langweiligeren Werk den Vorzug gegenüber dem Empfang geben", erwiderte Isolde. „Aber dieses hier ist tatsächlich eines der besten Bücher, die ich je gelesen habe. Es ist der dritte Band des Reiseberichts von Ida Pfeiffer."

Der Gast pfiff leise vor sich hin. „*Eine Frauenfahrt um die Welt*. Da haben Sie recht. Das ist ein großartiges Buch. Ich bewundere Frau Pfeiffer für ihren Mut."

„Warum? Weil eine Frau es gewagt hat, eine Weltreise zu unternehmen, oder weil sie darüber schreibt?"

Er legte den Kopf schief. „Nun, ersteres. Wobei ich einer Frau nicht das Recht absprechen möchte, zu reisen. Eine Weltreise ist ein Abenteuer und ich bewundere jeden, der dieses Wagnis auf sich nimmt. Oder jede."

Er lächelte sie wieder an.

„Ich bewundere und beneide Frau Pfeiffer", sagte Isolde mit leiser Stimme. „Was gäbe ich darum, durch die Welt zu reisen und fremde Länder und Menschen kennenzulernen."

Er nickte. „Ja, davon träume ich auch."

Sie schwiegen und je länger die Stille andauerte, desto unbehaglicher fühlte sich Isolde. Sie hatte die Künstlichkeit des gesellschaftlichen Miteinanders noch nie ausstehen können und die Myriaden an Regeln des Umgangs und der Höflichkeit waren ihr ein Rätsel geblieben. Sollte sie etwas sagen? Das Gespräch wieder aufnehmen? Die Gastgeberin spielen? Sie hatte keine Ahnung, wie sie das anstellen konnte. Konnte der Mann sie nicht einfach in Ruhe lassen? Sie wollte doch nur weiterlesen.

„Nun", sagte der Gast und nahm ihr damit eine schwierige Entscheidung ab. „Dann werde ich Ihre Lektüre nicht weiter stören. Grüßen Sie die weite Welt von mir!"

Er nickte ihr zu und ging in Richtung Haus davon. Isolde zögerte. Sollte sie ihn bitten, zu bleiben? Wer war der Mann überhaupt? Er hatte sich ihr gar nicht vorgestellt. Doch während sie darüber nachdachte, hatte er bereits den Rosenbogen erreicht. Waren seine Worte nicht eine eindeutige Aufforderung gewesen? Sie klappte das Buch auf und fuhr fort, zu lesen.

***

Elsa war ein wenig schwindelig. Das musste der Champagner sein. Vielleicht war es aber auch der Rausch des Abends. Die bewundernden Blicke der Offiziere, die Komplimente der älteren Herren, die neidischen Mienen der sie begleitenden Damen. Elsa fühlte sich schön und begehrt und dieses Gefühl war so erhebend, dass sie hoffte, es würde nie vergehen.

„Ich sehe, du genießt das Fest", hörte sie eine vertraute Stimme in ihrem Ohr. Sie wandte sich um.

„Ja, Papa, es ist großartig."

Die Lippen unter dem Walrossschnurrbart ihres Vaters verzogen sich zur Andeutung eines Lächelns. Sein Gesicht war krebsrot und auf der Stirn standen dicke Schweißtropfen, die er sich mit einem bereits feuchten Taschentuch abtupfte.

„Ist dir nicht wohl?", fragte sie.

Er schüttelte den Kopf. „Es ist die Hitze. Du weißt doch, wie schlecht ich damit zurechtkomme. Hoffentlich gibt es bald ein ordentliches Gewitter."

„Aber erst, wenn der Empfang vorbei ist", erwiderte Elsa.

Das Lächeln unter dem Schnurrbart wurde breiter.

„Du hast ein natürliches Talent zur Gastgeberin. Das hast du von deiner Mutter geerbt. Ich wünschte nur, dass Isolde sich auch einmal Mühe geben würde, ihren Pflichten nachzukommen. Wo ist sie denn?"

Elsa sah sich um. Sie konnte ihre Schwester nirgendwo entdecken.

„Ich habe sie vorhin im Garten getroffen und sie gebeten, ihre Lektüre zu beenden. Du kennst sie doch, wahrscheinlich ist sie wieder in einem ihrer Bücher verschwunden."

Ihr Vater atmete schwer aus. „Dieses Kind. Was soll nur aus ihr werden?"

„Eine Forscherin", entgegnete Elsa. „Deswegen will sie doch auch die Universität besuchen. Um danach die Welt zu bereisen."

Er rollte mit den Augen. „Man sollte nicht glauben, dass sie bald volljährig sein wird. Diese ständigen Träumereien. Studieren. Reisen. Wo sind wir denn? Ich bin froh, dass es ihr nicht gelungen ist, ihrer jüngeren Schwester einen dieser Flöhe ins Ohr zu setzen."

„Nein, das ist nichts für mich." Elsa schüttelte den Kopf. „Ich liebe die gute Gesellschaft. Und deshalb werde ich mir einen Gatten auswählen, in dessen Haus ich meine eigenen Soirées geben kann."

Papa nickte. „Meinen Segen hast du." Er zwinkerte ihr zu. „Ist heute Abend jemand dabei, den du dir als zukünftigen Ehemann vorstellen könntest?"

Elsa ließ ihren Blick schweifen und blieb schließlich an den drei Offizieren hängen. „Der Graf von Scharfenberg ist fesch."

„Und reich. Seine Eltern gehören zu den größten Grundbesitzern in der Oberpfalz", entgegnete er mit einem Lächeln.

„Wenn es nach dem Reichtum ginge, müsste ich wohl eher den Sohn von Herrn Berlitz wählen", sagte sie.

Ihr Vater schnaubte. „Berlitz. Untersteh dich, den Erben meines größten Konkurrenten zu heiraten. Das könnte ihm so passen. Es wäre die perfekte Gelegenheit, sich meine Firma unter den Nagel zu reißen."

Sie ließ ein kurzes Lachen ertönen. „Keine Sorge. Dieses blasse Jüngelchen kann mir gestohlen bleiben. Der hat ja nicht einmal gedient."

„Gut", sagte Papa. Sein Blick wanderte zur Salontür und seine Augen weiteten sich. Elsa sah ebenfalls hin. Angus hatte einen weiteren Offizier hereingeführt. Es war ein älterer Mann mit einem Vollbart, dessen unauffällige Erscheinung durch das Dutzend Orden wettgemacht wurden, die an seiner Brust glänzten.

„Generalmajor von Schacky auf Schönfeld", sagte Papa. „Endlich."

„Wer ist das?", fragte Elsa.

„Er ist der Grund, weshalb ich diesen Empfang gebe. Dieser Abend ist wichtig. Sehr wichtig. Von seinem Gelingen hängt vieles ab."

„Ein Geschäft?"

Der alte Hartmann nickte. „Es geht um die neuen Militärsättel. Wenn ich den Zuschlag erhalte, sind unsere Auftragsbücher für die nächsten beiden Jahre gefüllt. Zweitausend Sättel, dazu Zaumzeug, Taschen und Zubehör. Entschuldige mich bitte, ich muss den General begrüßen."

Er eilte davon. Elsa ließ den Blick schweifen. Vielleicht gab es ja noch ein paar fesche Offiziere zu entdecken?

***

Isolde war zurück in Indien. Sie folgte der Erzählerin, die einen Tempel erkundete. Im Fackelschein konnte sie erkennen, dass die Wände mit Reliefs von Göttinnen und Göttern geschmückt waren. Einige von ihnen hatten Tierköpfe, andere sechs Arme. Unheimliche Geräusche drangen aus den verborgenen Kammern des Heiligtums, ein Ächzen, ein Stöhnen. Isolde spürte, wie eine Gänsehaut sich über ihren Rücken ausbreitete. Stimmen drängten sich durch den Schleier ihrer Fantasie und holten sie in die Bogenhausener Realität zurück. Sie brummte und klappte das Buch zu.

„Aber Herr General, ich dachte, der Abschluss des Geschäfts wäre nur eine Formalität."

Das war ihr Vater. Die andere Stimme erwiderte:

„Ich bedauere sehr, wenn Sie aus unseren unverbindlichen Gesprächen darauf geschlossen haben, dass schon eine Entscheidung gefallen sei. Aber nachdem nun alle Gebote vorliegen, muss ich Ihnen leider mitteilen, dass wir ein wesentlich günstigeres Angebot angenommen haben."

„Wie günstig? Ich unterbiete es." Ihr Vater klang atemlos, gehetzt.

„Ich fürchte, das ist nicht möglich. Der Vertrag ist schon unterzeichnet."

Sie hörte, wie ihr Vater scharf die Luft einzog. „Wer ... wer wird Ihnen die Sättel liefern?", fragte er. Seine Stimme zitterte.

„Herr Berlitz."

Ihr Vater stöhnte. *Berlitz.* Den Namen hatte er öfter einmal bei Tisch erwähnt. Wenn sie sich richtig erinnerte, besaß dieser ebenfalls eine große Lederwarenfabrik.

„Und nun muss ich mich leider schon von Ihnen verabschieden, Herr Kommerzienrat. Die Pflicht ruft", sagte der General. Sie hörte feste Schritte, die sich langsam in Richtung des Hauses entfernten.

Isolde erhob sich und eilte auf ihren Vater zu, der mit einer Hand am Rosenbogen lehnte. Sein Oberkörper war nach vorne gebeugt. Er atmete schwer, japste stoßweise nach Luft. Als sie sich näherte, hob er den Kopf und sah sie an. Sein wirrer Blick ließ sie zunächst daran zweifeln, dass er sie erkannte.

„Isolde?", sagte er dann doch leise.

„Ja, ich bin es. Was ist geschehen?"

„Es ist aus", flüsterte er.

„Was ist aus?"

„Alles."

Sie kniete sich neben ihn und nahm seine freie Hand. Sie fühlte sich eiskalt und schweißig an. Er erwiderte ihren sanften Druck nicht, murmelte weiter nur leise vor sich hin.

„Alles ist aus. Alles."

Er schloss die Augen. Ein Krampf zuckte durch seinen Körper. Seine Hand entwich Isoldes Griff und fuhr an seine Kehle, der ein ersticktes Stöhnen entfuhr. Sie sah mit wachsender Sorge, wie das Gesicht ihres Vaters sich violett verfärbte. Seine massige Gestalt wankte und kippte schließlich zur Seite in einen Rosenbusch, dessen Zweige knackten und raschelten, als sie unter seinem Gewicht zerbrachen.

***

Elsa hatte keine weiteren Offiziere mehr entdeckt. Stattdessen war sie Alfred Berlitz und seinem Sohn in die Arme gelaufen. Sie kannte den Unternehmer von früheren Empfängen. Und sie mochte ihn nicht. Lang und hager war er. Die Spitzen seines drahtigen, schwarzen Schnurrbarts waren wie Pfeile in die Höhe gereckt, seine kleinen, braunen Augen wanderten wachsam über die Umgebung, so als ob sie Ausschau nach bedeutsameren Gesprächspartnern hielten.

„Fräulein Hartmann, welche Freude, Sie zu sehen", sagte er. Elsa reichte ihm die Hand und er hauchte einen Kuss darauf. Sie war froh, dass seine Lippen nicht ihre Haut berührten.

„Die Freude ist ganz auf meiner Seite", erwiderte sie und hoffte, dass das Lächeln, das sie aufsetzte, echt genug wirkte.

Auch sein Sohn begrüßte sie nun, ein blasser Jüngling von vielleicht achtzehn Jahren, auf dessen Oberlippe ein erster, zarter Flaum spross. Er spulte seine Höflichkeitsfloskeln so leise ab, dass Elsa ihn kaum verstand.

„Einen schönen Empfang haben Sie ausgerichtet. Das muss eine Stange Geld gekostet haben", sagte Berlitz senior.

„Darum kümmert sich mein Vater", sagte Elsa, die diese Bemerkung reichlich unverschämt fand.

„Richtig. Ein erfolgreicher Geschäftsmann wie er kann sich das sicherlich leisten. Vor allem, wenn die Auftragslage anhaltend gut bleibt."

Er zwinkerte ihr scheinbar vergnügt zu, doch hinter seinen kleinen Augen erahnte sie eine Schlange, die auf ihre Beute lauerte.

„Sättel werden gebraucht, solange es Pferde gibt", sagte Elsa. „Ich sehe nicht, dass sich an dieser Tatsache so bald etwas ändern wird."

„Die Nachfrage ist das eine. Aber das Angebot muss stimmen, wenn man eine Ware absetzen möchte."

Elsa lächelte. „Das sollte in unserem Fall kein Problem sein. Die Hartmannschen Produkte sind ausgezeichnet. Mein Großvater wurde zum königlich-bayerischen Hoflieferanten ernannt, weil er dem verstorbenen König die schönsten und prächtigsten Sättel angefertigt hat. Und für meinen Vater war diese Handwerkskunst immer der hellste Leitstern, als er die Firma erweiterte und vergrößerte."

„Die Qualität ist ein wichtiger Faktor, da gebe ich Ihnen Recht, aber ausschlaggebend ist heutzutage meistens der Preis. Ich weiß nicht, ob das alle in der Branche verstanden haben."

Sie wollte etwas erwidern, doch da ertönte ein Rufen aus Richtung des Gartens – Isolde! Elsa wandte sich um und stürmte hinaus. Der Schrei ebbte nicht ab. Nun konnte sie hören, dass er aus einem Wort bestand, das ihre Schwester ständig wiederholte. „Hilfe! Hilfe! Hilfe!"

Elsa rannte über die Terrasse. Hinter ihr hörte sie die Schritte weiterer Gäste. Sie flog über das erste Rondell. Als sie den Rosenbogen erreichte, hielt sie erschrocken inne. Eine große, massige Gestalt lag auf dem Rasen. Die wulstigen Lippen waren violett angelaufen, das Gesicht von blutigen Kratzern entstellt. Isolde kauerte neben ihrem Vater und schrie in einem fort.

KAPITEL 2

Samstag, 12. Mai 1895

„Et lux perpetua luceat eo."

Die Stimme des Pfarrers hallte durch das Kirchenschiff und dröhnte in Isoldes Ohren.

„Amen", erwiderte der Chor der Trauergemeinde.

Isolde bewegte ihre Lippen, doch kein Laut drang aus ihrer ausgetrockneten Kehle hervor. Vier Gesellen der Hartmannschen Lederwarenfabrik hoben den Sarg, der auf den Stufen vor dem Chorraum der Kirche aufgestellt worden war, auf ihre Schultern. Sie schwankten ein wenig hin und her, ehe sie einen festen Stand fanden. Der Kommerzienrat war füllig gewesen und sein Gewicht lastete schwer auf den Männern. Langsam und vorsichtig trugen sie seine sterblichen Überreste durch den Mittelgang des Kirchenschiffs. Die Trauergäste bekreuzigten sich, als der Leichnam sie passierte.

Isolde griff nach Elsas Hand. Der Körper ihrer Schwester bebte. Sie schluchzte, ließ sich jedoch widerstandslos mitziehen. Isolde beugte das Knie vor dem Hochaltar und wandte sich um. Die Kirche war bis auf den letzten Platz mit schwarz gekleideten Menschen gefüllt. Und nun schienen sich alle Augen auf sie zu richten. Auf sie, die dabei gewesen war, als ihr Papa den tödlichen Herzanfall erlitten hatte. Auf sie, die nichts hatte tun können, als daneben zu kauern, um Hilfe zu schreien und zuzusehen, wie das Leben ihren Vater verließ. Die Erinnerungen an diesen Abend, an ihre Verzweiflung und ihre Hilflosigkeit trieben ihr die Tränen in die Augen.

Ihr Blick fiel auf ihren Onkel, Anton Würth, den Bruder ihrer verstorbenen Mutter. Er trug einen ausgebeulten schwarzen Anzug. Der Stoff war an den Ellenbogen abgewetzt und einer der silbernen Knöpfe baumelte an einem schmalen Faden. Auf dem Rücken seiner rechten Hand prangte ein grüner Farbklecks. Der Onkel nickte ihr zu und sie erwiderte den Gruß. Seine Gegenwart tröstete sie und der Sturm aus Verzweiflung, Traurigkeit und Schuldgefühlen, der in ihrem Innern tobte, flaute ein wenig ab.

Die Blicke der anderen Gäste, der Nachbarn, der Bekannten, der Geschäftspartner und der Arbeiter ihres Vaters mied sie jedoch, aus Furcht, darin die Anklage zu lesen, die sie selbst gegen sich erhob. Den Vorwurf, versagt zu haben. Ihres Papas Tod verschuldet oder zumindest nicht verhindert zu haben.

Endlich passierte der Sarg und kurz darauf auch Isolde das Kirchenportal. Sie spürte die Erleichterung, ein Schweregefühl in ihren Gliedern, als sie aus dem Blickfeld der Anwesenden trat. Doch dieses angenehme Gefühl würde nur wenige Momente wahren, denn gleich am Grab wären alle Augen wieder auf sie gerichtet. Was gäbe sie darum, weit weg zu sein, auf einem Pferderücken durch das persische Gebirge zu galoppieren oder den rauen Pazifik in einer Nussschale zu überqueren!

Sie folgten dem Sarg über die Kieswege, die den Friedhof der Bogenhausener Pfarrkirche durchzogen. Im Gegensatz zu den riesigen Totenackern in der Stadt hatte dieser seinen dörflichen Charakter weitestgehend bewahrt. Und doch war unübersehbar, dass der Zuzug der reichen Künstler und Geschäftsleute, die dieses Viertel in den letzten Jahren für sich entdeckt hatten, auch hier seine Spuren hinterlassen würde. Die alten, schmucklosen Grabsteine und simplen Metallkreuze waren noch in der Mehrzahl. Doch dazwischen ragten die aufwendig in Marmor gemeißelten Epitaphe der Zugezogenen auf. *Ob Papa sich ein derart protziges Denkmal gewünscht hätte?* Isolde wusste es nicht. Sie hatte nie mit ihm darüber gesprochen. Warum auch? Bis vor einer Woche war er kerngesund gewesen. Zumindest hatte er so gewirkt. Aber nun war er tot. Erneut traten die Tränen in ihre Augen und verschleierten ihr die Sicht.

Die Gesellen hielten vor einer tiefen Grube an. Behutsam legten sie den Sarg auf zwei Seile, die von dem Totengräber und seinen Gehilfen in ihren schwarzen Fräcken und überdimensionierten Zylinderhüten über der Öffnung gespannt wurden. Als das Gewicht des Vaters vollständig darauf ruhte, ließen sie den Sarg langsam hinabsinken. Der Pfarrer trat neben das Grab und sprach seine lateinischen Gebete. Er schüttete Erde auf den Sargdeckel und besprenkelte ihn mit Weihwasser. Aus dem Rauchfass, das einer der Ministranten schwenkte, waberten schwere, süßlich duftende Wolken hervor. Die mit weißen Lilien geschmückte Holzkiste verschwand immer tiefer im Boden. Isolde wurde bewusst, dass hier und heute etwas zu Ende ging. Es war nicht nur das irdische Leben ihres Vaters. Es war auch ihr Dasein und das ihrer Schwester, das nun unwiderruflich eine neue, ungewisse Bahn eingeschlagen hatte. Der Gedanke ängstigte sie und gleichzeitig trauerte sie um eine Vergangenheit, die nie wiederkehren würde. Als die oberste der Lilien aus ihrem Blickfeld verschwunden war, drängten die Tränen in ihre Augen und sie weinte und schluchzte ebenso hemmungslos wie Elsa.

Da spürte sie, wie die Hand ihrer Schwester, die sie noch immer in der ihren hielt, sich fest um ihre Finger schloss. Durch einen Tränenschleier sah sie Elsa an. Deren Augen und blasse Wangen waren vom Weinen gerötet. Ein Rotzfaden hing ihr aus dem linken Nasenloch und eine Locke ihres dicken, braunen Haares klebte an der schweißnassen Stirn. Sie sah aus wie ein todunglückliches, verzweifeltes Mädchen, viel jünger als die achtzehn Jahre, die sie alt war.

„Ich habe Angst“, flüsterte Elsa. „Was soll aus uns werden?“

Isolde erwiderte den Druck ihrer Hand. „Ich weiß es nicht“, sagte sie leise. „Aber was auch geschieht. Du bist nicht allein. Ich bin bei dir.“

***

„Muss das sein?“, fragte Elsa. Sie saß auf der Bank im persischen Pavillon. Neben ihr lehnte ein mit schwarzer Seide bespanntes Schirmchen, das sie vor der unbarmherzig stechenden Sonne beschützt hatte. Die letzten Trauergäste waren eine Stunde zuvor aufgebrochen, doch nun hatte der Notar seinen Besuch angekündigt.

„Ja, ich fürchte schon", erwiderte Isolde. „Wenn Vaters Testament eröffnet wird, müssen wir als seine Erbinnen anwesend sein."

Elsa brach in Tränen aus. „Es ist so ungerecht. Warum musste Papa sterben?"

„Ich weiß es nicht." Isoldes Stimme klang brüchig wie altes Papier und ihre Augen waren gerötet.

Elsa sah sie erstaunt und ein wenig besorgt an. Sie hatte ihre Schwester noch nie weinen sehen, doch heute schien sie damit gar nicht mehr aufhören zu können. Sanft drückte sie ihr die Hand. „Lass uns reingehen, wenn es sein muss", flüsterte sie.

Dr. Nottke, der Notar, war ein spindeldürres Männchen mit einem enormen, schlohweißen Backenbart. Seine stecknadelkopfgroßen Augen huschten aufmerksam zwischen den Schwestern hin und her. Elsa und Isolde ließen sich auf den beiden Stühlen nieder, die Angus im großen Salon bereitgestellt hatte. Nottke saß ihnen gegenüber. Er zog einen mit einem Siegel versehenen Umschlag aus einer Aktenmappe und legte ihn auf seinen Schoß. Dann räusperte er sich und begann, mit einer seltsam hohen und gleichzeitig heiseren Stimme zu sprechen. „Meine Damen, mein Herr", begann er und nickte Onkel Anton zu, der hinter den Mädchen Platz genommen hatte, „Es ist meine traurige Pflicht, den letzten Willen von Herrn Kommerzienrat Maximilian Hartmann zu verlesen."

Elsa schluchzte laut auf und nun war es Isolde, die ihre Hand drückte. Die Berührung tat ihr wohl. Sie holte tief Luft und beruhigte sich.

Der Notar zerbrach das Siegel und öffnete den Umschlag. Er zog einen Bogen Papier heraus. Selbst aus mehreren Metern Entfernung konnte Elsa erkennen, dass das Dokument in der engen, ordentlichen Schrift ihres Vaters verfasst worden war. Der Anblick versetzte ihr einen Stich ins Herz. *Letzter Wille.* Was für ein furchtbarer Begriff.

Nottke räusperte sich noch einmal und las dann vor:

„Ich, Maximilian Hartmann, königlich-bayerischer Hof-sattler, verfüge, dass mit meinem Besitz nach meinem Tode folgendermaßen verfahren werde:
1. Mein Barvermögen, meine Wertpapiere und mein Haus in Bogenhausen gehen zu gleichen Teilen an meine Töchter Isolde und Elsa Hartmann. Ein Verkauf der Immobilie kann nur durch eine einstimmige Willensbekundung der beiden genannten bzw. bis zu deren Volljährigkeit durch Schiedsspruch ihres Vormundes erfolgen.
2. Meine Firma inklusive der Liegenschaften, der Maschinen und des Kapitals vermache ich meiner Tochter Isolde. Sie soll – wenn möglich – den Familienbetrieb im Sinne ihres Vaters und ihres Großvaters fortführen. "

Elsa schluckte. Sie sah ihre Schwester an, deren Gesicht kreideweiß geworden war. Isolde sollte die Firma leiten? Ausgerechnet Isolde?

„3. Meine von meinem Großvater ererbten Werkzeuge sowie die Werkstatt meines Vaters vermache ich meiner

Tochter Elsa. Möge sie die in ihr schlummernden Fertigkeiten in den Dienst der Familientradition stellen."

Elsa spürte Isoldes Blick, erwiderte ihn aber nicht. *Wie konnte Vater ihr das antun?* Ihre Schwester erbte die Firma und sie nur einen Haufen abgegriffener, halb vermoderter Werkzeuge und eine seit Jahren leer stehende Werkstatt?

„4. Sollten meine Töchter zum Zeitpunkt meines Todes die Volljährigkeit noch nicht erreicht haben, ist es mein Wunsch, dass mein Schwager, Anton Würth, die Vormundschaft für sie übernehmen möge."

Elsa drehte sich um und sah ihren Onkel an. Kam es ihr nur so vor oder war der Teil seines Gesichts, den der Rauschebart freiließ, um drei Schattierungen bleicher geworden?

„5. Mein Schwager Anton Würth möge auch die Verwaltung des Erbes meiner verstorbenen Frau übernehmen. Jeder meiner Töchter wird aus diesem Fonds bei Erreichen der Volljährigkeit oder beim Eintreten in den Ehestand ein Betrag von 10.000 Mark ausbezahlt."

Elsa sog die Luft ein. Das war eine fürstliche Summe. Eine Mitgift, die ihr die Türen in die höchsten Kreise der Münchener Gesellschaft öffnen würde. Allerdings erst zu ihrem 21. Geburtstag in drei Jahren. Drei lange Jahre. Sie spürte, wie ein neues, starkes Gefühl sich in ihrem Körper ausbreitete und die Traurigkeit verdrängte: eine heiße, rauschende, alles verzehrende Wut. Wut auf Isolde, die es als die ältere Schwester so viel besser getroffen hatte. Wut auf ihren Onkel, der über ihr Schicksal entscheiden konnte, wie er wollte. Wut auf ihren Vater, dass er sich so einfach aus dem Staub gemacht hatte und ihr nichts als eine Tasche mit Werkzeugen und eine modrige Werkstatt hinterlassen hatte. Und vor allem Wut auf sich selbst, die in diesem Augenblick nicht um einen lieben Menschen trauerte, sondern voller Zorn und Bitterkeit war.

„Ich stelle fest, dass das Testament ordnungsgemäß von zwei volljährigen Herren bezeugt und von mir notariell beurkundet wurde. Es ist somit gültig", sagte der Notar, erhob sich, trat auf die Schwestern zu und verbeugte sich. „Ich darf Ihnen mein tiefstes Beileid ausdrücken."

„Wir danken Ihnen", sagte Isolde.

Angus führte den Notar zur Tür. Isolde stand auf. Onkel Anton tat es ihr nach. Nur Elsa blieb sitzen.

„Und nun?", fragte sie. Ihre Stimme klang unnatürlich schrill in ihren Ohren und sie musste die linke Hand mit der rechten festhalten, um das Zittern zu verbergen, das sie nicht mehr kontrollieren konnte.

„Nun werden wir ausführen müssen, was Vater uns in seinem Testament aufgetragen hat", sagte Isolde.

„Was er dir aufgetragen hat, willst du wohl sagen", erwiderte Elsa. „Du hast die Firma geerbt. Und da du bald volljährig sein wirst, kannst du über deine 10.000 Mark frei verfügen. Was soll mit mir geschehen? Soll ich zu Onkel Anton ziehen, wo er doch jetzt unser

Vormund ist? Das wäre zu deinem Vorteil, dann hättest du die Villa für dich allein!"

„Elsa!", rief der Onkel. „Bitte mäßige dich! Ich kann verstehen, dass du aufgebracht bist. Du hast einen schrecklichen Verlust erlitten. Glaub mir, auch ich bin zutiefst schockiert über den Tod deines Vaters. Ich habe mir nicht ausgesucht, euer Vormund zu werden. Hoffentlich werden wir eine Lösung finden, mit der wir alle leben können."

Es klopfte an der Tür und Angus kündigte Albert Kirmayer an, den Prokurator der Hartmannschen Lederwarenfabrik. Er schüttelte die Hand des Onkels und verbeugte sich vor den Schwestern.

„Ich bin hier wohl überflüssig", knurrte Elsa und wollte sich verabschieden, doch Isolde hielt sie zurück.

„Bleib", sagte sie, und als sich Elsa anschickte, sich loszureißen, fügte sie hinzu: „Bitte. Ich möchte nicht, dass du dich ausgeschlossen fühlst."

Elsa nahm wieder Platz. Sie hatte keinerlei Lust darauf, sich mit geschäftlichen Fragen auseinanderzusetzen, und hoffte, dass jeder im Raum dies an ihrem sauertöpfischen Gesichtsausdruck ablesen konnte.

„Ich muss leider gleich zum Punkt kommen", sagte Herr Kirmayer mit betretener Miene.

„Wie meinen Sie das?", fragte Isolde.

„Eigentlich sollte ich Ihnen zur Übernahme der Sattlerei gratulieren und Ihnen gleichzeitig meinen Rücktritt als Prokurator anbieten, wie es die Tradition will", sagte Kirmayer. „Doch stattdessen muss ich Ihnen mitteilen, dass die Firma zahlungsunfähig ist."

Elsa hielt den Atem an. Sie hatte keine Ahnung von wirtschaftlichen Zusammenhängen, aber das Wort „zahlungsunfähig" klang selbst in ihren Ohren katastrophal.

„Was bedeutet das?", fragte Onkel Anton.

„Es bedeutet, dass wir unsere Verbindlichkeiten nicht mehr begleichen können. Wir sind bankrott."

Isoldes Gesicht wurde um eine Schattierung bleicher.

„Wie … wie konnte es so weit kommen? Papa hat immer den Eindruck vermittelt, dass das Unternehmen auf einem sicheren Grund stehe."

Kirmayer kratzte sich am Kinn. „Nun, ich muss wohl annehmen, dass Ihr Herr Vater Sie und Ihre Schwester schonen wollte. Die Geschäfte liefen bereits seit Längerem nicht mehr gut. Zudem haben wir uns mit Investitionen in neue Maschinen übernommen. Die Firma hätte gerettet werden können, wenn wir den Auftrag für die Neuausstattung der königlich-bayerischen Kavallerieregimenter bekommen hätten. Doch nun sind unsere finanziellen Reserven ausgeschöpft."

„Was bedeutet das?", fragte der Onkel noch einmal.

Kirmayer räusperte sich und wandte sich direkt an Isolde. „Es bedeutet, dass alles, was Ihr Vater Ihnen und Ihrer Schwester vererbt hat, in die Konkursmasse einfließen wird. Wenn Sie Glück haben, reicht es aus, um die Verbindlichkeiten der Firma zu bezahlen."

„Und wenn nicht?", fragte Isolde.

Der Prokurator sah sie lange an. „Dann werden Sie den Rest Ihres Lebens damit verbringen, die Schulden Ihres Vaters abzutragen."

KAPITEL 3

Montag, 21. Mai 1895

Elsa lag auf ihrem Bett und las das Billett, das ihr das Dienstmädchen eine halbe Stunde zuvor gebracht hatte – die Einladung zu einem Tanzkränzchen. Sie musste daran teilnehmen! Alle ihre Freundinnen würden da sein. Und sie könnte einmal wieder ein feines Abendkleid anziehen, anstelle des schrecklichen schwarzen Trauergewandes, in dem sie seit Papas Tod steckte.

Es klopfte an der Tür.

Sie hatte damit gerechnet, Isolde zu sehen oder vielleicht ihren Onkel. Auf den Anblick des glatzköpfigen Butlers war sie dagegen nicht vorbereitet.

„Angus", sagte sie und erhob sich.

„Ich bitte um die Erlaubnis, eintreten zu dürfen." Sein schottischer Akzent unterlegte die Silben mit einem kehligen Grummeln.

„Aber natürlich!"

Er schloss die Tür hinter sich, kam zwei Schritte auf sie zu und stellte sich in seiner üblichen, kerzengeraden Haltung auf.

„Was kann ich für Sie tun?", fragte Elsa.

In Angus' Gesicht zuckte es kurz. „Mit Verlaub, gnädiges Fräulein", erwiderte er. „Unter normalen Umständen wäre es an mir, diese Frage zu stellen."

„Die Umstände sind aber leider nicht normal", entgegnete sie mit leiser Stimme.

Er nickte. „Nun, da kann ich Ihnen nur beipflichten. Um Ihre Frage zu beantworten: Ich bin gekommen, um mich von Ihnen zu verabschieden."

Elsa schluckte. „Sie verlassen uns?"

„Ja, wie mir Ihr Onkel zu verstehen gegeben hat, wird in Ihrem neuen Hausstand kein Platz mehr für einen Butler sein."

„Wie bitte?", rief sie und schnaubte. „Was hat er gesagt?"

Angus wiederholte es.

„Da ist das letzte Wort noch nicht gesprochen!"

Der Butler schüttelte den Kopf. „Doch. Ich werde nicht mehr länger hier arbeiten. Das ist beschlossene Sache."

„Werden Sie nach Schottland zurückkehren?"

„Nein, ich habe eine neue Anstellung gefunden."

„Das ist gut. Bei wem, wenn ich fragen darf?"

Sie bemerkte, dass er einen Augenblick zögerte. „Bei Herrn Berlitz", sagte er schließlich.

Elsas Augen weiteten sich. „Bei Berlitz?" Ausgerechnet bei diesem geistlosen Krämer? Was würde mein Vater dazu sagen?"

„Es würde ihm wohl missfallen", erwiderte Angus. Er sah zu Boden.

Elsa unterdrückte einen Wutschrei. Sie grub die Fingernägel in ihre Handflächen. Der Schmerz lenkte sie von ihrem Zorn ab.

„Nun gut, es ist ja nicht Ihre Schuld, dass sie dazu gezwungen wurden, sich eine neue Stelle zu suchen", überwand sie sich zu erwidern. „Ich wünsche Ihnen alles Gute!"

Angus nickte ihr zu, wandte sich um und ging hinaus.

Elsa kochte innerlich. Sie wusste nicht, auf wen sie wütender war. Auf ihren Onkel, der den Butler aus dem Haus gejagt hatte, oder auf Alfred Berlitz, der den Leibdiener seines alten Widersachers mit offenen Armen empfangen würde.

Es klopfte erneut an der Tür. Ob das Lucia, die Köchin war, die sich verabschieden wollte, weil sie eine neue Stellung bei Berlitzens in Aussicht hatte? Doch es war Isolde.

„Angus geht zu Berlitz. Wusstest du das?", begrüßte Elsa ihre Schwester.

„Ja, er hat sich eben von mir verabschiedet."

„Das ist das Werk von Onkel Anton", knurrte Elsa. „Furchtbare drei Jahre werden das, bis ich endlich volljährig bin."

„Nein, das hat nicht Onkel Anton veranlasst. Ich habe vorgeschlagen, den Dienstboten zu kündigen."

„Allen?" Elsa war wie vor den Kopf gestoßen.

„Ja, allen Dienstboten. Wir können die Löhne nicht mehr bezahlen."

„Und wer soll uns die Wäsche machen? Wer soll uns bekochen? Wer soll sich um die Reparaturen im Haus kümmern? Willst du das erledigen? Oder gibt Onkel

Anton das Malen auf, um unser neues Mädchen für alles zu werden?“

Elsa lachte schrill auf.

Isolde kniff die Lippen zusammen und sah sie eine Weile an. „Wir werden keine Dienstboten mehr benötigen. Das Haus muss verkauft werden“, sagte sie schließlich.

Elsas Unterkiefer klappte nach unten. „Das ist nicht dein Ernst!“, rief sie mit einer dünnen, hohen Stimme, die kurz davor stand, in ein tränenersticktes Jammern zu kippen.

„Doch“, sagte Isolde. „Es ist mein voller Ernst. Wenn wir Vaters Firma retten wollen, benötigen wir jede Mark. Vielleicht reicht der Verkaufserlös, den wir für die Villa bekommen können, aus, um die Verbindlichkeiten auszugleichen. Dann könnte das Unternehmen weitergeführt werden. So wie Papa es wollte.“

„Und wo sollen wir leben? Und wovon?“

„Wir werden zu Onkel Anton ziehen. In sein Haus in Schwabing.“

Ein Schleier legte sich vor Elsas Blickfeld. Ihr wurde schwindelig und sie musste sich an dem Beistelltischchen festhalten, um ihr Gleichgewicht nicht zu verlieren.

„In diese windschiefe, alte Bruchbude?“ Sie schüttelte den Kopf. „Nein, da bringen mich keine zehn Pferde freiwillig hin.“

„Elsa, hör mir zu“, sagte Isolde. Sie trat einen Schritt auf ihre Schwester zu und streckte die Hand aus, um sie zu berühren, doch sie wich zurück.

„Ich weiß, dass das ein furchtbarer Schlag für dich sein muss. Mich trifft es auch hart. Ich habe mich hier wohlgefühlt. Es ist mein Elternhaus ebenso wie deines. Aber es gibt keine andere Möglichkeit. Da bin ich mir mit Onkel Anton einig.“

„Warum verkaufst du nicht den Betrieb?“, rief Elsa. Die Tränen liefen ihr über beide Wangen. „Dann könnten wir die Villa behalten.“

Isolde schüttelte den Kopf. „Das geht nicht“, sagte sie leise. „Wenn die Firma wieder gut läuft, können wir vielleicht einmal das Haus zurückkaufen. Aber ohne das Unternehmen würde uns jegliche Einnahmequelle fehlen. Die Kosten des Haushalts sind ohnehin schon gewaltig. Allein die Löhne für die achtzehn Dienstboten belaufen sich auf mehrere tausend Mark im Monat.“

„Dann entlassen wir eben fünfzehn Bedienstete. Die übrigen drei werden die Arbeit auch erledigen können.“

„Das habe ich alles schon hin- und her erwogen. Es reicht nicht. Es gibt keinen anderen Weg.“

Isolde nickte ihrer Schwester zu und ging aus dem Zimmer. Elsa warf sich auf ihr Bett und schlug mit beiden Fäusten auf die Kissen, bis die Daunen durch die Luft wirbelten.

***

„Wie hat sie es aufgenommen?“, rief der Onkel. Er saß Isolde gegenüber in dem offenen Fiaker und musste seine Stimme erheben, weil die Räder des Gefährts auf dem Kopfsteinpflaster der Lindwurmstraße einen Höllenlärm veranstalteten.

„Nicht gut, fürchte ich“, erwiderte Isolde. „Aber damit hatte ich schon gerechnet.“

Der Onkel zwirbelte die Spitze seines Schnurrbarts. „Das ist eine große Verantwortung, die du tragen willst“, sagte er. „Vaterersatz für deine Schwester und Geschäftsfrau. Du bist fest entschlossen, die Firma zu retten?“

Sie zuckte mit den Achseln. „Was bleibt mir denn anderes übrig? Es war Vaters letzter Wille. So hat er es in seinem Testament verfügt.“

„Er hat aber ein ‚wenn möglich‘ hinzugefügt. Und ich bezweifle sehr, dass es überhaupt realistisch ist, die Firma zu halten“, entgegnete er und schüttelte den Kopf.

„Dann lass uns einmal abwarten, was Herr Kirmayer dazu zu sagen hat.“

„Willst du den Betrieb denn fortführen? Dass es der Wunsch deines Vaters war, ist mir bewusst. Aber – entschuldige bitte meine Offenheit – bislang hatte ich nicht den Eindruck, dass du dich jemals in der Rolle der Unternehmerin gesehen hättest?“

Isolde stieß ein freudloses Lachen aus. „Was ich will, hat noch nie jemanden interessiert, am allerwenigsten meinen Vater. Und meine Wünsche sind ohnehin nur Träumereien, wie er mir oft genug deutlich gemacht hat. Vielleicht ist Papas Tod ein Zeichen dafür, dass ich mich der Wirklichkeit stellen muss, ob ich das nun möchte oder nicht.“

Der Fiaker hielt vor einem Fabrikgebäude in Sendling. Isolde bezahlte den Kutscher und ging gemeinsam mit dem Onkel auf die Halle zu, deren Glasfenster auf der gegenüberliegenden Straßenseite im Sonnenlicht blitzten und funkelten. Es war erst das dritte Mal, dass sie den Firmensitz besuchte, seitdem ihr Vater fünf Jahre zuvor den großväterlichen Betrieb so bedeutend vergrößert hatte, dass auch ein Umzug in neue Räumlichkeiten notwendig gewesen war.

Sie trat durch das offenstehende Tor in den Innenhof. Was ihr als erstes auffiel, war die Ruhe. Kein Hämmern, kein Rattern, kein Zischen. Nirgendwo war ein Arbeiter zu sehen. Sie betrat die Halle, in der an normalen Arbeitstagen zwei Dutzend Gesellen sämtliche Arbeitsschritte der Herstellung von Sätteln – vom Erstellen des Rahmens über die Lederbearbeitung bis hin zur Polsterung des fertigen Produkts – vollzogen. Doch die Werkbänke waren verwaist.

Isolde stieg die Treppe zum Büro im rückwärtigen Bereich der Halle empor. Als sie die Türe öffnete, sah sie Herrn Kirmayer über ein aufgeschlagenes Kontorbuch gebeugt hinter dem Schreibtisch ihres Vaters sitzen.

Er schien ihr Kommen nicht bemerkt zu haben, denn sein Blick war auf die handschriftlichen Einträge auf den dicht beschriebenen Seiten fokussiert, während er kaum hörbar vor sich hin murmelte. Isolde glaubte, so etwas wie „Katastrophe" und „das Ende" herauszuhören.

Sie räusperte sich. Kirmayers Kopf zuckte nach oben.

„Fräulein Hartmann. Und Herr Würth. Sie sind schon da!"

„Ganz offensichtlich", sagte Isolde.

Sie setzte sich auf einen der beiden Stühle, die vor dem Schreibtisch standen, ihr Onkel nahm auf dem anderen Platz.

„Was haben Sie für Neuigkeiten? Wissen wir inzwischen, auf welche Summe sich die Verbindlichkeiten belaufen?“

„Mit dem heutigen Tag sind es 102.000 Mark. Die ausstehenden Löhne der Arbeiter noch nicht eingerechnet.“

Isolde schloss die Augen. „Es wird nicht reichen“, murmelte sie.

„Entschuldigen Sie?“ Kirmayer wirkte irritiert.

„Das Haus meines Vaters. Mehr als 50.000 Mark werden wir dafür nicht erwirtschaften. Ich habe diesbezüglich Erkundigungen eingezogen.“

„Damit war leider zu rechnen“, sagte der Prokurist. „Aber wenn Sie das Unternehmen verkaufen, werden die Verbindlichkeiten mit hoher Wahrscheinlichkeit gedeckt sein.“

„Und wenn ich es nicht verkaufen will?“

Kirmayer schob die Brille auf seinem Nasenrücken zurecht und sah sie entgeistert an. „Warum sollten Sie das nicht wollen?“

„Ich habe die Firma geerbt. Mit dem Auftrag, sie zu führen. Von einem Verkauf stand nichts im Testament meines Vaters.“

Der Kopf des Prokuristen wurde eine Spur röter und auf seiner Stirn erschienen kleine, funkelnde Schweißperlen. „Nun, ich dachte nicht, dass Sie wirklich die Leitung der Firma übernehmen wollen, weil …“

„Weil ich eine Frau bin?“, fragte Isolde. „Oder weil ich in geschäftlichen Dingen vollkommen unerfahren bin?“

Der Prokurist neigte den Kopf. „So wollte ich das jetzt nicht ausdrücken."

Isolde nickte. „Ich gebe zu, dass ich keine Ahnung davon habe, wie man eine Firma dieser Größe leitet. Mein Vater hat mich nicht darauf vorbereitet und ich hatte bislang auch keinerlei Interesse daran. Ich vermute, dass er nicht damit gerechnet hatte, zu sterben, ehe ich oder meine Schwester einen Ehemann präsentieren konnten, der sich als möglicher Nachfolger eignete. Aber da er in seinem Testament ausdrücklich gewünscht hat, dass ich die Leitung der Firma übernehmen soll, um die Familientradition fortzuführen, steht es mir nicht an, mich dieser Aufgabe zu widersetzen. Und dabei rechne ich auf Ihre Unterstützung."

„Es ehrt Sie, dass Sie sich dem Andenken Ihres Vaters verpflichtet fühlen", sagte der Prokurist. „Und ich möchte Ihnen weder den Willen noch die Fähigkeiten absprechen, als Frau ein Unternehmen dieser Größe zu führen. Aber die Umstände sind katastrophal. Das Leder in unseren Lagern reicht allerhöchstens für fünf Sättel. Und wir haben keine Barmittel mehr, um die Löhne auszuzahlen. Deshalb habe ich die Belegschaft letzten Freitag nach Hause geschickt."

„Dann müssen wir ein Darlehen aufnehmen", warf der Onkel ein.

„Daran ist Herr Hartmann bereits gescheitert. Die Banken haben den Auftrag über die Sättel für die Schwere Reiterei zur Bedingung für die Einräumung eines Kredits gemacht. Es ist aus. So leid es mir tut, ich habe keine bessere Nachricht für Sie."

Isolde sog ihre Unterlippe zwischen die Schneidezähne. Sie wechselte einen Blick mit ihrem Onkel. Da hörte sie Schritte hinter sich auf der Treppe. Sie wandte sich um und sah einen Mann durch die Tür des Büros treten. Bei seinem Anblick stellten sich ihr die Härchen auf dem Arm auf.

„Herr Berlitz", sagte sie.

„Fräulein Hartmann", erwiderte der Unternehmer. „Ich dachte mir schon, dass ich Sie hier antreffen würde."

„Was wollen Sie?", fragte Isolde. „Ich habe keine Dienstboten mehr, die sie noch abwerben könnten."

Er lächelte und winkte ab. „Ach, das. Sehen Sie es doch so: Ich habe das Personal Ihres Vaters vor der Arbeitslosigkeit bewahrt. Da spiele ich gerne den guten Samariter. Und mit der Belegschaft Ihrer Firma werde ich es genauso handhaben."

Isolde kniff die Augen zusammen. „Sie wollen die Arbeiter meines Vaters einstellen?"

„Nicht nur das. Ich möchte das Unternehmen erhalten. Mit Mann und Maus."

„Und wie wollen Sie das anstellen?"

Berlitz schmunzelte. „Ich bin gekommen, um Ihnen ein Angebot zu unterbreiten."

„Sie wollen die Firma kaufen und Ihrem Unternehmen angliedern?"

„Nein, ich möchte, dass der Firmenname und der Titel des bayerischen Hofsattlers erhalten bleiben."

„Und wie wollen Sie das anstellen?"

„Ich möchte, dass Sie die Firma leiten. Zumindest dem Namen nach."

Isoldes Augen weiteten sich. „Das ist nicht Ihr Ernst!"

Er lachte. „Doch, das ist mein voller Ernst."

„Und was verlangen Sie im Gegenzug? Sie werden mir sicher nicht aus Gutmütigkeit die erforderlichen Geldmittel zuschießen."

„Da haben Sie recht. Ich bin immer noch ein Geschäftsmann. Aber seitdem ich Männer von Adel zu meinen Kunden zähle, habe ich so einiges darüber gelernt, wie derartige Angelegenheiten in höheren Kreisen geregelt werden."

„Ich verstehe nicht …"

„Das merke ich", sagte Berlitz. „Ich biete Ihnen Folgendes an. In drei Tagen wird mein Sohn bei Ihnen vorsprechen und in aller Form um Ihre Hand anhalten. Sie werden den Antrag annehmen. Als Mitgift bringen Sie den Betrieb und die Villa Ihres Vaters mit in die Ehe. Mein Sohn ist damit einverstanden, gemeinsam mit Ihnen in Ihrem Elternhaus zu leben. Ich werde die Schulden der Firma tilgen und Sie werden die Geschäftsführerin sein. Geleitet wird das Unternehmen jedoch von einem Prokuristen, den ich ernennen werde."

Isolde spürte, wie ihr Mund austrocknete. Sie war unfähig, ein Wort zu erwidern, und kämpfte noch damit, zu begreifen, was Berlitz ihr da eben vorgeschlagen hatte. Er setzte seinen Hut auf und nickte ihr zu.

„Das ist ein vernünftiges Angebot. Überlegen Sie es sich. Ich und mein Sohn erwarten Ihre Antwort am Freitag."

KAPITEL 4

Freitag, 25. Mai 1895

„Ich weiß nicht, was du hast", rief Elsa und schlug mit der Handfläche so fest auf das Tischchen, dass das Porzellanservice klirrte. „Das ist eine großartige Gelegenheit. Wir behalten die Firma und die Villa. Und du heiratest in die Gesellschaft ein. Gut, er ist nicht von Adel und kein Soldat, aber er hat Geld. Viel Geld. Er kann dir alles bieten, was du dir nur wünschst."

„Nein, das kann er nicht", erwiderte Isolde. Sie saß ihrer Schwester mit verschränkten Armen gegenüber in einem der ledergepolsterten Sessel, die ihr Vater für den Rauchsalon seiner Villa anfertigen hatte lassen.

Elsa rollte mit den Augen. Nicht das schon wieder! „Du willst doch reisen und die Welt sehen. Mit einem Mann an deiner Seite ist das viel einfacher."

Isolde schnaubte. „Ich will aber keinen Mann an meiner Seite. Ich brauche niemanden. Ich bin mir genug. Wenn ich mir ausmale, wie ich Reisen in ferne Länder unternehme, bin ich alleine unterwegs. Zudem reizt es mich nicht, an die Riviera zu fahren oder in ein französisches Seebad oder wohin auch immer sich die feine Gesellschaft zur Sommerfrische hinbegibt. Ich will nach Asien, nach Afrika. Und dass dieser Krämerjüngling mich dorthin begleiten will, wage ich zu bezweifeln."

„Du kennst ihn doch gar nicht.“

„Ich will ihn auch nicht kennenlernen.“

Elsa schluckte. Das konnte nicht wahr sein. Als sie vom Vorschlag des alten Berlitz erfahren hatte, hatte sie einen Freudensprung getan. Das war die Rettung in letzter Sekunde. Sie und Isolde würden ihre gesellschaftliche Stellung behalten. Und vor allem würden sie nicht in die kalte und verdreckte Künstlerbude des Onkels ziehen müssen. Doch nun drohte dieses rettende Licht zu erlöschen. Sie konnte Isolde nicht verstehen. „Aber warum denn? Er wird nur dein Ehemann. Selbst wenn ihr euch nicht liebt, haben wir alle einen Nutzen davon, dass ihr heiratet.“

Isolde sah sie finster an. „Ich bin mir sicher, dass du einen Nutzen darin siehst. Du wirst weiter in der Villa leben, Bälle und Empfänge besuchen und dir irgendwann einen feschen Offizier angeln.“

„Genau.“

„Aber welchen Nutzen sollte ich von diesem Arrangement haben? Kannst du mir das bitte erklären?“, fragte Isolde mit leiser Stimme.

Elsa zog ihre dichten Augenbrauen zusammen. „Das liegt doch auf der Hand. Du brauchst dich nicht mehr darum zu sorgen, ob wir genügend Geld haben, um Dienstboten oder Nahrung oder was weiß ich zu bezahlen. Du kannst den ganzen Tag Bücher lesen und jeden Sommer eine große Reise mit deinem Mann unternehmen.“

„So habe ich mir mein Leben nicht vorgestellt.“

„Ich habe mir auch nicht vorgestellt, dass Papa stirbt, bevor ich heirate“, sagte Elsa.

„Ich hatte immer gehofft, dass du einen Mann findest, mit dem du die Firma hättest weiterführen können.“

Elsa riss die Augen auf. „Ich? Die Firma weiterführen?“

„Du hast das Talent der Hartmanns geerbt. Weißt du noch, wie du als kleines Mädchen stundenlang dem Großvater in der Werkstatt zugeschaut hast, wenn er das Leder bearbeitet hat? Und wie stolz du warst, als er dir kleine Stücke vorbereitet hat, an denen du dich selbst erproben konntest? Du hast die Gabe, eine Sattlerin zu sein. Vater wusste schon, warum er dir die Werkzeuge und die Werkstatt vererbt hat. Ich kann meine Hände nur zum Schreiben nutzen. Auch das wusste er. Vielleicht hat er gehofft, dass ich meinen Wissensdrang auf wirtschaftliche Zusammenhänge richten und mir genügend Kenntnisse aneignen würde, um die Firma leiten zu können. Aber da hat er sich geirrt. Ich kann das nicht und ich will das nicht.“

„Das musst du auch nicht“, sagte Elsa. „So wie ich das Angebot von Berlitz verstanden habe, wird ein Prokurist das Unternehmen für dich führen.“

Isolde lachte, aber es klang freudlos in Elsas Ohren. „Natürlich. Er macht mich zu einer Marionette. Wenn ich seinen Sohn heirate, werde ich immer von ihm abhängig sein.“

„Aber das ist unser Los. Wir sind nun einmal Frauen“, erwiderte Elsa seufzend.

Isolde schnaubte. „Nein, ich weigere mich, das als unser Schicksal zu sehen.“

„Ich finde das nicht so schlimm. Ich verstehe so wenig von den meisten Angelegenheiten des Lebens, dass ich froh bin, wenn ein Mann mir das abnimmt. Dann habe ich schon mehr Zeit, mich den angenehmen Dingen zu widmen.“

Isolde schüttelte den Kopf. „Dann solltest vielleicht du Berlitz junior heiraten.“

„Er wird dir einen Heiratsantrag machen, nicht mir.“

„Ja, weil ich die Firma geerbt habe. Gib es zu, du wärst auch nicht erfreut, wenn du einen Krämersohn heiraten müsstest. Dich zieht es in den Adel.“

Elsas spürte, wie ihr Gesicht sich rötete. Sie sah zu Boden.

„Es ist nichts Verwerfliches daran, eine gute Partie anzustreben“, sagte sie.

„Und es ist nichts Verwerfliches daran, eine scheinbar gute Partie auszuschlagen.“

Elsa riss den Kopf hoch und starrte Isolde an. „Du willst den Antrag ablehnen?“

„Ich weiß es nicht. Ich will mir anhören, was der junge Berlitz mir zu sagen hat.“

„Aber es gibt keinen anderen Weg!“

„Doch, den gibt es.“

„Was für einen?“, rief Elsa.

Isolde atmete tief durch. „Wir verkaufen die Firma und die Villa und ziehen zu Onkel Max. Ich besuche ein Lehrerinnenseminar und suche mir danach eine Stelle als Gouvernante oder Hauslehrerin. Damit und mit den 10.000 Mark meiner Mitgift, die im nächsten April zu meinen 21. Geburtstag fällig werden, müsste ich genügend verdienen, um dich bis zu deiner Volljährigkeit unterstützen zu können.“

Elsa schnappte nach Luft. „Das ist nicht dein Ernst!“

„Doch. Aber wie gesagt, ich will mir erst einmal anhören, was der junge Berlitz mir zu sagen hat. Entschieden ist noch nichts.“

„Aber ...“

Isolde hob die Hand und Elsa verstummte. „Ich habe gehört, was du wünschst, und ich werde es in meine Überlegungen miteinbeziehen. Und jetzt sollte ich mich umziehen, schließlich erhalte ich in einer Stunde einen Antrag.“

Sie erhob sich und verließ den Salon. Elsa sah ihr nach. Ihr Herz schlug rasch in ihrer Brust. Sie schloss die Augen und begann, darum zu beten, dass Isolde die richtige Entscheidung treffen würde.

***

Isolde stand im Salon, die Hände vor dem Körper ineinander verschränkt. Sie trug ein einfaches, schwarzes Kleid. Wahrscheinlich wäre es der Gelegenheit angemessener gewesen, wenn sie feineren Stoffen und aufwendigeren Schnitten den Vorzug gegeben hätte, aber das war ihr gleichgültig. Sie trauerte um ihren Vater und wenn sie schon dazu gezwungen werden sollte, sich den Antrag eines Mannes anzuhören, mit dem sie noch nie zuvor gesprochen hatte, so nahm sie sich wenigstens die Freiheit heraus, sich zu kleiden, wie es ihr beliebte.

Hinter sich hörte sie die tiefen, regelmäßigen Atemzüge ihres Onkels und ein beständiges Tapsen und Knarren, das wahrscheinlich von Elsa herrührte, die vor Aufregung nicht still stehen konnte.

Durch die geöffnete Haustür trat ein junger Mann in einem Frack. Er sah ein wenig aus wie einer dieser seltsamen Vögel, die sie auf Bildern einer Ausstellung zu einer Forschungsreise in die Antarktis gesehen hatte. Berlitz junior – sie kannte nicht einmal seinen Vornamen – trug einen glänzenden Zylinder, der seine Gestalt imposanter erscheinen ließ, als sie war. Er ging langsam auf sie zu, ein nervöses Lächeln auf den vollen Lippen unter dem Schnurrbärtchen.

Nach ihm trat sein Vater ein. Er grinste breit und schlug seinem Sohn auf die Schulter. Dieser zuckte zusammen.

„Guten Tag", sagte Isolde. „Ich begrüße Sie in unserem Haus."

Berlitz senior legte den Kopf schief. „Die Freude ist ganz auf meiner Seite."

Nun schaltete sich wie verabredet der Onkel ein. „Wir haben einen Nachmittagstee im Garten vorgesehen, die beiden jungen Leute können sich vielleicht in der Laube ein wenig besser kennenlernen. Von der Terrasse ist diese gut einzusehen."

Der alte Berlitz lachte. „Ich hatte nicht befürchtet, dass mein Filius gleich über Ihre Nichte herfallen würde, aber gut, die Regeln der Schicklichkeit müssen beachtet werden."

Isolde spürte, wie sich ihr Gesicht zu röten begann. Sie wandte sich um und ging in Richtung Terrasse voran. Dort hatte sie mit Elsa den ganzen Vormittag über aus dem bestehenden Geschirr und dem feinen Damasttischtuch eine vorzeigbare Tafel für den Tee vorbereitet. Die beiden silbernen Kannen standen auf dampfenden Samowars und der Onkel hatte beim

Konditor eine Schokoladentorte anfertigen lassen, die in der Mitte des Tischs thronte.

Isolde hätte liebend gerne Platz genommen, Tee getrunken und Kuchen gegessen, nur um sich nicht dem aussetzen zu müssen, was ihr bevorstand. Doch als sie die Terrasse erreicht hatte, sah sie an den erwartungsvollen Blicken des alten Berlitz und ihrer Schwester, dass sie keinen weiteren Aufschub gewährt bekommen würde.

Sie atmete tief durch und wandte sich an Berlitz junior. „Wollen wir ein wenig durch den Garten spazieren?"

Er nickte und reichte ihr den Arm. Sie legte ihre Hand darauf und gemeinsam schritten sie in Richtung des ersten Rondells davon.

„Ich will das hier genauso wenig wie Sie", sagte er, während sie durch den Rosenbogen traten.

Isolde hatte den Impuls, innezuhalten, aber da ihr Begleiter weiter voranschritt und ihre Hand fest auf seinem Arm lag, zog er sie mit.

„Wie bitte?", fragte sie.

„Mir ist bewusst, dass mein Vater Sie in diese Ehe zwingt, um sich Ihre Firma einzuverleiben."

„Und Sie machen sich bei diesem Spiel zu seinem Komplizen", sagte Isolde, die ein wenig von ihrer Fassung zurückgewonnen hatte.

Er stieß zischend die Luft aus und als sich dabei sein Mund öffnete, sah sie, dass zwischen den oberen Schneidezähnen eine kleine Lücke klaffte. „Wenn Sie mit meinem Vater aufgewachsen wären, wüssten Sie, dass es keinen Weg gibt, sich ihm zu widersetzen.

Wenn er einen Plan gefasst hat, wird dieser umgesetzt. Koste es, was es wolle.“

„Und was wollen Sie? Was ist Ihr Plan?“

Nun hielt er inne und dies stoppte auch die noch immer an seinem Arm klebende Isolde.

„Ich? Ich möchte Sattlermeister werden. Die Arbeit mit Leder liegt mir im Blut. Am liebsten würde ich in einer kleinen Werkstatt Sättel mit der Hand anfertigen, bis mein Augenlicht erlischt und meine Finger verkrüppeln.“

Isolde sah ihn mit plötzlichem Interesse an. Seine zuvor bleichen Wangen hatten sich gerötet.

„Und Sie? Was wollen Sie?“, fragte er.

„Ich will studieren“, sagte sie. „Und dann will ich forschend die Welt bereisen.“

„Was wollen Sie studieren?“

„Am liebsten alles.“

Er lachte und dieses kleine Geräusch der Freude ließ auch Isolde lächeln.

„Ich kann mir Sie schwerlich als Juristin vorstellen“, sagte er.

Sie schüttelte den Kopf. „Nein, mich reizen die Naturwissenschaften. Die Biologie, die Physik. Vielleicht auch die Medizin. Ich will wissen, wie das Uhrwerk aufgebaut ist, das die Welt am Laufen hält. Und dieses Wissen will ich hinaustragen, will in fernen Ländern Pflanzen sammeln und Tiere dort beobachten, wo sie leben.“

Er nickte. „Das klingt gut. Besser, als ein Lebtag als Marionette meines Vaters zu versauern.“

„Können wir nicht einfach sagen, dass wir nicht zusammenpassen?“, fragte sie. „Sie wollen mich nicht heiraten und ich will genauso wenig Ihre Frau werden.“

„Mein Vater würde mir das Leben zur Hölle machen. Und Ihnen auch. Er wird versuchen, Sie zu vernichten. Sie und Ihre Schwester. Er ist seit Jahren neidisch auf den Erfolg Ihres Vaters. Immer war er davon überzeugt, dass ihm der Titel eines Hofsattlers viel eher gebühre. Nun ist seine Gelegenheit gekommen und die wird er ergreifen, koste es, was es wolle.“

„Und was machen wir nun?“

Er zuckte mit den Achseln. „Ich kann Ihnen anbieten, dass ich Ihnen in unserer Ehe alle Freiheiten lasse, die sie brauchen. Gut – mit dem Studieren wird es schwierig. Dass das Frauenstudium erlaubt wird, ist nicht zu erwarten. Und Sie können nicht in die Schweiz ziehen, um dort eine Universität zu besuchen. Aber wir können reisen. Gerne auch einmal nach Ägypten oder nach Nordamerika. Ich werde Sie zu nichts zwingen, was Sie nicht wollen. Im Gegenzug erwarte ich, dass Sie das mit mir genauso handhaben.“

„Meinen Sie das ernst?“, fragte sie ihn zögernd.

„Ja, ich verspreche es Ihnen.“ Er griff nach ihrer Hand und sah Sie direkt an. In seinen braunen Augen lag eine Wärme, die gegen Isoldes Willen Sympathie in ihr weckte. „Fräulein Hartmann. Ich bitte Sie, mir die Ehre zu erweisen, meine Frau zu werden.“

KAPITEL 5

Sedantag, 1. September 1895

Elsa strahlte mit der Sonne um die Wette. Sie sah in den Spiegel und beglückwünschte sich zur Wahl ihres Kleides. Isoldes zukünftiger Schwiegervater war so großzügig gewesen, ihr einen Schneider vorbeizuschicken, der aus einem Dutzend Metern grüner Seide ein wahres Wunder gewirkt hatte. Der Friseur, der schon am frühen Morgen bei ihr gewesen war, hatte es verstanden, das kleine grüne Hütchen so auf ihrer Hochsteckfrisur zu verankern, dass es keck zur Seite geneigt war. Die Blicke der anwesenden Herren würden unweigerlich auf ihr Gesicht gelenkt.

Auch wenn das heute Isoldes Tag war, würde sie es sich nicht nehmen lassen, Ausschau nach einem heiratsfähigen Offizier zu halten. Sie ging ins Nachbarzimmer, wo ein Dienstmädchen, das Berlitz zu diesem Zweck geschickt hatte, Isolde dabei half, ihr Brautkleid anzulegen. Ihre Schwester war kreidebleich.

„Ist dir nicht gut?", fragte Elsa.

„Heiraten ist nichts für mich. Ich wünschte, das alles wäre schon vorüber", erwiderte diese und griff sich an den Hals.

„Du kannst es gar nicht erwarten, mit deinem frisch angetrauten Ehemann endlich alleine zu sein. Das kann ich gut verstehen", entgegnete Elsa verschmitzt.

Isolde warf ihr einen seltsamen Blick zu. „Wenn das doch auch schon vorüber wäre", murmelte sie.

„Jetzt freu dich doch mal. Man heiratet schließlich nur einmal im Leben. Ach, ich wünschte, es wäre meine Hochzeit."

„Ich würde liebend gerne mit dir tauschen."

Elsa lachte. „Gerne, wenn ich deinen Krämer gegen einen schmissigen Offizier tauschen kann!"

Sie hatte erwartet, dass ihre Schwester in ihr Lachen einstimmen würde, aber Isoldes Miene blieb ausdruckslos.

Elsa half dem Dienstmädchen, Isoldes Mieder zu schnüren und die weißen Oberkleider aus reiner Seide über den Unterrock zu heben. Dann zupfte und zerrte sie so lange an den Stoffen herum, bis alles saß.

„Jetzt noch die Frisur", sagte sie. Isolde verzog das Gesicht. Elsa schob ihre Schwester zu dem Stuhl vor dem Spiegel an der gegenüberliegenden Wand und sie setzte sich. Dann begann Elsa mit geübten Handgriffen, Isoldes widerspenstige Mähne zu kämmen und die Strähnen hochzustecken. Als sie den Schleier befestigt hatte, trat sie einen Schritt zurück und begutachtete ihr Werk.

„Das steht dir", sagte sie. „Du solltest die Haare öfter so tragen."

„Einmal und nie wieder", knurrte Isolde und erhob sich. Das Dienstmädchen meldete, dass der Wagen draußen wartete. Die Schwestern gingen hinaus, wo sie der Onkel begrüßte. Er stand vor einem glänzend weiß lackierten, mit vier Schimmeln bespannten Fiaker, der mit Rosen und Lilien geschmückt worden war. Er lächelte Isolde an und half ihr in die Kutsche.

Sie sprachen kaum ein Wort auf dem Weg zur Kirche. Isolde schien in sich gekehrt zu sein, gut, wahrscheinlich war sie nur nervös. Elsa konnte es ihr nicht verdenken. Die Kirche würde bis auf den letzten Platz gefüllt sein und ihre Schwester war es nicht gewohnt, im Mittelpunkt zu stehen. Immer wieder hielten Passanten inne und musterten die Kutsche und Elsa stellte sich vor, wie es wohl sein würde, wenn sie eines Tages zu ihrer Hochzeit fuhr. Sie malte sich aus, wer dann am Altar auf sie warten würde. Groß musste er sein, stark. Ein Schmiss wäre wichtig. Außerdem ein Adelstitel, am liebsten ererbt und nicht gekauft. Und über ein ansehnliches Vermögen sollte er auch verfügen können.

Die Kutsche bog um eine Ecke und vor sich sah sie den Zwiebelturm von St. Georg, dessen Glocken läuteten. Festlich gekleidete Menschen warteten davor. Als der Kutscher den Wagen zum Stehen brachte, bildete sich eine kleine Gasse. Elsa sah Frieda, ihre Schulfreundin, die mit ihrer Mutter, einer Bankiersgattin, gekommen war. Ihr Herz schlug schneller, als sie im Hintergrund eine ganze Reihe von Soldaten erkannte, gekleidet in die Uniformen der schweren Kavallerie. War das nicht der Lieutenant von Scharfenberg, der seinen markanten Schnurrbart zwirbelte? Das würde sie nach der Trauung herausfinden. Der Onkel half ihr aus der Kutsche und gemeinsam unterstützen sie Isolde dabei, auszusteigen. Insbesondere die vier Meter lange Schleppe, die von sechs Blumenkindern getragen werden sollte, durfte sich nicht in eines der Räder verwickeln. Schließlich stand Isolde bereit zum Einzug, den Brautstrauß in der Hand, den Onkel neben sich.

„Ich gehe zu meinem Platz", sagte Elsa zu ihrer Schwester. Isolde nickte nur. Ihre Lippen waren aufeinandergepresst und sie war totenbleich.

„Genieße es", sagte Elsa. „Es ist ein einmaliges Erlebnis."

Elsa drückte ihr den Arm und ging in die Kirche.

***

Isolde sah auf ihre zitternden Hände hinab. Sie presste sie gegen ihre Oberschenkel, doch das verstärkte die Unruhe nur noch mehr und nun begann ihr ganzer Körper zu beben.

„Bist du bereit?", fragte der Onkel. Er musterte sie mit besorgter Miene.

Sie nickte, zu keiner Antwort fähig, weil ihr Hals sich anfühlte, als ob ein heißer Kloß ihn versperrte. Ihr Magen schmerzte so sehr, dass sie sich zusammenkrümmte. Sie kämpfte gegen einen Würgereiz an.

„Isolde, du kannst immer noch Nein sagen", flüsterte der Onkel.

„Nein, das kann ich nicht", stieß sie nahezu atemlos hervor und griff nach seinem Arm.

Sie setzten sich in Bewegung. Die Blumenkinder nahmen die Schleppe des Brautkleides auf und der Onkel führte sie durch das Kirchenportal. Die Orgel erklang. Ein vernünftiger, beobachtender Teil in

Isoldes Bewusstsein nahm wahr, dass der Organist den Hochzeitsmarsch aus Lohengrin spielte. Das war doch Elsas Lieblingsstück. Warum konnte sie nicht an ihrer Stelle stehen? Ihre Schwester hätte es in vollen Zügen genossen, den Mittelgang entlangzuschreiten, die bewundernden Blicke der Gäste auf sich zu spüren und sich mit einem enthusiastischen „Ja" ins Leben als Ehefrau und Mutter zu stürzen. Isoldes Blick wanderte die voll besetzten Reihen der Kirchenbesucher entlang, streifte die Kanzel, auf der eine Engelsfigur mit goldenen Flügeln saß und blieb an dem Mann hängen, der vor dem üppig mit Ornamenten verzierten Hochaltar auf sie wartete. Er trug einen schwarzen Frack, die Haare und das Bärtchen glänzten. Schon von Weitem stieg ihr der Geruch der Bartwichse in die Nase. Der heiße Kloß in ihrem Hals drängte nach oben. Sie hustete, würgte. Der Onkel hielt inne, sah sie besorgt an. Sie bedeutete ihm, weiterzugehen. Viel zu schnell erreichten sie den Ort vor dem Altar, an dem die Übergabe stattfand. Der Onkel löste ihre Hand von seinem Arm und reichte sie an Isoldes zukünftigen Ehemann weiter. Für Elsa wäre dies der glücklichste Moment ihres Lebens gewesen, doch für Isolde fühlte es sich an, als ob sie den ersten Schritt auf einem endlos langen Leidensweg tat, der nur mit ihrem Tod ein Ende finden würde.

Sie hatte Moritz Berlitz – inzwischen hatte sie den Vornamen ihres Verlobten erfahren – in den letzten Monaten besser kennen und schätzen gelernt. Er war ein gutmütiger, aber leider auch schwacher Mensch, der unter der Fuchtel seines Vaters zu überleben versuchte. Immer wieder hatte er seine Beteuerungen erneuert, dass sie alle Freiheiten haben würde, die sie sich wünschte. Deshalb hatte sie seinem Antrag zugestimmt. Sehr zur Freude des alten Berlitz und auch zu Elsas großer Erleichterung. Ihre Schwester war ihr um den Hals gefallen und hatte ihr tausendmal gedankt. Und dadurch hatte sie alles nur noch viel schlimmer gemacht, denn sie hatte ihr den Ausweg aus diesem Albtraum für immer verbaut.

Isolde stellte sich neben Moritz und der Priester begann damit, einen lateinischen Sermon von sich zu geben. Aus den Augenwinkeln sah sie Elsa, die in ihrem grünen Kleid so frisch wirkte wie das blühende Leben.

Erneut wurde Isolde bewusst, wie falsch sich das hier anfühlte. Elsa sollte an ihrer Stelle stehen. Mit einem Mann, den sie liebte. Ganz abgesehen davon, dass sie nichts weniger angestrebt hatte als eine Ehe, liebte Isolde Moritz nicht. Sie begehrte ihn nicht. Es war nicht unangenehm, sich mit ihm zu unterhalten. Aber sie hatten kaum gemeinsame Themen. Er interessierte sich nicht für Naturwissenschaften oder Reisen, sie sich nicht für das Sattlerhandwerk. Ihre Hochzeitsreise würde sie auf die griechischen Inseln führen. Das war ein Lichtblick, aber eben auch nur ein kleiner, denn Griechenland war nicht China. Oder der Kongo. Oder Tasmanien.

Isolde hatte die altbekannten Antworten auf die Gebete mit traumwandlerischer Sicherheit geflüstert. Doch nun wandte sich der Priester ihr zu, sprach einige einleitende Worte und begann dann, Moritz die Fragen zu stellen, die der Besiegelung des Ehebundes vorangingen.

„Willst du …“

Er antwortete mit „Ja" und sie zuckte zusammen, so sehr hatte sie gehofft, dass er „Nein" sagen würde.

„Willst du …"

„Wieder ein „Ja". Isoldes Mund wurde staubtrocken, als er alle Fragen des Priesters mit „Ja!" beantwortete.

Nun wandte sich der Pfarrer ihr zu. „Willst du …"

Sie starrte ihn an, dann wandte sie sich Moritz zu, der sie erwartungsvoll ansah. Ihre Lippen klebten zusammen, es kostete sie große Mühe, sie voneinander zu trennen, und noch qualvoller war es, ihrer Kehle einen Laut zu entreißen. Sie räusperte sich und sagte mit kratziger Stimme: „Nein. Ich kann das nicht."

***

Elsa fühlte sich, als ob ein Blitz neben ihr eingeschlagen hätte. In ihren Ohren rauschte es und ihre Kehle war mit einem Mal staubtrocken. Das durfte nicht wahr sein. Hatte sie da eben richtig gehört? Hatte Isolde wirklich „Nein" gesagt?

Moritz Berlitz schien ebenso verwirrt zu sein wie sie. Er leckte sich nervös über die vollen Lippen. Der Priester dagegen schien eher zornig zu sein.

„Ich frage noch einmal: Willst du …", wiederholte er.

Isolde schüttelte vehement den Kopf. „Nein", sagte sie. Dann wandte sie sich Moritz zu. „Es tut mir leid"

Sie warf ihre Schleppe ab und ging mit zügigen Schritten durch das Kirchenschiff in Richtung Ausgang. Es war so ruhig, dass man ein Haar hätte fallen hören. Elsa starrte ihre Schwester an, die mit ausdrucksloser Miene an ihr vorbeiging. Als erster schien sich der Onkel aus seiner Erstarrung zu lösen. Er hatte neben Isolde gestanden und machte sich nun daran, ihr zu folgen.

Elsa grub ihre Fingernägel in den Unterarm. Der scharfe Schmerz ließ sie zusammenzucken, brachte ihr aber auch wieder die Kontrolle über ihr Denken zurück. Sie erhob sich und folgte dem Onkel im selben Moment, als die Stille in der Kirche brach. Ein brausendes Geräusch erhob sich, als das Getuschel einsetzte.

„Das ist ein Skandal", hörte sie eine fein gekleidete Dame zu ihrem Mann sagen, als sie eine der Bänke in der Mitte des Kirchenschiffs passierte.

„So etwas habe ich auch noch nie gesehen", sagte ein Kerl, in dem sie einen der Gesellen erkannte, der den Sarg ihres Vaters getragen hatte. Er stand in einer der hintersten Bänke neben zwei jungen Männern, die breit grinsten. Elsa spürte, wie ihr die Röte ins Gesicht stieg in einer seltsamen Mischung aus Scham und Wut.

Endlich passierte sie das Portal. Vor den Stufen wartete die Kutsche, die das frisch vermählte Paar zur Hochzeitsfeier bringen sollte. Isolde saß bereits darin, der Onkel machte Anstalten, einzusteigen.

„Ich will mit", rief Elsa.

Sie erreichte das Gefährt und zog sich empor. Der Kutscher schnalzte mit der Zunge und die Pferde setzten sich in Bewegung. Die schweren Räder rumpelten über das Kopfsteinpflaster.

„Bist du von allen guten Geistern verlassen?", schrie Elsa, als sie sich auf den gepolsterten Sitz fallen ließ.

Isoldes Gesicht war bleich, ihre Augen weit aufgerissen. „Es tut mir leid", murmelte sie.

„Leid?" Elsa schnaubte. „Du hast uns zum Gespött von ganz München gemacht. Und finanziell ruiniert hast du uns auch."

Der Onkel hob eine Hand. „Elsa, mäßige dich. Deine Schwester anzuschreien, hilft uns nicht weiter."

Sie funkelte den Onkel wütend an. „Dir vielleicht nicht. Mir schon. Deine Zukunft hat sie ja nicht verspielt."

„Es tut mir leid", wiederholte Isolde mit tonloser Stimme.

„Davon habe ich nichts", knurrte Elsa. „Vielleicht kannst du mir einmal verraten, was du jetzt vorhast? Wie willst du uns aus diesem Schlamassel befreien?"

„Ich weiß es nicht", sagte sie mit brüchiger Stimme. „Ich weiß nur, dass ich Moritz Berlitz nicht heiraten konnte."

Elsa rollte mit den Augen. „Hättest du dir das nicht früher überlegen können? Ehe du einen Skandal auslöst, über den ganz München sich noch in Jahren das Maul zerreißen wird."

Isolde schüttelte den Kopf. „Ich weiß nicht, ob du das verstehen kannst. Aber als ich Moritz in der Kirche warten gesehen habe, wusste ich, dass ich niemals „Ja" sagen können würde. So sehr ich auch davon überzeugt war, das Vernünftige zu tun. Mein Gefühl war stärker."

„Und das aus deinem Mund", schrie Elsa. „Ansonsten bist doch du die, die mir vorwirft, dass ich mich nur von Gefühlen leiten lasse!"

Die Kutsche hielt vor der Hartmannschen Villa an. Der Onkel stieg als erster aus und half Isolde, das Gefährt zu verlassen. Elsa schlug seine Hand aus und kletterte die Stufen allein herunter. Sie ging an ihrer

Schwester vorbei durch den Flur in den großen Saal. Die Tafel war aufwendig gedeckt mit feinstem Weidener Porzellangeschirr und goldenem Besteck. Kristallgläser funkelten im Schein des durch die bodentiefen Fenster einfallenden Lichtes.

Elsa schluckte. Die Tränen traten ihr in die Augen. Es hätte doch alles so schön werden können. Da hörte sie ein Geräusch. Das Rollen schwerer Räder. Eine weitere Kutsche traf ein.

***

Isolde war gerade im Begriff, ins Haus zu gehen, als sie hinter sich einen wütenden Schrei hörte. Sie wandte sich um und sah Alfred Berlitz, der aus einem Fiaker stieg. Sein Zylinder saß schräg auf seinem Kopf. Sein hageres Gesicht war knallrot, er atmete schwer.

Isolde schloss für einen Moment die Augen, um sich für das zu wappnen, was ihr bevorstand.

„Was erlauben Sie sich", schrie Berlitz. Ein Speicheltröpfchen löste sich aus seinem Mundwinkel und flog haarscharf an Isoldes Gesicht vorbei.

„Es tut mir leid", sagte sie. „Ich konnte Ihren Sohn nicht heiraten. Moritz ist ein guter Mann. Er hat eine Frau verdient, die ihn liebt. Und die ihn heiraten will."

„Es tut Ihnen leid?", brüllte der Unternehmer. „Sie wissen gar nicht, wie sehr Ihnen noch leidtun wird, was Sie heute getan haben. Sie haben mich zum Gespött der feinen Gesellschaft gemacht. Auf meinem Sohn wird immer der Makel desjenigen haften, der am Altar stehen gelassen wurde. Sie haben meinen guten Namen besudelt. Und dafür werden Sie büßen."

„Ich kann nicht mehr tun, als um Verzeihung bitten. Sie und Moritz."

Berlitz schnaubte. „Verzeihung? Das können Sie vergessen. Ich habe dieses Haus hier gekauft", sagte er und deutete auf die Villa. „Ich werde es einreißen lassen und jede Erinnerung an Ihren Vater, Sie und Ihre Schwester tilgen. Ich werde das Unternehmen Ihres Vaters meiner Firma einverleiben und dafür sorgen, dass der Name Hartmann verschwindet und vergessen wird. Und wenn Sie oder Ihre Schwester mir noch einmal in den Weg treten sollten, werde ich Sie zertreten wie einen Käfer."

Er wandte sich um, kletterte in den Fiaker und herrschte den Kutscher an, loszufahren. Isolde sah ihm nach. Ihr ganzer Körper bebte. Da spürte sie eine Hand auf ihrer Schulter.

„Das war heftig", hörte sie den Onkel sagen.

„Ich kann ihn verstehen", erwiderte Isolde. „Und Elsa kann ich auch verstehen. Ich habe versagt."

„Nein, das hast du nicht. Du hast dich einer unlösbaren Aufgabe gestellt und warst bereit, dich für das Erbe deines Vaters und das Wohl deiner Schwester zu opfern. Ich bin froh, dass du es nicht getan hast."

Sie sah ihren Onkel überrascht an. Er lächelte.

„Du bist deinem Herzen gefolgt, indem du dich geweigert hast, Berlitz zu heiraten. Und damit hast du dich vor einem Leben bewahrt, in dem du nie glücklich hättest werden können."

„Ich weiß auch nicht, ob ich in dem Leben, das nun vor mir liegt, noch einmal glücklich werden kann."

„Warum nicht? Was hast du vor?"

Isolde seufzte. „Ich werde wohl meine Überlegungen in die Tat umsetzen, die ich vor der Hochzeit hatte. Gleich morgen melde ich mich bei einem Lehrerinnenseminar an. Dann kann ich nächstes Jahr als Gouvernante arbeiten und Elsa finanziell unterstützen. Im April werde ich 21. Dann wird meine Mitgift ausgezahlt. Ich hoffe, dass sich unsere Lage dadurch etwas entspannt. Wenigstens darauf hat Berlitz keinen Zugriff.“

„Es war ein geschickter Schachzug von dir, die Auszahlung der Mitgift im Ehevertrag an das Jawort zu knüpfen.“

„Das war nicht meine Idee. Moritz wollte es so. Wahrscheinlich hat er geahnt, dass ich im letzten Moment einen Rückzieher machen würde. Für ihn tut es mir leid. Er ist ein Ehrenmann. Ganz im Gegensatz zu seinem Vater.“ Sie sah zur Villa und seufzte. „Wir werden wohl bald ausziehen müssen. Können wir bei dir unterkommen?“

Der Onkel lächelte. „Liebend gerne. Ihr seid mir jederzeit willkommen.“

KAPITEL 6

Dienstag, 24. September 1895

Isolde war tief in Gedanken versunken. Leider waren es nicht die üblichen, aufregenden Fantasien von Reisen in exotische Länder, denen sie sich hingab, wenn der Unterricht sie langweilte. Stattdessen grübelte sie darüber nach, ob ihre Entscheidung richtig gewesen war, Moritz Berlitz am Altar stehen zu lassen. Wenn sie an die Ereignisse dachte, ließ die Scham über ihr Verhalten an diesem Tag immer noch eine Gänsehaut über ihren Rücken wandern.

Moritz hatte recht behalten. Berlitz war eiskalt gewesen. Er hatte ihr alles genommen und sie für die Demütigung seines Sohnes teuer bezahlen lassen. Auch ihre Stellung war nach diesem Skandal dahin. Die Spitzen der feinen Münchener Gesellschaft waren Zeuge ihrer Flucht aus der Kirche geworden und die meisten der Anwesenden würden von nun an die Straßenseite wechseln, wenn sie Isolde kommen sahen. Das war ihr gleichgültig. Was sie jedoch bis ins Mark getroffen hatte, war Elsas Verzweiflung gewesen. Unter der Schande der geplatzten Hochzeit würde auch sie leiden müssen. Ihre Aussichten, eine gute Partie zu machen, waren geschwunden. Elsa hatte ihr bittere Vorwürfe gemacht und dann tagelang nicht mehr mit ihr gesprochen.

„Fräulein Hartmann!"

Die schrille Stimme riss sie aus ihren Tagträumen. Sie brachte ein halblautes „Ja, Frau Oberlehrerin Mohr?" hervor.

„Ich habe Ihnen keine Frage gestellt, die sich mit ‚Ja' oder ‚Nein' beantworten ließe", erwiderte die Oberlehrerin. Die Stirn unter ihrem streng zurückgebundenen Haar hatte sich in tiefe Falten gelegt. Die Augenbrauen bildeten zwei steile Striche, die in einer imaginären Pfeilspitze zusammenzutreffen schienen, die wiederum auf die enorme Nase zielte, deren Flügel sich aufblähten wie die Nüstern eines wütenden Pferdes.

„Ich bitte um Verzeihung, Frau Oberlehrerin Mohr. Ich war für einen Moment unaufmerksam."

„Diese Momente häufen sich", gab die Lehrerin mit schneidender Stimme zurück. „Wie wollen Sie denn später einmal Kindern das Lernen lehren, wenn Sie selbst nicht in der Lage sind, zuzuhören?"

Isolde spürte, wie eine heiße Wut in ihr aufstieg. Im Gegensatz zu Elsa, die in Situationen wie dieser dazu neigte, in Tränen auszubrechen und eine wortreiche Entschuldigung von sich zugeben, sammelte sich der Zorn, den Isolde empfand, in ihrer rechten Hand. Mit einiger Mühe widerstand sie dem Impuls, kräftig auf den Tisch zu schlagen und der Lehrerin die Meinung zu sagen. Sie war zwar erst zwei Wochen an dieser Schule, in dieser Zeit hatte sie aber gelernt, dass nichts schlechter bei den Lehrkräften ankam als Schülerinnen, die eine eigene Meinung vertraten.

„Ich bitte gnädigst um Verzeihung, Frau Oberlehrerin Mohr!", brachte sie zähneknirschend hervor.

„Nun, die werden Sie erhalten, wenn Sie mir bis morgen einen zehnseitigen Aufsatz abliefern, in dem Sie ausführlich erörtern, wie die Schule Mädchen am besten auf ihre Pflichten als Mütter und Ehefrauen vorbereiten kann.“

Isolde biss die Zähne zusammen. Denn die ihr auf der Zunge liegende Erwiderung, dass es Lehrerinnen wohl kaum anstehe, junge Frauen in diese Richtung vorzubereiten, wo sie selbst doch wie katholische Priester zur Ehelosigkeit verpflichtet waren, hätte wahrscheinlich dazu geführt, dass die Mohr zehn zusätzliche Seiten von ihr eingefordert hätte.

Daher nickte sie nur und schloss die rechte Faust noch fester, sodass ihre Knöchel weiß hervortraten. Glücklicherweise war die Stunde zu Ende. Isolde holte die in Papier eingewickelte Brotzeit aus ihrer Tasche und eilte hinaus ins Freie. Sie brauchte frische Luft. Draußen auf dem Hof der Lehrerinnenanstalt lehnte sie sich an die Wand und biss in ihr Brot.

„Grüß dich, Isolde“, hörte sie eine Stimme sagen.

„Anna“, erwiderte sie kauend und lächelte ihrer Mitschülerin zu. Anna Kennerknecht war ein stilles, schüchternes Mädchen, das es ebenso wie Isolde nicht leicht hatte in der Klasse mit all den strebsamen jungen Damen, die nichts mehr wollten, als kleinen Kindern Lesen und Schreiben beizubringen.

„Ich habe gehört, dass dein Vater gestorben ist“, sagte Anna. „Das tut mir leid.“

Isolde konnte nicht verhindern, dass Tränen in ihre Augen traten. Aber sie war froh, dass Anna sie nach dem Tod ihres Vaters gefragt hatte und nicht nach ihrer gescheiterten Hochzeit. Der Skandal war so gewaltig gewesen, dass ihre Mitschülerin davon gehört haben musste.

„Das muss schlimm sein", sagte Anna. „Ich kann gut verstehen, dass du dann nicht aufpassen kannst in der Klasse."

„Der Unterricht ist mir gleichgültig", sagte Isolde.

Annas Augen weiteten sich.

„Gleichgültig? Aber wie willst du dann eine gute Lehrerin werden?"

Isolde zuckte mit den Achseln. „Ich weiß nicht, ob ich eine gute Lehrerin werde. Ich mag es, zu lernen und Wissen anzuhäufen. Ich würde es lieben, zu forschen. Aber ich weiß nicht, wie gut ich darin bin, Wissen weiterzugeben. Ehrlich gesagt mag ich Kinder auch nicht besonders."

Annas Augen wurden noch größer. „Du ... du magst Kinder nicht? Aber warum willst du dann Lehrerin werden?"

„Aus eigener Erfahrung weiß ich nur zu gut, dass es keine Voraussetzung für den Lehrerinnenberuf ist, Kinder zu mögen. Aber als Lehrerin kann ich gutes Geld verdienen. Das ist es, was zählt." Sie biss noch einmal in ihr Brot und verließ dann das Schulgelände, um eine Runde spazieren zu gehen.

Nach der Mittagspause kehrte sie in das Klassenzimmer zurück und setzte sich auf ihren Platz. Pünktlich zur vollen Stunde betrat Frau Mohr den Raum und die ganze Klasse erhob sich, um die Lehrerin zu begrüßen.

Nachdem alle sich wieder gesetzt hatten, erwartete Isolde, dass der Unterricht beginnen würde, doch

stattdessen kam die Mohr auf sie zu. Ihr schwante
Übles und sie wurde nicht enttäuscht.

„Das Fräulein Hartmann soll sich bei der Frau
Rektorin vorstellen", sagte sie. Sie warf Isolde einen
kalten, abschätzigen Blick zu, der sie frösteln ließ. Es
lag so viel Verachtung, aber auch so viel Genugtuung
darin. Isolde erkannte, wie sehr die Lehrerin es genoss,
dass sie von der Rektorin zur Schnecke gemacht
werden würde, warum auch immer. Sie erhob sich,
knickste, verließ den Raum und spürte dabei die auf sie
gerichteten Blicke ihrer Mitschülerinnen. Kurz bevor
sie die Tür erreicht hatte, passierte sie Annas Tisch.
Diese war knallrot angelaufen und mied es, sie
anzusehen. Daher wehte also der Wind. Nun wusste
sie, wem sie den Termin zu verdanken hatte. Warum
hatte sie dieser dämlichen Gans gegenüber denn auch
so ehrlich sein müssen?

Das Büro der Rektorin lag im zweiten Obergeschoss
und Isolde ächzte und schnaufte, als sie endlich oben
angelangt war. Sie klopfte an die dunkle Tür und als ein
herrisches „Herein!" ertönte, trat sie ein.

Die Rektorin saß hinter einem großen Schreibtisch
aus Eichenholz und sah sie über den Rand ihrer Brille
hinweg an.

„Fräulein Hartmann, Grüß Gott", sagte sie in einem
überraschend freundlichen Ton. „Nehmen Sie Platz!"

Sie setzte sich der Schulleiterin gegenüber und sah sie
erwartungsvoll an.

„Wie haben Sie sich denn bei uns eingelebt?", begann
die Rektorin.

„Den Umständen entsprechend gut, würde ich sagen", erwiderte Isolde. „Ich kann allen Fächern folgen und muss keine großen Wissenslücken schließen."

„Ja, die Umstände", sagte die Rektorin und nickte dabei. „Der Tod Ihres Vaters. Die gescheiterte Eheschließung. Und dann noch der anstehende Umzug zu Ihrem Onkel. Das muss eine große Belastung für Sie und Ihre Schwester sein", sagte sie.

Isolde nickte und zwang sich, durch den Kloß in ihrem Hals ein „Ja" hervorzubringen.

„Ich denke, dass Sie schwer erschüttert sein müssen, und vielleicht erklärt das Ihre Äußerungen", fuhr die Rektorin fort. „Nichtsdestotrotz sind diese so ungewöhnlich und schwerwiegend, dass ich sie nicht einfach ignorieren kann."

„Welche Äußerungen?", fragte Isolde, ahnte aber bereits, worum es sich handelte.

„Mir ist zugetragen worden, dass Sie sich im Pausenhof dahingehend geäußert hätten, dass Sie", sie schob ihre Brille nach oben und las von einem Blatt ab, das vor ihr lag, „Kinder hassen und den Lehrerinnenberuf als etwas Sinnloses ansehen."

Isoldes Finger ballten sich wieder zu einer Faust. „Ich habe das nicht gesagt!", rief sie.

Die Rektorin kniff die Augen zusammen. „So ist es mir zugetragen worden."

„Das ist eine Lüge. Wer hat das behauptet? Anna Kennerknecht?"

Die Schulleiterin hob die Hand. „Ich kann nicht beurteilen, ob das Fräulein, das mir diese Sätze übermittelt hat, die Wahrheit gesprochen hat. Das ist auch gleichgültig. Die Worte sind in der Welt und nun frage ich mich, wie ich damit umgehen soll.“

Isolde sah sie gespannt an, sagte aber keinen Ton.

„Ich frage mich – wenn diese Äußerungen nicht der Wahrheit entsprechen –, was Sie tatsächlich gesagt haben.“

„Ich habe gesagt, dass ich das Lernen liebe, aber nicht weiß, ob mir das Lehren liegt. Ich ... ich habe keine Erfahrung mit Kindern. Ich weiß nicht, ob ich eine gute Lehrerin sein kann.“

„Wollen Sie eine gute Lehrerin werden?“

Isolde stutzte. Das „Ja“, das ihr auf der Zunge gelegen hatte, wollte nicht heraus.

„Ich weiß es nicht“, sagte sie schließlich etwas kleinlaut.

Die Rektorin nickte. „Was wollen Sie denn überhaupt? Was sind Ihre Ziele im Leben?

„Ich will reisen“, brach es aus Isolde heraus. „Fremde Länder sehen. Lernen. Studieren. Forschen.“

Die Schulleiterin legte den Kopf schief. Isolde atmete tief ein und aus.

„Träume sind etwas Schönes“, sagte die Rektorin. „Aber sie können auch gefährlich werden. Sie können uns blenden, uns Möglichkeiten vorgaukeln, wo es keine gibt. Sie müssen sich dem Leben stellen, Fräulein Hartmann. Sie haben die Aussicht auf eine glänzende Eheschließung ausgeschlagen und sich stattdessen dafür entschieden, Lehrerin zu werden. Arrangieren Sie sich damit. Mäßigen Sie sich. Sie werden nicht glücklich werden, wenn Sie Knabenmorgenblütenträumen nachrennen. Und nun gehen Sie zurück in den Unterricht! Und behalten Sie Ihre Ansichten für sich.“

Isolde fühlte sich, als ob ihr die Rektorin einen Eimer kaltes Wasser über den Kopf geleert hätte. Sie erhob sich und wankte aus dem Raum.

***

„Hier ist es eiskalt“, rief Elsa und rieb sich die Oberarme. „Gibt es denn keine Öfen in dieser Bruchbude?“

Das dreistöckige Haus in der Seestraße hatte eindeutig schon bessere Zeiten gesehen. Die Stellen, an denen das rohe Ziegelwerk sichtbar wurde, überwogen die Verputzten bei Weitem. Das Holz, aus dem die Tür- und Fensterrahmen gefertigt waren, hatte sich verzogen, weswegen ein kühler und zugleich feuchter Luftzug durch die Zimmer strich. Am schlimmsten war aber, dass das Haus nicht über einen Stromanschluss verfügte. Sie hatten kein elektrisches Licht und kein Telefon. Elsa befühlte die Decke, die auf dem rostigen Bettgestell in dem düsteren Raum lag, der ihr als Schlafzimmer zugewiesen worden war. Sie war klamm und kalt.

„Das Fräulein wird noch ein Unterkleid mehr anziehen müssen“, sagte die magere alte Matrone, die ihrem Onkel das Haus führte. Kreszentia Waldenbacher. Was für ein Name! „Die Schlafzimmer tun wir nicht heizen. Aber ich kann Ihnen noch eine Wärmflasche bringen.“

„Ich weiß nicht, ob eine Wärmflasche reichen wird. Ich habe keine Lust, mir hier den Tod zu holen.“

71

„Der werte Herr Kunstmaler lebt seit fünfzehn Jahren hier. Und bislang ist er nicht erfroren."

Elsa holte tief Luft. Wie konnte eine Dienstbotin nur derart impertinent sein? *Zenzi*, wie der Onkel sie nannte, ein Name, den Elsa eher mit einer der Kühe in Verbindung gebracht hatte, die er mit einer Meisterschaft malte wie kaum einer der anderen Künstler in München, schien überhaupt nicht besorgt darüber zu sein, dass es dem Fräulein an den nötigsten Annehmlichkeiten fehlte. Sie spürte, wie eine heiße Wut nach außen drängte. Gleich würden die Tränen kommen und sie wollte nicht, dass die Haushälterin Zeugin dieser Gefühlsaufwallung wurde.

„Gehen Sie jetzt bitte", sagte sie mit zitternder Stimme. „Ich möchte allein sein."

Zenzi zuckte mit den Achseln und schlurfte aus dem Zimmer. Elsa warf sich auf das Bett. Sofort begannen die Tränen zu fließen. Sie schluchzte laut und schlug mit der Faust auf die abgestandene, nach Feuchtigkeit und Moder stinkende Decke. Welch eine Ungerechtigkeit ihr widerfahren war! Wie sie sich alle über ihren Kopf hinweggesetzt hatten. Isolde, die sich nicht dazu hatte durchringen wollen, einen reichen Erben zu heiraten und dadurch alles verloren hatte – die Firma, das Haus und ihre gesellschaftliche Stellung. Und Onkel Anton, ihr Vormund, der dem Verkauf der Villa zugestimmt und beschlossen hatte, dass sie in diese Bruchbude umziehen musste.

Sie erhob sich und ging eine Weile im Zimmer auf und ab. Was sollte sie tun? Ihr Blick fiel auf das Gepäck, das an der gegenüberliegenden Wand aufgestapelt worden war. Ihre Kleider waren in vier Schrankkoffer verpackt worden. Daneben lag eine Tasche aus abgegriffenem, mit Ölflecken durchsetztem Segeltuch, in der sich die Werkzeuge befanden, die Papa ihr vermacht hatte. Die Reisetasche, die den Inhalt ihres Sekretärs enthielt, hatte sie auf einen der Koffer gelegt. Sie öffnete sie und zog die Einladung heraus, die noch an die alte Adresse geschickt worden war.

Richtig, das Datum stimmte. Das Tanzkränzchen fand heute statt. Und sie würde hingehen. Ganz egal, ob der Onkel oder Isolde etwas dagegen hatten. Sie suchte nach einer Klingel, um dem Dienstmädchen zu läuten, damit es ihr beim Umziehen und bei der Toilette half. Doch dann wurde ihr bewusst, dass es hier kein Dienstmädchen gab und dass auf ihr Rufen nur Zenzi antworten würde. Sie erschauderte bei dem Gedanken, dass die runzligen, welken Finger der Frau ihre Haare berührten.

Sie suchte in ihrem Gepäck nach einem Kleid, zog sich notgedrungen selbst an und schaffte es, sich vor dem beinahe blinden Spiegel in der Ecke des Raumes einigermaßen zu frisieren. Zuletzt setzte sie einen breitkrempigen Strohhut auf, warf sich einen Mantel über und ging hinaus.

Vorsichtig schlich sie die Treppe ins Erdgeschoss hinab. Sie durfte sich nicht erwischen lassen. Als sie den Onkel das letzte Mal um Erlaubnis gebeten hatte, eine Tanzveranstaltung zu besuchen, hatte er ihr es mit dem Hinweis auf die Trauerzeit untersagt. Was für ein Hohn. Bei Isoldes Hochzeit hatte er diese Skrupel nicht gehabt. Als ob Papas Totenruhe darunter litt, wenn Elsa in Gesellschaft ging. Er hätte es ausdrücklich gewünscht, darin bestand für sie kein Zweifel.

Als sie das Haus verlassen und den von Unkraut überwucherten Vorgarten durchquert hatte, atmete sie tief aus. Sie trat auf den Gehsteig, rückte den Hut zurecht, den sie ein wenig schief auf ihren Locken platziert hatte, und machte sich auf den Weg.

Bei der Tanzschule angekommen, legte sie rasch ihren Mantel ab und eilte voll Vorfreude auf das Parkett. Sie beherrschte die Schritte im Schlaf und deshalb konnte sie auch die Augen dabei schließen und sich vorstellen, dass keine vertrocknete alte Tanzlehrerin sie führte, sondern ein junger, schneidiger Offizier.

Viel zu rasch war die Stunde vorbei. Die Lehrerin klatschte in die Hände und die Mädchen liefen gackernd durcheinander wie eine Schar Hühner auf dem Weg zur Fütterung. Am Eingang wartete ihre Freundin Frieda auf sie. Elsa zuckte zusammen. Frieda war Zeugin von Isoldes Flucht aus der Kirche geworden. Und seitdem hatten sie sich nicht mehr gesehen.

„Frieda, guten Tag, ich habe dich gar nicht auf der Tanzfläche gesehen.“

„Nun, dafür hättest du die Augen öffnen müssen.“

Elsa winkte ab. „Das brauche ich nicht, ich muss beim Tanzen nicht die ganze Zeit auf meine Füße starren, die machen ganz von selbst das, was sie sollen.“

Sie sah, dass sie einen Treffer gelandet hatte, denn Frieda, die keine gute Tänzerin war, wurde eine Schattierung bleicher. „Ich hoffe, du hast noch genügend Gelegenheiten, dein Talent auf die Probe zu stellen“, sagte sie.

„Warum sollte ich die nicht haben?“

Auf Friedas Gesicht erschien ein unschönes Lächeln. „Ich glaube kaum, dass du noch viele Einladungen erhalten wirst, nach dem, was deine Schwester sich geleistet hat.“

Elsas Mund war mit einem Mal staubtrocken. Sie setzte ein Lächeln auf und winkte ab. „Ach, das. Du kennst doch die Münchener, die werden sich bald über etwas anderes den Mund zerreißen. Ich habe einen Stapel voll Einladungen zu Hause, die ich gar nicht alle wahrnehmen kann.“

„Na, dann bin ich aber froh. Es wäre ein Jammer, wenn du nicht mehr zu den Bällen eingeladen würdest, wo du so eifrig geübt hast.“

Elsa spürte, dass sich in ihren Augenwinkeln Tränen sammelten, doch gleichzeitig war da eine unbändige Wut, die sich wunderbar belebend anfühlte. „Nun, auch da kann ich dich beruhigen. Meine gesellschaftliche Stellung ist vollkommen unabhängig davon, ob meine Schwester einen Krämerssohn heiratet oder nicht.“

Das unschöne Lächeln auf Friedas Gesicht verbreiterte sich. „Wie willst du das anstellen? Ohne Geld und ohne einen Vater, dessen Verbindungen die Türen in die Salons öffnen?“

„Nun, ich habe viele Verehrer“, erwiderte Elsa und versuchte, es so nebensächlich wie möglich klingen zu lassen. „Offiziere, Grafensöhne, Staatsbeamte. Ich werde klug wählen, den Schönsten, Reichsten und Stärksten. Mein zukünftiger Mann und ich werden die Krönung jedes Balls und der Mittelpunkt jedes Salons sein, das kann ich dir versichern.“

KAPITEL 7

Donnerstag, 26. September 1895

„Guten Morgen, Frau Oberlehrerin Mohr!"

Die so Begrüßte nickte der Klasse zu und die siebzehn angehenden Lehrerinnen nahmen Platz. Isolde atmete tief durch bei dem Gedanken daran, dass sie die nächsten sechs Stunden in diesem Raum verbringen und den öden Ausführungen der Lehrerin lauschen musste, ohne in eine ihrer Träumereien abzuschweifen. Zumindest hatte sie sich das vorgenommen.

„Guten Morgen", sagte die Oberlehrerin. „Wir werden uns heute der Grammatik des Deutschen zuwenden und uns danach mit einigen erbaulichen Gedichten des großen Schiller beschäftigen."

Isolde schloss die Augen. Das durfte doch nicht wahr sein. Da nahm sie sich vor, sich aufmerksam am Unterricht zu beteiligen, und dann standen ausgerechnet die Themen auf dem Programm, die sie entweder nicht verstand oder todlangweilig fand.

„Doch zunächst werde ich Ihnen die korrigierten Aufsätze zurückgeben."

Isolde schwante Übles. Sie hatte Ewigkeiten mit dem Schreiben eines Textes zum Thema „Was wir aus Schillers Lied von der Glocke über das Wesen der Frau lernen können" verbracht, aber ihr war nichts Rechtes eingefallen. *„Und drinnen waltet die tüchtige Hausfrau“*. Als sie diesen Vers gelesen hatte, war sie kurz davor gewesen, das Buch in die Ecke ihres Zimmers zu schleudern. Doch sie hatte zu große Ehrfurcht vor Büchern, als dass sie es jemals über sich gebracht hätte, eines mutwillig zu zerstören. Deshalb hatte sie nur vor sich hingeflucht und sich geschworen, niemals die Rolle des Heimchens am Herd zu spielen, gleichgültig, ob der Weimarer Klassiker deswegen nun die marmorkalte Stirn runzeln würde oder nicht.

Die Stellen über den Mann, der hinaus muss *ins feindliche Leben*, die hatten ihr deutlich besser gefallen. Sie wollte auch „wirken und streben, pflanzen und schaffen“. Die Vorstellung, *Mädchen zu lehren* und *den Knaben zu wehren*, fand sie dagegen eher abstoßend. Sie hatte versucht, sich vorzustellen, was die Oberlehrerin von ihr hören wollte, und einen kurzen, uninspirierten Text geschrieben, in dem sie argumentierte, dass Schiller in wenigen, genialen Worten die unverrückbaren Gegensätze zwischen Männern und Frauen in Erz gegossen hatte, so, wie es der Glockenbauer mit der titelgebenden Glocke getan hatte. Sie hoffte, dass das den strengen Ansprüchen der Mohr genügte.

Die Oberlehrerin baute sich vor ihr auf. Ihre zu zwei dünnen Strichen gezupften Augenbrauen zogen sich zu einem V zusammen, während ihre Stirn sich in tiefe, runzlige Falten legte. Sie knallte das Heft mit dem Aufsatz vor Isolde auf den Tisch.

„Ungenügend“, zischte sie.

Isolde sog ihre Unterlippe ein, mied aber den Blick der Lehrerin und hoffte, dass sie zu ihrer Banknachbarin gehen würde. Doch die Mohr blieb stehen.

„Ich hoffe, Sie haben keine schriftstellerischen Ambitionen", sagte sie mit kalter, höhnischer Stimme. Isolde sah sie an. Ihre Kehle schnürte sich zusammen.

„Warum?", fragte sie.

Ein Lächeln erschien auf den schmalen Lippen der Lehrerin.

„Weil Ihnen jegliche Voraussetzungen dafür fehlen, einen lesbaren Text zu schreiben. Ihr Stil ist hölzern und unrhythmisch. Jedes Wort wirkt, als ob Sie lange damit gerungen hätten, es in Schmerzen zu gebären. Wenn es in Ihrer Absicht lag, den Leser zu foltern, haben Sie Erfolg gehabt. Ich musste Ihren Aufsatz zwischendurch beiseitelegen, weil mich eine Migräne anflog."

Isoldes rechte Hand begann zu zittern. Sie legte sie rasch auf ihren Schoß unter den Tisch, damit die Mohr es nicht sah.

„Und das waren nur die formalen Aspekte", fuhr die Lehrerin fort. „Der Inhalt war noch ungenießbarer. Wie konnten Sie der Wahnidee erliegen, dass Schiller der Aufgabe der Frau die gleiche Wichtigkeit zuweise wie der des Mannes?"

„Ich habe das Gedicht so verstanden", sagte Isolde kleinlaut. Sie hätte sich am liebsten ohrfeigen mögen. Warum hatte sie es nicht dabei bewenden lassen, die Unterschiede zwischen Männern und Frauen hervorzuheben, ohne auf den Wert der Beiträge der Geschlechter zum Fortschritt der Menschheit einzugehen?

Die Lehrerin stieß ein heiseres Lachen aus. „Nun, dann haben Sie gar nichts verstanden. Das *ungenügend* ist mehr als verdient."

Sie ging weiter und ließ Isolde zurück, die alle ihre Kraft aufbringen musste, die Tränen zurückzuhalten, die ihr mit Macht in die Augen drängen wollten.

Nachmittags auf dem Heimweg war sie niedergeschlagen. Einmal mehr war sie ihrem Vorsatz nicht gerecht geworden. Zwar hatte sie nicht von Abenteuern in fernen Ländern geträumt, unaufmerksam war sie aber trotzdem gewesen, da ihre Wut über die Beurteilung durch die Oberlehrerin ihr allerhand Vorstellungen entlockt hatte, wie sie es der Mohr heimzahlen könnte.

Isolde schritt langsam durch den mit Unkraut überwucherten Vorgarten und öffnete die Haustür. Sie knarrte in ihren Angeln. Im Flur roch es nach gekochtem Gemüse. Zenzi braute wohl wieder eine ihrer Suppen zusammen. Obwohl sie seit dem Morgen nichts mehr gegessen hatte, war Isolde nicht hungrig. Sie wollte sich in ihr Zimmer zurückzuziehen und sich in ihrem Bett vergraben. Als sie gerade die Treppe ins Obergeschoss betrat, hörte sie die Stimme ihres Onkels hinter sich.

„Isolde, grüß dich", sagte er.

„Guten Tag, Onkel", erwiderte sie leise.

„Was ist mit dir?", fragte er. „Du wirkst so … so verhalten."

Sie schüttelte den Kopf, konnte aber nicht verhindern, dass ihr die Tränen in die Augen traten.

„Oh", sagte der Onkel. Er kniff die Lippen aufeinander und ließ die Arme hängen.

„Ich weiß nicht …“, sagte er. „Kann ich dir irgendwie helfen?“

„Nur, wenn du die Oberlehrerin Mohr in eine Kuh verwandeln und in eines deiner Gemälde bannen kannst“, flüsterte Isolde.

Der Onkel sah sie einen Moment lang mit eben den großen Augen an, die sie an sein Lieblingssujet erinnerten. Dann brach er in ein donnerndes Gelächter aus. Isolde konnte nicht anders, nach ein paar Augenblicken stimmte sie mit ein.

„Komm mit in die Stube“, sagte er und wischte sich mit dem Ärmel die Tränen aus den Augen. „Zenzi soll uns einen Kaffee kochen und während wir darauf warten, erzählst du mir alles von diesem Rindviech, das sich in dein Lehrerinnenseminar verirrt hat.“

Isolde folgte ihm in den Salon. Ein Feuer brannte im offenen Kamin und es war angenehm warm. Sie setzten sich und sie berichtete dem Onkel nicht nur von der schlechten Note, die sie bekommen hatte, sondern schüttete ihm auch ihr Herz über all die kleinen Unglücke aus, die sie in den letzten Wochen im Seminar erlebt hatte.

Er sah sie ernst an. „Das klingt furchtbar“, sagte er.

„Das ist es. Wir werden dazu ausgebildet, Mädchen auf ihre Rollen als Hausfrauen und Mütter vorzubereiten. Die Naturwissenschaften lehrt man uns nur in groben Strichen, dafür sollen wir Sprachen und Hauswirtschaft vermitteln können, um als Gouvernanten zu arbeiten. Es ist furchtbar!“

„Was willst du tun?“

Isolde atmete tief durch. Sie hatte einen Plan, nur hatte sie diesen noch niemandem offenbart. Der Onkel sah sie so gutherzig an, so liebevoll, mit echtem Interesse. Sie gab sich einen Ruck. „Wenn ich die Volljährigkeit erreiche, werde ich meine Mitgift dazu nutzen, eine Weltreise zu unternehmen. Ich werde Reiseschriftstellerin. Wie Ida Pfeiffer. Und wenn mein Buch erscheint, kehre ich in das Seminar zurück und knalle es der Mohr auf den Tisch.“

***

Elsa nahm den Brief auf, den Zenzi ihr auf das Nachtkästchen gelegt hatte. Sie griff nach dem Brieföffner aus Elfenbein, einem Geschenk von Papa zu ihrem letzten Geburtstag, und schlitzte den Umschlag auf. Behutsam zog sie eine Karte hervor und las den Text mehrfach durch. Ein Lächeln breitete sich auf ihren Lippen aus. Am liebsten hätte sie Frieda die Einladung unter die Nase gehalten und sie ausgelacht. Natürlich wurde sie weiterhin zu Bällen, Empfängen und Jours geladen. Sie war die Tochter des königlich-bayerischen Hofsattlers und dieser Titel würde ihr trotz des Skandals um Isoldes geplatzte Hochzeit nach wie vor manche Türen der Münchener Gesellschaft öffnen. Wenigstens eine Zeit lang.

Die Einladung lautet auf den Freitag kommender Woche. Sie eilte zu dem klapprigen Kleiderschrank und ging rasch ihre Garderobe durch. Jedes Teil hatte sie mindestens einmal getragen. Damit konnte sie sich nicht sehen lassen. Sie brauchte dringend ein neues Kleid. Und zwei Hüte. Und einen farblich darauf abgestimmten Schirm. Schließlich war es Herbst.

Sie schloss den Schrank und eilte die Treppe hinab. Als sie den Salon betrat, sah sie, dass der Onkel mit Isolde zusammensaß. Der Anblick versetzte ihr einen Stich. Auf ihre Schwester war sie noch immer schlecht zu sprechen. Was sie wohl zu bereden hatten? Nun, es war ihr gleichgültig. Sie konnten ihr nicht noch mehr antun.

„Guten Tag Onkel", sagte sie, Isolde bewusst ignorierend.

„Grüß dich, Elsa. Was gibt es?"

„Ich habe eine Einladung zum Jour der Gräfin von Auernberg am kommenden Freitag erhalten. Und dafür benötige ich ein Kleid."

Die Hüte, den Schirm und die Handschuhe – ihr war inzwischen eingefallen, dass die drei Paar, die sie besaß, nicht zu der neuen Garderobe passen würden – erwähnte sie nicht. Das verstand sich von selbst.

Der Onkel holte tief Luft und blies seine Backen auf, was sein Gesicht aussehen ließ wie den Kopf eines uralten Karpfens. „Ich fürchte, das wird nicht möglich sein", sagte er.

„Nicht möglich?" Elsa glaubte, sich verhört zu haben. „Warum sollte das nicht möglich sein?"

„Weil uns die Mittel dazu fehlen."

„Welche Mittel?"

Isolde schnaubte. „Kleider kosten Geld, Elsa", sagte sie.

„Ach, was du nicht sagst", gab ihre Schwester schnippisch zurück. „Papa hat uns ein ansehnliches Erbe hinterlassen. Nach dem Verkauf der Fabrik und der Villa sollte noch genügend Kleingeld übrig sein, um meine Garderobe ein wenig aufzubessern."

„Nein", sagte der Onkel. „Der Verkaufserlös hat gerade ausgereicht, um die Schulden zu decken. Mehr hat uns Berlitz nicht geboten."

„Nun, ein Kleid und etwas Zubehör kosten nicht die Welt. Notfalls entnimmst du es eben meiner Mitgift."

Der Onkel seufzte. „Das mag sein. Und trotzdem kann ich es nicht gestatten. Deine Mitgift darf ich zu diesem Zweck nicht anrühren, selbst wenn ich es wollte."

Elsas Augen füllten sich mit Tränen. Sie stieß einen erstickten Schrei aus, wandte sich auf der Stelle um und stürmte aus dem Salon und die Treppe hinauf in ihr Zimmer, wo sie sich auf das Bett warf. Sie schlug mit der Handfläche auf die klamme Tagesdecke. Was erlaubte sich der Onkel? Es war ihr Geld. Ihr Vater hatte es ihr vererbt. Und der Onkel verweigerte es ihr.

Da klopfte es. Sie beschloss, nicht zu antworten. Es klopfte noch einmal, dann hörte sie die Türe knarren. Sie sah auf. Zenzi stand im Rahmen. „Ein Fräulein Frieda ist für Sie da", sagte die Haushälterin. „Sie wartet unten. Sie behauptet, Ihr tätet spazieren gehen wollen."

Elsa stieß erneut einen spitzen Schrei aus. Das hatte sie ja ganz vergessen. Sie eilte auf die Wasserschüssel zu und wusch sich rasch die Tränen aus den Augen. Dann warf sie sich einen Mantel über, steckte mit geschickten Fingern einen mittelgroßen Hut auf ihrer Frisur fest und rannte an Zenzi vorbei die Treppe hinab.

Frieda stand auf dem Gehsteig und besah sich mit angewidertem Blick den Vorgarten.

„Der Gärtner hat gekündigt", sagte Elsa. Sie hakte sich bei ihrer Freundin unter und führte sie fort in Richtung des Englischen Gartens. Glücklicherweise ging Frieda weder auf den Zustand des Grundstücks noch auf den jämmerlichen Anblick des Hauses ein.

„Stell dir vor, ich bin zum Jour der Gräfin von Auernberg geladen", sagte sie stattdessen. Sie konnte ein höhnisches Grinsen nicht verbergen.

Elsa klatschte in die Hände. „Freitag nächster Woche? Dann treffen wir uns da. Ach, das wird fein!"

Friedas Grinsen fiel in sich zusammen wie eine instabile Föhnlage. Sie erwiderte nichts und nun war es an Elsa, ein überlegenes Lächeln aufzusetzen. Dieses verbreiterte sich, als sie zwei Offiziere sah, die ihnen hoch zu Ross auf der Königinnenstraße entgegen ritten.

„Schau mal, das sind die Lieutenants von Waldsee und von Heilmann. Schwere Reiterei. Wir sind gut bekannt."

Eine freudige Erregung elektrisierte ihren Körper und sie sang mit klarer, fester Sopranstimme:
„In Lichter Waffen Scheine
ein Ritter nahte da,
so tugendlicher Reine
ich keinen noch ersah."
Frieda verdrehte die Augen. „Ich kann den Parsifal nicht ausstehen."

„Das ist aus dem Lohengrin, du Banausin", rief Elsa und winkte den beiden Offizieren zu.

Diese waren bereits durch ihren Gesang auf sie aufmerksam geworden und lenkten ihre Pferde auf die Frauen zu. Sie hielten gleichzeitig vor ihnen wie bei einem Manöver, nahmen Haltung an und salutierten.

„Küss die Hand die Damen!", sagte von Heilmann.

„Gott zum Gruße, Herr Lieutenant", erwiderte Elsa und schenkte auch von Waldsee ihr schönstes Lächeln. „Aber ich vermisse den Grafen von Scharfenberg. Ich hatte mir Euch als eine Art Dreigestirn gedacht und nun sehe ich ihn nirgendwo. Hoffentlich ist er gesund."

„Er ist wohlauf", sagte von Waldsee. „Aber verzeiht, Fräulein. Ihr sprecht, als ob wir uns kennen würden."

Elsa spürte, wie ihr Mund trocken wurde. Sie lachte dagegen an, doch das Geräusch, das ihrer Kehle entwich, glich eher einem Stöhnen. „Natürlich kennen wir uns. Ihr wart die Gäste meines Vaters, des Hofsattlers Hartmann."

Von Heilmanns Augen weiteten sich. „Nun, wo Ihr es sagt. Wie konnten wir so blind sein?" Er legte die Hand an seinen Zweispitz. „Mein herzliches Beileid."

„Meines ebenfalls", fügte von Waldsee hinzu. Er nickte Elsa zu und trieb sein Pferd an. Von Heilmann tat es ihm nach, und ehe sie etwas erwidern konnte, hatten die Offiziere bereits drei Längen zwischen sich und die beiden Frauen gebracht.

Sie hörte Frieda leise lachen. „Nun, liebste Elsa, bei diesen Herren scheinst du jedenfalls keinen bleibenden Eindruck hinterlassen zu haben."

KAPITEL 8

Donnerstag, 31. Oktober 1895

„Und worin besteht die Überraschung?", fragte Isolde nun schon zum dritten Mal. Sie ging neben dem Onkel her, der gemütlich den Gehsteig entlang flanierte und dabei seinen Spazierstock auf das Pflaster klacken ließ.

„Ach, Isolde, du hast immer noch nicht verstanden, was das Prinzip einer Überraschung ist", rief Elsa, die hinter den beiden herging.

Der Onkel lachte. „Du wirst es bald wissen, wir sind gleich da."

Sie hatten inzwischen die Isarpromenade erreicht und Anton Würth zeigte auf eine Insel mitten im Fluss.

„Die Praterinsel?", fragte Isolde. Sie versuchte, sich ihre Enttäuschung nicht anmerken zu lassen. Der Onkel führte sie über die Praterwehrbrücke und steuerte zielstrebig auf das Café „Isarlust" zu, das vor allem für seinen Biergarten bekannt war. Als er ihr angekündigt hatte, dass er eine Überraschung für sie hatte, hatte sie sich allerhand ausgemalt. Zum Beispiel die Lesung eines berühmten Schriftstellers, idealerweise eines Entdeckers oder Forschers. Oder vielleicht ein Vortrag über ein fernes Land. Aber nun wollte der Onkel sie zum Essen ausführen.

Sie erreichten den Eingang des dreistöckigen, von zwei Türmchen und einer stattlichen Kuppel gekrönten Gebäudes. Der Onkel öffnete die Tür und sie traten in einen Vorraum. Hier saß eine Frau in Isoldes Alter an einem Tisch, eine Kasse vor sich. Isoldes Herz schlug schneller. Offenbar waren sie doch nicht zum Essen hierhergekommen. Sie konnte allerdings nirgendwo erkennen, wofür man hier bezahlen musste. Der Onkel kaufte drei Eintrittskarten, dann gaben sie ihre Mäntel an der Garderobe ab, stiegen die Treppe in den ersten Stock hinauf und gelangten in den großen Saal des Gasthauses.

Als Isolde den Raum betrat, der üblicherweise für Tanzveranstaltungen genutzt wurde, hielt sie erstaunt inne. An den Seiten und an extra dafür aufgestellten Stellwänden waren großformatige Fotografien aufgehängt worden. Auf einem der Bilder konnte sie eine Giraffe erkennen, auf einem anderen ragten Kokospalmen in einen wolkenlosen Himmel.

Ein großer, schlanker, sonnengebräunter Mann um die Vierzig trat auf den Onkel zu und begrüßte ihn herzlich.

„Darf ich euch vorstellen?", sagte Anton. „Das ist Ludwig Leimgruber. Er stellt seine Fotografien aus unserer Kolonie in Ostafrika aus."

Isolde reichte dem Mann die Hand. Ihr Herz schlug rasend schnell. Sie war noch nie einem Menschen begegnet, der eine derart weite Reise unternommen hatte. Bislang hatte sie nur in Büchern davon gelesen. Leimgruber deutete einen Handkuss an und wiederholte die Geste dann mit Elsa.

„Wie lange waren Sie in Ostafrika?", fragte Isolde.

„Ein halbes Jahr. Ich bin von Tanga aus nach Westen gereist bis zum Victoria-See."

„Dann sind Sie auch an der Kaiser-Wilhelm-Spitze vorbeigekommen?"

Leimgruber zog eine Augenbraue nach oben und nickte ihr anerkennend zu. „Da kennt sich aber jemand gut mit Geografie aus. Kommen Sie mit!"

Er führte sie zu einer großformatigen Fotografie, auf der ein kegelförmiger Berg abgebildet war. Er erhob sich aus einer flachen Steppenlandschaft und seine weiße Spitze verschwand in den Wolken.

„Die Eingeborenen nennen ihn Kibo. Er ist ein erloschener Vulkan."

Isolde starrte das Bild mit offenen Augen an. „Es sieht überwältigend aus", flüsterte sie.

„Das nehme ich als Kompliment für meine fotografischen Fähigkeiten", erwiderte Leimgruber. „Aber in natura ist dieser Berg um einiges eindrucksvoller. Oh, entschuldigen Sie mich bitte, da kommt der Konsul Haverbeck, einer meiner Mäzene."

Er ließ Isolde stehen, der das jedoch recht war. Sie sah sich das Bild noch einmal genau an, dann wandte sie sich dem Nächsten zu. Es zeigte einen dunkelhäutigen Hirten oder Krieger. Er hielt eine Lanze und schaute über eine weite Ebene hinweg zu einer Herde gehörnter Büffel.

„Ein Massai", hörte sie eine Stimme neben sich. Sie drehte sich um und sah sich einem bekannten Gesicht gegenüber.

„Sie waren bei uns zu Gast. An dem Abend, als mein Vater ..."

Er nickte. „Und ich muss mich gleich zweier Vergehen schuldig bekennen. Zum einen darf ich

Ihnen mein herzlichstes Beileid zum Tod Ihres werten Herrn Vaters ausdrücken.“

„Dankeschön. Das ist sehr freundlich von Ihnen.“

„Zum anderen habe ich mich damals gar nicht vorgestellt. Gestatten Sie, dass ich das nachhole?“

Isolde nickte, in der Hoffnung, dass er danach einfach weitergehen und ihr die Gelegenheit geben würde, in Ruhe die Bilder zu bestaunen.

„Mein Name ist Johann von Linden, Student der Archäologie.“

„Archäologie?“, fragte sie, wider Willen interessiert.

„Ja, im ersten Semester. Es ist leider viel trockener und öder, als ich es mir erhofft hatte. Aber die Grundlagen müssen gelegt werden. Ich freue mich schon darauf, in verwitterten Erdhügeln irgendwo in der Mongolei herumzuwühlen.“

„Sie Glücklicher. Ich gäbe alles darum, in die Mongolei zu reisen.“

„Nun, was hindert Sie daran?“

„Was mich daran hindert? Ich besuche ein Seminar und werde, wenn ich die Prüfung bestehe, ab dem kommenden Jahr als Lehrerin arbeiten.“

Er verzog das Gesicht, als ob ihre Worte ihm Schmerz bereiteten. „Als Lehrerin?“ Sein Ton klang abschätzig, beinahe abwertend.

„Ja, als Lehrerin, was ist verkehrt daran?“

Er hob die Hände. „Natürlich nichts. Ich dachte nur, in Ihrem Fall wäre das – verzeihen Sie mir den Ausdruck – wie wenn man Perlen vor die Säue würfe.“

Isolde schnaubte. „Ich habe einen der Wege ergriffen, der Frauen offensteht, die nach Bildung streben. Davon gibt es nicht allzu viele.“

„Und das ist ein Skandal“, sagte von Linden. „Ich bin ein großer Anhänger des Frauenstudiums. Es waren Ida Pfeiffers Reiseberichte, die in mir den Wunsch geweckt haben, fremde Länder zu bereisen.“

„Da haben wir etwas gemeinsam. Nur, dass es Ihnen leichtfallen wird, diesen Wunsch Wirklichkeit werden zu lassen, während es für mich ein Traum bleiben dürfte.“

„Wollen Sie es Frau Pfeiffer nachtun?“

Isolde winkte ab. „Ich habe kein schriftstellerisches Talent, das hat mir die Oberlehrerin mehr als deutlich gemacht und ich muss ihr recht geben. Nachdem die Firma meines Vaters verkauft werden musste, muss ich zum Einkommen unseres Haushalts beitragen, bis meine Schwester volljährig ist. Als Lehrerin kann ich gutes Geld verdienen.“

Er legte den Kopf schief und sog seine Unterlippe ein. Dann deutete er auf die Fotografie. „Sie müssen keine schriftstellerischen Talente besitzen, um den Menschen die Welt zu zeigen.“

„Fotografieren kann ich genauso wenig.“

„Es lässt sich aber erlernen. Und Sie könnten damit genügend Geld verdienen, um Ihre Schwester zu unterstützen und Ihre Reisen zu finanzieren.“

„Das mag Herrn Leimgruber gelingen. Er ist ein Mann.“

Von Linden lächelte. „Ich habe gestern ein Porträt anfertigen lassen. Im Atelier *Elvira*. Kennen Sie das?“

Isolde schüttelte den Kopf.

„Das wird von zwei Frauen geleitet, Anita Augspurg und Sophia Goudstikker. Es gehört zu den exklusivsten

Fotostudios der Stadt. Die Fürstenhäuser stehen Schlange."

„Das mag sein, nur erkenne ich nicht, worauf Sie hinauswollen."

„Verzeihen Sie bitte, wenn ich mich anmaße, Ihre Lebensentscheidungen infrage zu stellen, wo wir uns doch kaum kennen. Aber ich kann mir Sie nicht als Lehrerin vorstellen. Dagegen fällt es mir leicht, mir auszumalen, wie Sie hinter einer Kamera stehend das Kibo-Massiv ins Visier nehmen oder eine Gruppe von Massai mit ihren Herden ablichten. Die Besitzerinnen des Ateliers *Elvira* bilden Fotografinnen aus. Warum versuchen Sie es nicht damit? Bitte verschwenden Sie Ihre Talente nicht als Lehrerin oder Gouvernante!"

***

Elsa langweilte sich zu Tode. Und sie war ein wenig neidisch auf Isolde, die sich mit diesem gutaussendend Fremden so angeregt unterhielt. Ausgerechnet Isolde!

Sie blieb vor einer Fotografie stehen und besah sich das Bild zweier dunkelhäutiger Frauen, die jeweils einen riesigen Tonkrug auf ihren Köpfen balancierten. Wie die das wohl schafften? Das musste doch schmerzen?

„Ja, Elsa, was für eine Überraschung!", hörte sie eine ihr nur zu bekannte Stimme hinter sich und ihr wurde heiß und kalt zugleich. Sie überlegte fieberhaft, was sie tun sollte. Am liebsten wäre sie einfach weitergegangen, hätte sich eine Türe gesucht und wäre so rasch wie möglich aus dem Lokal geflohen. Aber dafür war es zu spät. Sie atmete tief durch, setzte ihr fröhlichstes Lächeln auf und wandte sich um.

„Grüß dich, Frieda, was machst du hier?"

„Mutter wollte sich die Fotografien anschauen. Vater ist ein Förderer von diesem Leimhuber oder wie er heißt. Ich kann dem ja nicht viel abgewinnen. Warum man den Aufwand betreiben sollte, diese schweren Geräte nach Afrika zu verschiffen, nur um ein paar Wilde abzubilden, habe ich nie verstanden."

Elsa zuckte mit den Achseln. „Sieh dir mal diesen seltsamen Baum an. Er sieht aus, als ob er verkehrt herum in der Erde steckt."

Frieda machte eine wegwerfende Handbewegung und Elsa seufzte innerlich, als sie erkannte, dass ihr Ablenkungsmanöver nicht von Erfolg gekrönt war.

„Ich habe dich beim Jour der Gräfin von Auernberg vermisst", sagte ihre Freundin.

„Ah ja, da war ich krank. Ein Fieber."

Frieda runzelte die Stirn. „Die Gräfin hat nichts von einer Absage erwähnt."

Elsa ließ mit – ihrer Einschätzung nach – gut gespielter Empörung die Luft zwischen ihren Lippen entweichen. „Dann muss ich wohl noch einmal ein ernstes Wort mit Kreszentia, unserem Hausmädchen, reden. Wahrscheinlich hat sie vergessen, dass Billett aufzugeben."

„Kreszentia. Bist du dir sicher, dass das eine eurer Dienstbotinnen ist? Es klingt eher nach einer der Kühe, die dein Onkel malt", erwiderte sie und kicherte.

Elsa zwang sich zu einem Lachen.

„Es ist sehr bedauerlich, dass du nicht kommen konntest", fuhr Frieda fort. „Beinahe das halbe

Offizierskorps der Schweren Reiterei war angetreten. Die Obersten sind natürlich ein wenig zu alt und zu klapprig für mich. Aber die Lieutenants ... Ich sage dir, da sind fesche, junge Männer dabei. Alle von gutem Adel. Das versteht sich. Du kannst dir nicht vorstellen, wie sie mich umschwärmt haben. Schöne Augen haben sie mir gemacht, mich mit Komplimenten überschüttet.“

Sie lächelte Elsa glückselig an. Diese spürte, wie die heiße Mischung aus Wut und Verzweiflung, die sich bereits seit einigen Minuten in ihrem Bauch angesammelt hatte, zu brodeln begann.

„Dann war es ja von Vorteil, dass ich nicht anwesend war“, gab sie mit schneidender Stimme zurück. „Sonst wären die Herren in der Verlegenheit gewesen, zu entscheiden, wem sie ihre Aufmerksamkeit widmen sollten.“

Frieda schmunzelte. „Ich denke, dass Ihnen das nicht allzu schwergefallen wäre. Aber wir werden wohl bald die Gelegenheit haben, diese Frage zu klären.“

Elsa legte den Kopf schief. „Wie meinst du das?“

„Kommenden Samstag ist doch der Ball bei Fürst Lebowski. Die Herren Lieutenants haben mir zugesichert, alle dort zu erscheinen. Meine Tanzkarte ist bereits gut gefüllt.“

Der Raum in Elsas Blickfeld begann, sich zu drehen. Ihr Mund trocknete aus. Sie musste kurz die Augen schließen.

„Was ist denn mit dir los?“, fragte Frieda.

Elsa atmete tief durch. „Ich ... das muss eine Nachwirkung des Fiebers sein. Ich bin wohl doch noch nicht so gesund und munter wie erhofft. Entschuldige mich bitte.“

Sie ging langsam auf die Eingangstür zu. Als sie die Treppe erreicht hatte, eilte sie jeweils zwei Stufen auf einmal nehmend ins Erdgeschoss und stürmte an der verblüfft dreinblickenden Kassiererin vorbei ins Freie. An der Brüstung der Kaimauer hielt sie an. Sie atmete schwer, aber die frische, kalte Luft tat ihr wohl. Zu ihren Füßen rauschte der Fluss. Am anderen Ufer konnte sie Spaziergänger erkennen, die einzeln oder in Grüppchen unter den Bäumen der Allee entlangflanierten.

„Elsa?“, hörte sie eine Stimme hinter sich. Sie drehte sich nicht um. Isolde trat neben sie. „Was ist mit dir? Ich habe dich aus dem Saal rennen sehen.“

„Mir war nicht wohl“, erwiderte sie, ohne ihre Schwester anzusehen.

„Hat dieses Unwohlsein möglicherweise etwas mit Frieda zu tun?“

Elsa schnaubte. „Diese eingebildete, dumme Kuh.“

Sie hörte Isolde lachen. „Ich habe mich schon immer gefragt, warum ausgerechnet Frieda deine beste Freundin ist.“

„Sie war es“, sagte Elsa leise. „Sie ist Vergangenheit. Genauso wie mein Leben. Woran du einen großen Anteil hattest.“

Isolde seufzte. „Das wirst du mir wohl noch auf meinem Totenbett vorwerfen, oder? Aber sag, was ist zwischen euch geschehen?“

„Frieda gibt mit ihren adligen Bewunderern an“, murmelte Elsa.

„Das hast du doch früher auch immer getan.“

„Ja, damals. Als ich noch Verehrer hatte. Als Vater die Firma noch geführt hat und wir in unserer Villa gewohnt haben.“

Isolde legte ihr eine Hand auf die Schulter. „Die Verehrer hast du jetzt auch noch. Deine Schönheit und deinen Charme hast du nicht verloren.“

Elsa schüttelte den Kopf. „Keiner will mit mir zu tun haben. Die Offiziere, die ich von früher kenne, sind kurz angebunden und meiden mich. Deshalb bin ich auch nicht zum Jour der Gräfin von Auernberg gegangen. Ich wollte mir eine weitere Demütigung ersparen. Und zum Ball des Fürsten Lebowski bin ich nicht einmal mehr eingeladen.“

Sie brach in Tränen aus. Isolde legte die Arme um sie und sie schmiegte sich an die Schulter ihrer großen Schwester. Obwohl sie noch immer wütend auf Isolde war, fühlte sie sich mit einem Mal so geborgen und sicher wie schon lange nicht mehr.

„Ich weiß, das ist hart für dich. Und ich würde lügen, wenn ich behaupten würde, dass wieder einmal bessere Zeiten für uns kommen. Aber ich hoffe darauf“, flüsterte Isolde.

Sie standen eine Weile eng umschlungen da. Dann löste sich Elsa von ihrer Schwester und sah sie an.

„Wer war eigentlich der attraktive junge Mann, mit dem du dich unterhalten hast?“

Isolde wurde ein wenig rot, was Elsa schmunzeln ließ. „Ach, ein Herr von Linden oder so?“

Elsas Augen weiteten sich. „Johann von Linden?“

„Ja, genau. Kennst du ihn?“

„Nein, leider nicht. Er ist einer der begehrtesten Junggesellen in ganz Bayern.“

KAPITEL 9

Montag, 4. November 1895

Isolde sah an der Fassade des Gebäudes hinauf. Es fügte sich unauffällig in die Reihe der Häuser, die sich an das Prinz-Carl-Palais anschlossen. Ein Schaukasten mit Porträts und ein großer Schriftzug zeigten an, dass es sich um das Fotoatelier *Elvira* handelte.

Sie griff nach der Türklinke, hielt dann aber inne. War das der richtige Schritt? Wollte sie das wirklich? Johann von Lindens Worte hatten in ihr nachgewirkt. Sein Vorschlag, sich zur Fotografin ausbilden zu lassen, war ihr anfangs impertinent vorgekommen. Wie konnte er sich anmaßen, ihr Ratschläge zu geben, wo er sie doch kaum kannte? Und doch hatte er eine Saite in ihr zum Klingen gebracht, die sie in ihrer Fantasie seit Ewigkeiten bespielt hatte. Vielleicht war die Fotografie tatsächlich der Ausweg, den sie schon so lange gesucht hatte. Vielleicht konnte sie auf diese Art und Weise Geld verdienen und wenn Elsa ihre Volljährigkeit erreicht haben würde, als Reisefotografin durch die Welt ziehen. Und vielleicht konnte sie so dem Seminar rascher den Rücken kehren, als sie es sich jemals hätte erhoffen können.

Der letzte Aspekt hatte schließlich den Ausschlag gegeben. Sie hatte den beiden Inhaberinnen des Ateliers einen Brief geschrieben und bereits am darauf folgenden Tag war eine freundliche Antwort bei ihr eingegangen; verbunden mit der Einladung zu einem Vorstellungsgespräch. Und so war sie an diesem Morgen nicht zur Schule gegangen, sondern hatte den Weg zur Von-der-Tann-Straße eingeschlagen.

Isolde atmete tief durch. Sie drückte die Klinke, zog die Türe heran und trat ein. Sie fand sich in einem Empfangsraum wieder. Zu ihrer Rechten befand sich eine Art Theke, hinter der eine Frau in ihrem Alter sie neugierig musterte. Auf der anderen Seite stand ein Tisch mit vier Stühlen. Der Boden war mit bunten Teppichen bedeckt und von der Decke hing ein Leuchter, dessen Glühbirnen den Raum in ein warmes Licht tauchten.

„Guten Morgen", sagte die Empfangsdame. Sie lächelte Isolde freundlich zu. „Kann ich Ihnen helfen?"

„Guten Morgen", erwiderte sie den Gruß. „Ich habe ein Vorstellungsgespräch bei Frau Augspurg und Frau Goudstikker. Mein Name ist Hartmann. Isolde Hartmann."

Etwas im Ausdruck ihres Gegenübers veränderte sich. Es dauerte einige Augenblick, bis Isolde erkannte, dass das Lächeln zwar noch auf den Lippen der Frau hing, dass ihre Augen sich aber nicht mehr daran beteiligten.

„Ich gebe den Chefinnen Bescheid", sagte sie, verließ die Theke und trat in einen Gang, der ins Innere des Hauses führte.

Isolde war sich unschlüssig, was sie tun sollte. Sie ging zu einem der Stühle, setzte sich und betrachtete das Porträt, das neben ihr an der Wand hing. Es zeigte einen jungen Mann im Profil, der den rechten

Ellenbogen auf einen Tisch gestützt hatte und mit der Hand sein Kinn hielt. Wahrscheinlich sollte ihm das den Anschein eines Denkers oder Philosophen geben, doch auf Isolde wirkte das Bild eher erheiternd.

„Kommen Sie bitte mit“, hörte sie die Empfangsdame sagen. Sie führte sie den Gang entlang und eine Treppe hinauf in den ersten Stock des Gebäudes. Dort war ein langer Flur. Die Frau deutete auf die zweite Tür links.

Isolde ging hindurch, hielt dann aber überrascht inne. Sie hatte erwartet, ein Atelier zu betreten, doch das hier sah vielmehr aus wie die Stube eines Gelehrten. Die Wände waren mit Bücherregalen vollgestellt und die Mitte des Raumes nahm ein riesiger Schreibtisch ein, auf dem allerhand Dokumente lagen. Dahinter saßen zwei Frauen, die sie aufmerksam musterten. Die eine hatte eine ovale Kopfform mit einer ziemlich großen, gebogenen Nase. Die andere wirkte jünger. Ihr rundes Gesicht wurde von kurzen, blonden Haaren eingerahmt.

„Guten Tag, Fräulein Hartmann“, sagte die Frau mit der eindrucksvollen Nase. Sie erhob sich und streckte ihr lächelnd die Hand entgegen. „Mein Name ist Anita Augspurg und das ist meine Partnerin Sophia Goudstikker.“

Die blonde Frau reichte ihr ebenfalls die Hand, ohne dabei zu lächeln.

Isolde nahm vor dem Schreibtisch Platz.

„Warum möchten Sie Fotografin werden?“, fragte Frau Goudstikker. Sie sprach mit einem leichten Akzent, der, wie auch ihr Name, vermuten ließ, dass Deutsch nicht ihre Muttersprache war.

„Ich habe vergangene Woche eine Ausstellung von Herrn Leimgruber besucht. Seine Fotografien aus Ostafrika haben mich fasziniert. Ich möchte lernen, die Wirklichkeit in Bildern einzufangen.“

„Nun, das hier ist aber nicht Ostafrika“, sagte Frau Goudstikker. „Wir fertigen Porträts an. Im Atelier, nicht im Freien. Das ist wenig abenteuerlich. Sie könnten sich rasch langweilen.“

Isolde schüttelte den Kopf. „Ich möchte die Grundlagen des Fotografierens lernen, um diese später nutzen zu können. Dass dies manchmal auch eintönigere Tätigkeiten mit sich bringen wird, ist mir bewusst.“

Frau Goudstikker verzog das Gesicht. „Das ist ja einmal eine interessante Bewerbung. Die meisten Mädchen, die bislang vorgesprochen haben, haben ein Interesse am Beruf der Fotografin. Und der erfordert mehr als nur das Erlernen der Technik. Sie sollen in die Lage versetzt werden, ein eigenes Atelier auf eine wirtschaftliche Art und Weise zu führen.“

Isolde nickte. „Das ist mit ebenfalls bewusst. Allerdings ist es nicht meine Absicht, mich selbstständig zu machen.“

„Dann weiß ich nicht, ob Sie bei uns richtig sind“, gab Frau Goudstikker zurück. „Unser Ziel ist es, Mädchen eine vernünftige Berufsausbildung zu ermöglichen, damit sie finanziell unabhängig ein eigenständiges, selbstbestimmtes Leben führen können.“

Isolde spürte, wie ihr Mund trocken wurde. Das hier lief nicht so, wie sie es sich vorgestellt hatte.

„Sie sind zurzeit noch in einem Lehrerinnen-Seminar“, schaltete Frau Augspurg sich ein.

„Ja, das werde ich aber abbrechen.“

„Warum?“

Isolde holte tief Luft. „Weil es mich einengt. Der Lehrerinnenberuf verspricht Frauen nur scheinbar die Freiheit. Aber schon in der Ausbildung werden wir an der kurzen Leine gehalten. Wir lernen die Naturwissenschaften nur oberflächlich kennen, weil man uns nicht zutraut, die Mathematik zu verstehen. Und alles, was wir leisten sollen, ist, brave und folgsame Töchter für die mutigen und strebsamen Söhne des Bürgertums zu erziehen. Das widerstrebt mir zutiefst.“

Frau Augspurg lächelte und zu Isoldes Erstaunen boxte sie ihre Partnerin mit der Faust gegen den Oberarm. „Na, das nenne ich mal einen Geist“, sagte sie. „Sie gefallen mir. Also ich wäre dafür, es mit Ihnen zu versuchen.“

Frau Goudstikker kniff die Augen zusammen. „Ich bin mir unsicher.“

„Warum?“, fragte Frau Augspurg.

„Weil ich – wenn ich so offen sprechen darf – befürchte, dass Sie sich davonmachen, sobald Sie die Fotografie gut genug beherrschen. Wir erwarten Verlässlichkeit und Leidenschaft. Beides sehe ich nicht in Ihnen.“

„Ich verfüge über beides“, sagte sie. „Und ich würde es Ihnen gerne beweisen.“ Ihr Herz klopfte wie wild. Mit einem Mal waren alle ihre Zweifel verpufft. Sie wollte diese Stelle, wollte Fotografin werden. Und sie wollte mit Frau Augspurg zusammenarbeiten.

Diese legte ihrer Partnerin die Hand auf den Arm. „Geben wir ihr die Gelegenheit dazu. Ich habe auch erst das Lehrerinnendasein, die Schauspielerei und die Fotografie erlernen müssen, um zu erkennen, wofür ich wirklich brenne. Sie ist eine blühende junge Frau. Willst du, dass sie als Lehrerin oder Gouvernante vertrocknet?"

Frau Goudstikker seufzte. „Na gut, meinetwegen. Ich werde einen Lehrlingsvertrag aufsetzen. Die Lehrzeit beträgt drei Jahre. Da Sie minderjährig sind, muss Ihr Vater an Ihrer statt die Unterschrift leisten."

„Ich bin Waise", sagte Isolde. „Mein Onkel wird für mich unterschreiben."

Frau Augspurg erhob sich. „Nun denn", sagte sie und streckte ihr noch einmal die Hand entgegen. „Herzlich willkommen im Atelier Elvira, Fräulein Hartmann!"

***

Elsa fühlte sich frei. Sie saß auf ihrem Fahrrad und jagte in einem Höllentempo durch den Englischen Garten. Es war ein schöner, klarer Herbsttag. Noch hingen einige bunte Blätter an den Baumgerippen, die meisten lagen jedoch bereits auf den weiten Rasenflächen und den bekiesten Wegen und wenn ihr Vorderreifen sich eine Spur durch das Laub bahnte, rauschte es, als ob der Bug eines Schiffes die See durchpflügte.

Der frische Wind weckte Elsas Lebensgeister. Sie hatte es im Haus ihres Onkels nicht mehr ausgehalten. Das feuchte, kalte Zimmer war ihr wie eine Klosterzelle erschienen und deshalb hatte sie beschlossen, spazieren zu gehen. Auf dem Weg zur Haustür war ihr das Fahrrad aufgefallen, das an der Flurwand gelehnt hatte. Es war das Rad, das ihr Vater ihr im vergangenen Jahr zum Geburtstag geschenkt hatte, und als eines der wenigen Besitztümer, die sie hatte mitnehmen können, war es von ihrem alten Zuhause zu ihrem Onkel gebracht worden. Sie hatte das Gefährt gepackt und war mit ihm durch den Vorgarten gerannt. Noch auf dem Gehsteig hatte sie sich aufgeschwungen und nachdem sie die ersten Meter gefahren war, hatte sie sich so lebendig gefühlt wie seit Wochen nicht mehr.

Sie fuhr kreuz und quer durch den Englischen Garten, umkreiste den chinesischen Turm, zischte am Rumford-Schlössl vorbei und jagte auf der X-Brücke über den Entenvolierebach.

Noch während sie überlegte, ob sie an der nächsten Kreuzung links oder rechts abbiegen sollte, schoss ein mit Heu beladener Pferdekarren aus einem Seitenweg. Elsa war nur einen Moment lang unaufmerksam gewesen, doch ihre Bremsreaktion kam trotz der erschrockenen Rufe des Bauern zu spät. Sie musste den Hebel fester drücken als gewohnt und dadurch blockierte das Vorderrad. In hohem Bogen wurde sie über den Lenker geschleudert.

Bitte nicht auf mein Gesicht, bitte nicht auf mein Gesicht, dachte sie, als sie durch die Luft flog. Sie hatte Glück im Unglück, denn ein von dem Gespann gefallener Heuballen fing ihren Sturz auf. Weniger Glück hatte allerdings das Fahrrad, das unter den Hufen der aufgeregten Tiere landete.

Elsa lag auf dem Heuballen und rührte sich nicht. Ihr Herz raste. Sie wartete darauf, dass irgendwo in ihrem Körper ein Schmerz einsetzte oder dass sich ihr Kleid mit Blut benetzte. Doch nichts geschah. Sie öffnete die

Augen und sah, dass sich jemand über sie beugte. Es war nicht der Bauer, der den Karren gelenkt hatte, sondern ein Mann, dessen glattrasierte rechte Wange ein enormer Schmiss zierte.

„Sind Sie unversehrt?“, fragte er in dem strammen, trockenen Ton, der ihn als Preußen auswies.

„Ja … ich denke schon.“

„Erlauben Sie mir, Ihnen aufzuhelfen?“

Sie nickte und spürte im nächsten Augenblick eine kräftige Hand an ihrem Arm. Er zog sie hoch. Als sie auf wackligen Füßen stand, sagte er: „Pardon, ich habe mich noch nicht vorgestellt. Mein Name ist Müller, Artillerielieutenant der Reserve.“

Sie lächelte. „Angenehm. Ich heiße Elsa Hartmann.“

Er nickte ihr mit einem kurzen militärischen Zucken des Kopfes zu. „Erlauben Sie mir, dafür zu sorgen, dass Sie und die Überreste Ihres Velozipeds sicher nach Hause gelangen?“

Elsas Lächeln wurde eine kleine Spur breiter. „Sehr gerne“, sagte sie und bot dem Reserveoffizier ihren Arm.

Elsa wusste nicht, ob sie sich großartig oder jämmerlich fühlen sollte. Der Sturz war zwar glimpflich abgelaufen. Bis auf ein paar Schrammen an den Ellbogen war sie unversehrt geblieben. Aber ihr Kleid wies mehrere große Risse auf, der untere Saum des Rocks baumelte gar in Fetzen zwischen ihren Knöcheln. Auch ihre Stiefel hatten gelitten, eine Schnalle war ausgerissen und hing an einer schmalen Faser am Rest des Schuhs. Und das Fahrrad war Schrott. Der Vorderreifen war zu einer bizarren Acht verbogen und aus dem Sattel ragten die Spitzen zweier Metallfedern.

Doch dann war da aber auch dieser hochgewachsene, stattliche Mann, dessen ordentlich gewichste Schnurrbartspitzen bei jedem Schritt elastisch vibrierten. Immer wieder warf sie ihm verstohlene Blicke zu, während er, das jämmerlich quietschende Fahrrad schiebend, neben ihr herging.

Schweigsam war er, dieser Lieutenant Müller. Der Name wies ihn als einen Bürgerlichen aus, ebenso wie seine Kleidung. Er trug einen beigen Sommeranzug und einen Hut in derselben Farbe. Seine Haltung und vor allem die Mensurnarbe auf seiner Wange wiesen ihn als einen Mann aus, der sich bewährt hatte, der mutig dem Schmerz und der harten Ausbildung beim Militär getrotzt hatte. Elsa fühlte eine seltsame Scheu, ihn anzusprechen. Warum sagte er denn nichts? Nachdem sie ihm die Adresse genannt hatte, hatte er ihr aufgeholfen und das Fahrrad aufgehoben, dann waren sie losmarschiert. Jetzt waren sie schon fast zu Hause und noch immer hatte sie nichts über ihren Schwanenritter erfahren. Nun gut, sie kannte immerhin seinen Namen. Das war ihrer Namensgenossin in der Wagner-Oper nicht vergönnt gewesen.

Sie bogen in die Hesseloher Straße ein. Elsa konnte schon das windschiefe Haus ihres Onkels sehen. Jetzt oder nie. Sie musste mehr über den Lieutenant herausfinden.

Da hörte sie, wie jemand ihren Namen rief. „O nein", stöhnte sie.

„Entschuldigen Sie?", hörte sie Müller fragen.

Doch Elsa nahm ihn kaum wahr, ihre Blicke waren auf Zenzi gerichtet, die mit funkelnden Augen auf sie zukam wie ein Geier, der sich auf seine Beute stürzt.

„Wo kommt das junge Fräulein denn her? Und was ist mit Ihrem Fahrrad passiert", keifte die Haushälterin. Ihr Mund war zusammengekniffen und ihre Stirn lag in Falten.

Elsa atmete tief durch, drückte ihr Kreuz durch und richtete sich auf. „Ich habe einen kleinen Ausflug gemacht und hatte einen Unfall."

Zenzi holte Luft, doch dann hielt sie inne. Offenbar war ihr inzwischen der Lieutenant aufgefallen, der ein wenig abseitsstand und das Geschehen mit regloser Miene verfolgte.

„Entschuldigen Sie bitte die Szene, der gnädige Herr", sagte Zenzi zu ihm. Sie nahm die unterwürfige Haltung ein, die man von einer Dienstbotin erwartete.

„Müller, Artillerielieutenant der Reserve", entgegnete er und schlug die Hacken zusammen, dass es knallte. Elsa sah, dass Zenzis Blick nun auf das Fahrrad fiel und von dort aus direkt zu ihrem Kleid weiterwanderte.

„Das Fräulein hat einen Unfall gehabt", sagte der Lieutenant rasch. „Ich wollte nur sicherstellen, dass sie unversehrt nach Hause gelangt."

„Das ist sehr zuvorkommend von Ihnen. Vielen Dank", sagte Zenzi. Sie ging zu Müller und nahm ihm das Fahrrad ab. „Da das Fräulein nun zu Hause ist, danke ich Ihnen für Ihre Mühe."

Müller schlug noch einmal die Hacken zusammen, nickte den beiden Frauen knapp zu und ging davon.

Elsa war fassungslos. „Sie können ihn doch nicht so einfach gehen lassen", zischte sie.

„Doch, das kann ich. Es schickt sich für ein junges Mädchen nicht, sich von irgendeinem Fremden begleiten zu lassen. Noch dazu, wenn das Kleid zerrissen ist.“

Elsa spürte, wie ihr Gesicht heiß wurde. Tränen sammelten sich in ihren Augenwinkeln. Sie sah dem Lieutenant nach. Am liebsten wäre sie ihm nachgeeilt und vor ihm auf die Knie gefallen, um sich für sein tadelloses, ritterliches Benehmen zu bedanken. Zenzi schien ihre Absicht zu spüren. Sie packte Elsa am Arm und zog sie mit sich ins Haus.

KAPITEL 10

Dienstag, 5. November 1895

„Und du bist dir sicher?", fragte der Onkel.

Isolde nickte. „So sicher, wie ich es nur sein kann. Ich werde das Seminar abbrechen und mich zur Fotografin ausbilden lassen."

„Nur, damit ich das richtig verstehe. Wie lange hegst du schon den Wunsch, Fotografin zu werden?"

„Seit der Ausstellung von Herrn Leimgruber", erwiderte sie lächelnd.

Der Onkel lehnte sich zurück und zwirbelte eine Schnurrbartspitze. „Du weißt, dass ich dir keine Steine in den Weg legen will und werde. Du wirst nächstes Jahr volljährig und ich vertraue auf dein Urteil. Aber dass du deine bisherige Lebensplanung einer spontanen Eingebung wegen über den Haufen wirfst – das hätte ich von einem vernünftigen Menschen wie dir nicht erwartet. Elsa hätte ich das zugetraut, dir nicht."

„Ich kann verstehen, dass du überrascht bist. Aber meine Entscheidung, Fotografin zu werden, ist keineswegs aus dem Nichts entstanden. Der Besuch der Ausstellung war nur der Tropfen, der das Fass zum Überlaufen gebracht hat."

„Inwiefern?"

„Du weißt, dass ich mir nichts sehnlicher wünsche, als zu reisen. Ich hatte diesen Traum zuletzt beerdigt, weil ich mir nicht zutraute, von meinen Fahrten berichten zu können. Das Schreiben liegt mir nicht. Und Geld muss ich auch verdienen. Deshalb entschied ich mich zähneknirschend, das Seminar weiter zu verfolgen und mich als Lehrerin oder Gouvernante zu verdingen. Das Fotografieren hat mir nun einen Weg gezeigt, wie ich beides leben kann. Ich werde meine Reisen fotografisch dokumentieren können. Und bis Elsa volljährig oder verheiratet ist, kann ich mit meinem Lehrlingsgehalt und später vielleicht sogar mit dem Einkommen als Fotografin zu unserem Lebensunterhalt beitragen. So schlage ich mehrere Fliegen mit einer Klappe.“

Der Onkel zwirbelte die andere Spitze des Schnurrbarts.

„Wenn das dein Wunsch ist, gebe ich dir gerne meinen Segen. Ich möchte nur nicht, dass du vorschnell Entscheidungen triffst, die du später bereuen wirst.“

„Ich werde immer wieder Entscheidungen treffen, die ich bereuen werde. So ist das Leben, oder? Nichts ist vollkommen sicher, ein Restzweifel wird bleiben. Und doch habe ich mich entschieden: Ich werde Fotografin!“

„Gut, dann machen wir Nägel mit Köpfen“, sagte der Onkel und erhob sich ächzend.

Isolde sah ihn fragend an.

„Wir gehen zum Seminar und ich werde der Rektorin mitteilen, dass du die Ausbildung mit sofortiger Wirkung beendest. Das Schulgeld werden wir wohl noch weiter bezahlen müssen, aber das können wir stemmen."

Eine Stunde später saßen sie vor dem Arbeitszimmer der Rektorin auf der Bank, auf der Isolde schon mehrmals darauf gewartet hatte, sich eine Standpauke abzuholen. Sie sah dauernd auf die Uhr und widerstand nur mit Mühe dem Drang, Fingernägel zu kauen, weil sie sich vor dem Onkel keine Blöße geben wollte.

Endlich öffnete sich die Tür des Büros und die Schulleiterin winkte sie zu sich herein. Sie bot zunächst dem Onkel, dann Isolde einen Stuhl an und nahm hinter ihrem Schreibtisch Platz.

„Ich bin gekommen, um Ihnen mitzuteilen, dass ich die Ausbildung zur Lehrerin abbrechen werde", sagte Isolde.

„Und ich als ihr Vormund stimme dieser Entscheidung zu", ergänzte der Onkel.

Isolde suchte seine Hand, die neben dem Stuhl herabhing und drückte sie kurz.

Die Schulleiterin zog eine Augenbraue nach oben.

„Das ist natürlich bedauernswert", sagte sie. „Darf ich erfahren, warum Sie sich zu diesem Schritt entschieden haben?"

Isolde atmete tief durch. Sie hatte sich diesen Moment in den letzten Tagen immer wieder ausgemalt, sich vorgestellt, wie sie der Schulleiterin all die kleinen Grausamkeiten ihrer Lehrerinnen, all die rückwärtsgewandten Beschränkungen des Lehrplans, die geistige Enge und das Pedantentum ihrer Anstalt ausbreiten würde, um sie schließlich in ihrem Elend zurückzulassen und sich wie der Phönix aus der Asche aus dem Schulhaus zu erheben.

Erstaunlicherweise verspürte sie keinerlei Lust mehr, diese Rachefantasie in die Tat umzusetzen. Jeder Antrieb, der Rektorin ihre Meinung zu sagen, war verpufft. Sie war froh und erleichtert darüber, diesen Lebensabschnitt für sich abgehakt zu haben.

„Ich habe erkannt, dass ich nie eine gute Lehrerin werden könnte. Mir fehlen entscheidende Eigenschaften, die für den Lehrberuf unerlässlich sind. Geduld, Einfühlsamkeit, Interesse für Kinder, die Bereitschaft, zu dienen. Das macht mich nicht zu einem schlechteren Menschen. Ich bin, wer ich bin. Ich denke, dass ich an einem anderen Ort mit einer anderen Aufgabe Besseres bewirken könnte.“

Die Schulleiterin sah sie lange an. „Ich teile Ihre Einschätzung nicht“, sagte sie schließlich. „Sie sind eine der begabtesten Schülerinnen, die je an unserem Institut ausgebildet wurden. Das wurde in den wenigen Wochen deutlich, die Sie bei uns sind. Ich stehe dieser Anstalt seit einundzwanzig Jahren vor und Ihr Scharfsinn, Ihre Intelligenz und Ihre Gabe, sich auszudrücken, haben mich beeindruckt. Ich glaube, dass Sie eine ausgezeichnete Lehrerin werden könnten. Vielleicht hätten Sie sogar das Zeug, zu studieren, sollte – Gott bewahre – einmal den Weibsbildern der Zugang zur Universität geöffnet werden.“

Isolde grub ihre Schneidezähne in die Unterlippe. Sie hatte vieles erwartet, aber dieses Lob traf sie vollkommen unvorbereitet. „Danke“, sagte sie leise, weil ihr nichts Besseres einfiel.

„Haben Sie denn nun einen anderen Weg in Aussicht?", fragte die Schulleiterin.

„Ich werde mich zur Fotografin ausbilden lassen."

Die Frau verzog das Gesicht. Diese Reaktion hatte Isolde ebenso erwartet, wie die Worte, die darauf folgten. „Sie wollen die Geistesgaben, die der Herrgott Ihnen geschenkt hat, wegwerfen, um das Fotografieren zu lernen? Wenn es wenigstens das Malen wäre, das eine gewisse Kunstfertigkeit erfordert. Aber das Fotografieren?"

„Nun, als Maler muss ich hier widersprechen", sagte der Onkel. „Die besten Fotografen komponieren Bilder, die den Gemälden der Meister kaum nachstehen."

Die Schulleiterin zog eine Augenbraue nach oben, enthielt sich aber einer Antwort.

„Sie müssen nicht verstehen, warum ich diesen Weg lieber und leichter gehe", sagte Isolde. „Aber ich würde mich sehr darüber freuen, wenn ich eines Tages einmal ein Porträt von Ihnen anfertigen dürfte. Vielleicht wird das Ihre Meinung ändern."

„Meine Meinung ist nur schwer zu ändern."

Isolde kicherte. „Oh, das weiß ich!"

***

Elsa lag auf ihrem Bett. Sie war wütend. Und sie hoffte, dass das Ziel ihrer Wut bald das Zimmer betreten würde, damit sie all ihren Zorn loswerden konnte. Wo blieb Zenzi denn nur? Üblicherweise stolperte sie alle halbe Stunde unter irgendeinem Vorwand herein. Sie sah auf die Uhr, einen sargähnlichen, tickenden und rumorenden Kasten, der an der Wand lehnte. Bald würde die Haushälterin die Wäsche bringen. Und dann würde Elsa sie zur Schnecke machen.

Sie war sprachlos gewesen, als Zenzi ihr am Vortag die Szene gemacht hatte. Wenn sie nur daran dachte, schoss ihr noch die Schamesröte ins Gesicht. Was für einen Eindruck musste der Herr Reserveoffizier von ihr erhalten haben, als er Zeuge des unwürdigen Schauspiels wurde, in dem die Dienstbotin der Herrin die Leviten las.

Draußen auf dem Gang waren Schritte zur hören. Elsa wappnete sich. Gleich würde Zenzi eintreten. Die Türe öffnete sich. Elsa schaute nicht hin, um der Haushälterin nicht das Gefühl zu geben, dass sie sie erwartet hatte.

„Guten Morgen, das Fräulein", hörte sie Zenzi sagen.

„Guten Morgen", erwiderte Elsa in einem Ton, in den sie so viel schneidende Kälte zu legen versuchte, wie sie nur aufbringen konnte.

Zenzi begann damit, sich an der Wäschetruhe zu schaffen zu machen. Elsa überlegte fieberhaft, wie sie das Gespräch beginnen sollte, fand jedoch keinen passenden Einstieg.

Die Haushälterin wandte sich schließlich um und legte einen Umschlag auf Elsas Nachtkästchen. Elsa warf einen Blick darauf und sofort spürte sie, wie ihr Puls sich beschleunigte. Der Absender lautete: *Lieutenant der Artilleriereserve Werner Müller.*

Ein wildes Gemisch aus Gefühlen strömte durch ihren Körper. Dankbarkeit und Erleichterung darüber, dass der Offizier sich von Zenzis Auftreten nicht hatte abschrecken lassen. Eine kaum auszuhaltende Neugier auf das, was er ihr in diesem Brief wohl geschrieben hatte. Und gleichzeitig ein irritierender Zweifel, ob sie das überhaupt lesen wollte. Müller war kein schöner Mann, er war kein eindrucksvoller Mann. Er war auch kein sonderlich unterhaltsamer Mann gewesen, auch wenn sie das schwerlich beurteilen konnte, weil sie nur ein kleines Stück Weges gemeinsam zurückgelegt hatten. Er war kein strahlender Ritter. Zumindest auf den ersten Blick.

Elsa wartete, bis Zenzi den Raum verlassen hatte, dann griff sie nach dem Brief und öffnete den zugeklebten Umschlag mit dem Nagel ihres kleinen Fingers.

Müllers Schrift sah aus wie gedruckt. Er schrieb ordentliche, gerade Buchstaben ohne jeden Schnörkel. Sie faltete das Billett auf und las.

Sehr verehrtes Fräulein Hartmann,
Ich hoffe, Sie sind wohlauf. Mit einem Sturz vom
Veloziped ist nicht zu scherzen, sollten Sie
Kopfschmerzen oder Schwindel verspüren, rate ich
Ihnen dringend, sich zu einem kompetenten Arzt zu
begeben.

Der erste Absatz irritierte sie. Seine Zeilen lasen sich wie der Ratschlag, den ein besorgter Vater seiner Tochter geben würde. Sie las weiter.

Ich bedauere, dass ihr Missgeschick dazu geführt hat,
dass Sie sich von dieser impertinenten Person, in der
ich eine Dienstbotin erkannt zu haben glaube,
maßregeln lassen mussten. Das gehört sich nicht. Es
dreht die gottgegebenen Verhältnisse der Welt um,

verbreitet gefährliches, sozialistisches Gift und beschädigt unsere Gesellschaft. In diesem Sinne rate ich Ihnen, das Verhalten dieser Untergebenen streng zu sanktionieren.

Auch das klang kühl und distanziert. Allerdings entsprachen seine Worte exakt dem, was Elsa Zenzi gegenüber empfand. Müller verstand sie. Das war ein Mann mit Prinzipien. Er würde sich zweifellos an ihre Seite stellen und sie verteidigen, wenn das nötig werden sollte. Und das imponierte ihr.

Da mir Ihre Gegenwart sehr angenehm war, würde ich mich darüber freuen, wenn wir die Gelegenheit hätten, uns ein wenig ausgiebiger zu unterhalten. Zu diesem Behufe schlage ich einen gemeinsamen Spaziergang im Englischen Garten vor. Die Wahl des Datums und der Uhrzeit überlasse ich Ihnen. Ich habe allerdings von Montag bis Samstag von 9 bis 19 Uhr Bürozeit. Der Termin sollte daher außerhalb dieses Zeitraums liegen. Bitte sorgen Sie auch für eine angemessene Begleitung Ihrerseits, damit die Regeln der Schicklichkeit eingehalten werden können.

Ich verbleibe mit patriotischem Gruß
Werner Müller

Elsa ließ den Brief sinken. Sie wusste nicht, ob sie sich darüber freuen oder sich schämen sollte. Sie hatte noch nie in ihrem Leben etwas derart Seltsames gelesen. Sie ging das Billett ein weiteres Mal durch, ehe sie begriff, was ihr daran so verstörend vorkam – es war das Fehlen jeglichen Gefühls. Ob dieser Müller vielleicht ein Notar war? Oder ein Beamter? Ein Dichter oder Künstler war er sicherlich nicht. Und viel Erfahrung mit Frauen konnte er wohl auch nicht vorweisen.

Andererseits war er ein Offizier. Zwar nur ein Reserveoffizier, aber das durfte sie nicht so eng sehen. Einen Schmiss hatte er, er war also tapfer. Und er hatte ein Gespür für Umgangsformen. Dass er Elsa aufforderte, eine Anstandsdame mitzubringen, zeigte ganz klar, dass er wusste, worauf es in der guten Gesellschaft ankam.

Was sollte sie ihm antworten? Der Kopf drängte sie dazu, ihm eine Zusage zu schicken; ihr Bauchgefühl jedoch sträubte sich dagegen. Möglicherweise hatte es recht damit. Wäre Müller vor einem halben Jahr an sie herangetreten, um sie um einen Spaziergang zu bitten, hätte sie ihn ausgelacht. Sie, die Tochter eines der reichsten Fabrikanten in München. Für einen Reserveoffizier hätte sie nicht einmal ein müdes Lächeln übriggehabt.

Das war eine andere Zeit gewesen, erstaunlich ferne Tage, die nie mehr wiederkehren würden. Der Gedanke schnürte ihr die Kehle zu. Ihr fiel die Begegnung mit den Kavallerieoffizieren wieder ein. Als sie Elsa erkannt hatten, hatten sie sich bemüht, sich so rasch wie möglich aus dem Staub zu machen. Sie war eine Gefallene, eine Aussätzige. Ohne ihr Zutun hatte die feine Gesellschaft sie ausgeschlossen.

Doch es gab einen Weg zurück. Eine Heirat mit einem ehrgeizigen Emporkömmling, der sie auf Händen tragen und durch seinen Fleiß und seinen Erfolg in die Gefilde erheben würde, in denen sie aufgewachsen und zu leben gewohnt war. Und wenn ihr Gefühl bezüglich

Müller richtig lag, war er genau einer dieser strebsamen neuen Männer. Vielleicht war er ihr Rückfahrticket in die gute Gesellschaft.

Nun wusste sie, was zu tun war. Sie setzte sich an ihren Sekretär, holte Briefpapier, Feder und Tinte heraus und begann, eine Antwort zu verfassen.

Kapitel 11

Mittwoch, 6. November 1895

Isolde stand vor dem Atelier *Elvira* und erneut klopfte ihr Herz schneller als gewohnt. Sie hatte die Nacht über kaum geschlafen, so aufgeregt war sie gewesen. Immer wieder hatte sie sich ausgemalt, was sie wohl erwarten würde. Sie hoffte, dass Anita Augspurg sie begrüßen und in ihre neue Tätigkeit einweisen würde. Sie war nett zu ihr gewesen und Isolde hatte Vertrauen und Sympathie zu ihr gefasst. Ihre Partnerin Sophia Goudstikker dagegen war ihr schroff und skeptisch erschienen. Sie ahnte, dass mit ihr nicht gut Kirschen essen war, und das machte ihr Sorgen.

Sie trat in den Empfangsbereich. Hinter dem Tresen stand die Empfangsdame, die sie zwei Tage zuvor schon begrüßt hatte.

„Guten Morgen", sagte Isolde. „Isolde Hartmann ist mein Name. Ich bin der neue Lehrling. Heute ist mein erster Arbeitstag."

Sie streckte die Hand aus. Die Frau musterte sie neugierig, machte aber keine Anstalten, die Begrüßung zu erwidern. Isolde stand mit ausgestrecktem Arm da. Der Schweiß brach ihr aus. Sie fühlte, wie ihr Mund trocken wurde, während sich gleichzeitig eine feine, heiße Röte auf ihrem Gesicht ausbreitete. Sie überlegte fieberhaft, was sie tun sollte, ob sie den Arm wieder zurückziehen oder den Gruß wiederholen sollte.

Endlich erbarmte die Empfangsdame sich ihrer und schüttelte ihr mit einer kurzen, schlaffen Berührung die Hand.

„Mein Name ist Antonie Gebler", sagte sie. „Ich bin Lehrling im dritten Jahr. Warte bitte hier, ich hole Frau Goudstikker."

Isolde sank der Mut. Sie setzte sich auf den Stuhl im Wartebereich und hielt sich die kalten Hände an die Wangen, um die Röte zurückzudrängen. Kurz darauf kam Antonie in Begleitung der Chefin zurück. Isolde erhob sich. Sophia Goudstikker trat auf sie zu, reichte ihr die Hand und lächelte ihr kurz und knapp zu.

„Nun denn, herzlich willkommen im Atelier *Elvira*", sagte sie.

Isolde lag es auf der Zunge, nach ihrer Partnerin zu fragen, doch die Fotografin klärte selbst auf, was es mit der Abwesenheit von Anita Augspurg auf sich hatte.

„Anita ist nach Zürich zurückgekehrt. Sie studiert dort die Rechte."

Isolde biss sich in die Unterlippe. „Ich dachte, Sie führen das Atelier gemeinsam", sagte sie, bemüht darum, sich ihre Enttäuschung nicht anmerken zu lassen.

„Das ist korrekt", erwiderte Sophia Goudstikker. „Es hat sich allerdings als sinnvoll erwiesen, die Aufgaben so aufzuteilen, dass ich für das Tagesgeschäft zuständig bin, damit Anita studieren kann. Stell dir einmal vor, wie nützlich es sein wird, eine Anwältin im Haus zu haben!" Sie klatschte in die Hände. „Genug davon, bald werden die ersten Kunden eintreffen. Ich habe Antonie gebeten, dich in den Thekendienst einzuweisen." Sie nickte Isolde zu und ging davon.

Isolde spürte den Stachel der Enttäuschung. Sie hatte sich vorgestellt, dass sich eine der Chefinnen Zeit nehmen würde, sie herumzuführen, ihr die Funktionsweise der Apparate zu erklären und ihr vielleicht sogar schon zu erlauben, eine erste Fotografie anzufertigen. Und nun musste sie am Empfang arbeiten. Das klang nicht gerade aufregend.

„Was wird meine Aufgabe sein?", fragte sie Antonie.

„Heute haben wir beide zusammen Dienst hier, dann kann ich dir alles zeigen. Im Grunde genommen ist es nicht allzu viel. Zu den vereinbarten Terminen kommen Kunden, denen nehmen wir die Garderobe ab und führen sie in den Wartebereich. Wenn Frau Goudstikker bereit ist, öffnet sie die Tür zum Studio und wir begleiten die Kundschaft hinein. Nach den Aufnahmen holen wir sie wieder ab und übergeben ihnen ihre Mäntel."

Isolde seufzte innerlich. Das war eine stumpfsinnige Aufgabe, die noch dazu mit Höflichkeit und korrekten Umgangsformen verbunden war. Perfekt für Elsa, aber ein versiegeltes Buch für sie.

„Dann", fuhr Antonie fort, „kann es sein, dass Kunden wegen einem Termin nachfragen."

Es heißt wegen eines Termins, dachte Isolde und konnte sich gerade noch daran hindern, es laut auszusprechen.

„Dafür tragen wir sie einfach hier ein." Antonie deutete auf ein großes, ledergebundenes Buch, das aufgeschlagen auf der Theke lag. Es war selbsterklärend. Ein Arbeitstag nahm eine Seite ein und jede Zeile entsprach einer halben Stunde.

„Und die letzte Möglichkeit ist, dass jemand kommt, um fertige Bilder abzuholen. Das wird heute sicher einmal der Fall sein, dann kann ich dir zeigen, wie man eine Rechnung ausschreibt und kassiert.“

Isolde fragte sich, wie lange Antonie wohl dazu gebraucht hatte, ihre Arbeitsschritte zu beherrschen? Ob sie ebenfalls ein Lehrmädchen gehabt hatte, das sie angeleitet hatte? Wenn sie Elsa gewesen wäre, hätte sie Antonie das einfach gefragt. Nun, was sprach dagegen? Sie musste ohnehin lernen, wie man unbedeutende Gespräche führte.

„Wie lange betreiben Frau Goudstikker und Frau Augspurg das Fotoatelier schon?“, fragte sie.

„Seit fünf Jahren.“

„Du bist im dritten Ausbildungsjahr. Gab es denn vor dir auch schon eine Auszubildende?“

Antonie nickte. „Die hat aber im zweiten Jahr abgebrochen. Ihr war das mit der Technik zu kompliziert. Das kann ich gar nicht verstehen. Fotografieren ist einfach. Man muss nur das künstlerische Auge haben. Wahrscheinlich hat ihr das gefehlt und sie wollte es nur nicht zugeben.“

Isolde saugte an ihrer Unterlippe. Was, wenn ihr dieses künstlerische Auge auch fehlte? „Sind Frau Goudstikker oder Frau Augspurg verheiratet?“, fragte sie.

Antonies Reaktion erstaunte sie. Die junge Frau prustete vor Lachen laut los. „Verheiratet?“, stieß sie kichernd hervor. „Oh, ich bin sicher, die beiden würde gerne heiraten, wenn das erlaubt wäre.“

Isolde sah sie fragend an, was den Heiterkeitsausbruch noch mehr verstärkte.

„Mein Gott, du hast es nicht kapiert, oder?", gluckste Antonie. „Die beiden mögen keine Männer. Aber gegenseitig mögen sie sich mehr als gern."

Isolde spürte, wie die Röte erneut in ihr Gesicht schoss. Sie wusste nicht, wo sie hinschauen sollte, und suchte fieberhaft nach einer weiteren, dieses Mal unverfänglichen Frage, um vom Thema abzulenken.

„Und du?", fragte sie. „Bist du mit jemandem verlobt?"

Antonies Glucksen verebbte schlagartig. Sie schüttelte den Kopf. „Ich warte noch auf den Richtigen. Aber vielleicht heirate ich auch gar nicht, sondern mache mich als Fotografin selbstständig. Ich habe nämlich den künstlerischen Blick."

In diesem Moment klopfte es an die Tür und der erste Kunde trat ein. Isolde atmete tief durch und bereitete sich auf eine kurze, höfliche Konversation vor.

***

Elsa drehte ihren aufgespannten Schirm, dessen Stange auf ihrer Schulter lag, ungeduldig hin und her.

„Wo bleibt er denn?", fragte sie.

„Er ist eben pünktlich", knurrte Isolde, die neben ihr stand und finster dreinschaute. „Ganz im Gegensatz zu dir. Ich habe dir doch gesagt, dass wir nicht schon eine halbe Stunde früher da sein müssen. Da hätte ich mich nicht so abhetzen müssen, um rechtzeitig vom Atelier nach Hause zu kommen."

Elsa spürte den Anflug eines schlechten Gewissens. Sie hatte Isolde noch gar nicht gefragt, wie ihr erster

Ausbildungstag verlaufen war. Doch dann entdeckte sie den Lieutenant und alles andere war vergessen. Offenbar hatte Isolde ihn auch bemerkt, denn sie sagte: „Hat der den Stock verschluckt, mit dem sie ihn beim Militär durchgeprügelt haben?"

„Wenn du nichts von Männern verstehst, solltest du vielleicht den Mund halten", zischte Elsa. „Das nennt man Haltung."

Isolde kicherte, was Elsa beinahe noch mehr zur Weißglut brachte als ihre abfälligen Bemerkungen. Glücklicherweise hatte der Lieutenant sie inzwischen erreicht. Er schlug die Hacken zusammen und salutierte. Isolde gab ein würgendes Geräusch von sich und Elsa versuchte, sie mit der Schuhspitze zu treten, verfehlte sie aber und hätte beinahe das Gleichgewicht verloren.

„Sehr verehrtes Fräulein Hartmann", sagte Müller und nickte ihr zu. „Welche Freude Sie zu sehen!"

„Es ist mir ebenfalls eine große Freude, Herr Lieutenant. Darf ich Ihnen meine Schwester Isolde Hartmann vorstellen?"

Sie deutete auf Isolde, die den Gruß des Offiziers mit einem Nicken quittierte.

„Wollen wir eine Runde promenieren?", schlug Müller vor.

Elsa atmete erleichtert auf. Offenbar merkte der Lieutenant nicht, dass die Anstandsdame noch nicht volljährig war.

„Sehr gerne", sagte sie und schloss ihren Schirm. Sie stellte sich rechts neben Müller und winkte Isolde herbei, sodass sie wiederum rechts neben ihr gehen musste.

„Ich habe mich sehr über Ihren Brief gefreut", begann Elsa.

„Ganz meinerseits", entgegnete der Offizier.

Sie wartete kurz ab, ob er noch etwas sagen würde, da er aber stumm geradeaus blickte, ergriff sie das Wort. „Ich habe mich glücklicherweise auch nicht ernsthaft verletzt."

„Das hatten Sie geschrieben."

Isolde gab erneut ein gurgelndes Geräusch von sich, verstummte aber, als sie der Knauf von Elsas Schirm in der Flanke traf.

„Kommen Sie von Ihrer Arbeit?", fragte sie, um das Gespräch möglichst rasch auf die Punkte zu lenken, die sie interessierten.

„Ja, ich habe es vorgezogen, direkt aus dem Büro hierher zu kommen, da ich ansonsten einen Umweg in Kauf hätte nehmen müssen."

„Wo liegt Ihr Büro denn?"

„Im königlich-bayerischen Ministerium des Eisenbahn- und Transportwesens. Ich bekleide dort eine Ratsstelle."

„Sie sind also Eisenbahnrat?"

„Ja. So könnte man das vereinfacht nennen."

„Eine wichtige Tätigkeit. Wofür sind Sie denn genau zuständig?"

„Ach, dies und das im Zusammenhang mit der bayerischen Oberlandbahn. Die Details würden Sie nur langweilen."

„Langweilen die Details Sie denn auch?", fragte Isolde.

Elsa schlug ihr noch einmal mit dem Schirm in die Seite. Was um Himmelswillen hatte ihre Schwester geritten, sich in das Gespräch einzumischen?

„Nein, natürlich nicht. Meine Arbeit ist hochinteressant. Sie fordert mich intellektuell aufs Höchste. Aber Sie als Frau werden dafür wenig Verständnis haben. Es entspricht nicht Ihrer Sphäre."

Elsa gab Isolde vorsorglich noch einmal einen Schlag mit dem Knauf des Schirms, ehe sie antwortete. „Ja, das kann ich mir vorstellen. Wie verbringen Sie denn Ihre Mußestunden?"

„Nun allzu viel freie Zeit ist mir leider nicht vergönnt, aber gelegentlich lese ich ein erbauliches Buch."

Elsa fluchte. Sie wusste genau, was nun geschehen würde und bevor sie reagieren konnte, hatte Isolde auch schon das Wort ergriffen. „Ah, das ist interessant. Was war das letzte Buch, das Sie gelesen haben?"

„Die *Geschichte des 19. Jahrhunderts* von Heinrich von Treitschke. Ein exzellentes Werk. Aber auch das wird nicht in Ihrer Sphäre liegen, nehme ich an."

Elsa hob den Stock und Isolde antwortete pflichtgemäß: „Nein, ich habe eine Ausbildung zur Fotografin begonnen und beschäftige mich daher eher mit technischer Literatur."

„Zur Fotografin?" Müller blieb stehen und wandte sich zu Isolde um. „Finden Sie, dass das ein respektabler Beruf für eine Frau ist?"

Elsa sah ein Funkeln in den Augen ihrer Schwester, das sie nur zu gut kannte. Sie überlegte fieberhaft, wie sie einschreiten und verhindern konnte, dass Isolde Müller reizen würde wie ein Torero den wütenden Stier.

„Warum? Finden Sie das nicht?", gab Isolde zurück.

Müller schüttelte den Kopf. „Nein, natürlich nicht, wo denken Sie hin. Es ist doch unbestritten, dass der Platz einer Frau bei Heim, Herd und Kind sein sollte."

„Ich für meinen Teil bestreite das."

„Verzeihen Sie mir die Bemerkung, aber Sie sind nun wahrlich keine Autorität auf diesem Gebiet. Schon der Apostel Paulus wies den Übermut der Weiblichkeit klar in die Schranken und alle großen Denker nach ihm folgten ihm darin."

„*Der Mann ist zum Kriege geboren, das Weib zur Erholung des Kriegers*", rezitierte Isolde in einem übertrieben dramatischen Tonfall, aus dem Elsa zu ihrem Schrecken eine gehörige Portion Spott heraushörte. Glücklicherweise schien Müller das nicht zu bemerken, denn er nickte beifällig.

„Von wem ist dieses treffliche Zitat?"

„Von Friedrich Nietzsche, einem der großen Denker, die Sie erwähnten."

Müller verzog das Gesicht. „Es gehört sich nicht, diesen gottlosen Syphilitiker in eine Reihe mit dem Apostel Paulus zu stellen."

Isolde wollte etwas erwidern, doch Elsa schaltet sich ein.

„Nun, wollen wir weitergehen? Mir ist kalt."

Sie lächelte Müller an. Er nickte ihr zu und reichte ihr den Arm. Sie legte ihre Hand darauf und beide setzten sich in Bewegung. Elsa wandte sich kurz um und warf Isolde einen warnenden Blick zu, Ihre Schwester rollte mit den Augen, blieb aber fortan still.

Sie spazierten noch eine halbe Stunde durch den Englischen Garten, bis Elsa die Gesprächsthemen ausgegangen waren. Als sie wieder bei der Pagode angekommen waren, sagte sie:

„Was für ein anregender Nachmittag.“

„Ich empfand Ihre Gesellschaft als sehr angenehm“, sagte Müller.

Ihr fiel auf, dass er Isolde mit keinem Wort erwähnte. Es war ihm nicht zu verdenken.

„Dann beehren Sie uns doch einmal zum Tee“, sagte Isolde zum Abschied. „Sie müssen unbedingt unseren Onkel kennenlernen. Und er Sie.“

Elsa holte tief Luft und zwang sich zu einem Lächeln. „Ja bitte, Sie müssen zum Tee vorbeikommen!“

Der Lieutenant salutierte. „Ich werde sehen, ob ich es einrichten kann. Gott zum Gruße!“

KAPITEL 12

Freitag, 22. November 1895

Isolde langweilte sich. Sie hatte in den vergangenen beiden Tagen Kunden empfangen, sie ins Studio geführt und wieder abgeholt. Sie hatte Termine vereinbart. Und sie hatte fertige Fotografien ausgehändigt und den fälligen Betrag kassiert.

Die Auszubildende hatte diese Tätigkeiten so dargestellt, als ob Isolde für deren Beherrschung Monate benötigen würde. Ob Antonie so lange dafür gebraucht hatte? Das konnte sich Isolde nur schwer vorstellen. Die Abläufe waren simpel und wiederholten sich ständig. Sie kannte ihre Kollegin zwar kaum, aber sie hatte das Gefühl, dass sie zu Übertreibungen neigte. Hoffentlich würde sie gut mit ihr auskommen, das war das Einzige, was zählte.

Sophia Goudstikker kam aus dem Studio. Eine blonde Strähne hing ihr über das Gesicht. Sie blies sie zur Seite und lächelte Isolde zu. Das war ein ungewohnter Anblick, denn die Chefin setzte meist eine strenge Miene auf.

„So, heute darfst du mich einmal beim Fotografieren unterstützen", sagte sie. Eine Welle der Vorfreude fegte durch Isoldes Körper und ließ ihre Fingerspitzen kribbelnd zurück. „Antonie, übernimm du bitte den Empfangsdienst?"

Die Auszubildende bedachte Isolde mit einem missgünstigen Gesichtsausdruck, aber das war ihr gleichgültig. Mit federnden Schritten folgte sie Sophia ins Studio. Die Fotografin führte sie zu der großen Balgenkamera, die auf einem Dreibeinstativ stand.

„Hast du schon einmal fotografiert?", fragte Sophia.

Isolde schüttelte den Kopf.

„Gut, dann erkläre ich dir vielleicht zunächst, wie die Technik funktioniert."

„Das weiß ich", sagte Isolde und hätte sich im nächsten Moment am liebsten auf die Zunge gebissen. Warum musste sie immer so vorlaut sein?

Sophia sah sie irritiert an. „War das Teil der Lehrerinnenausbildung?", fragte sie.

„Nein, ich habe ein Buch darüber gelesen. Ich habe es aus der Leihbücherei ausgeliehen, nachdem Sie mir die Lehrstelle zugesagt hatten." Sie begann aus dem Gedächtnis die physikalischen und chemischen Grundlagen der Fotografie zu referieren. Als sie fertig war, nickte Sophia anerkennend.

„Gut", sagte sie. „Dann brauchen wir uns gar nicht mit öder Theorie aufhalten, sondern können gleich in die spannende Praxis starten." Sie zeigte auf den Fotoapparat. „Dieses Prachtstück hat ein Messingobjektiv von Carl Zeiss."

Sie begann damit, die einzelnen Teile der Kamera zu benennen und ihre Funktion zu beschreiben. Isolde stellte viele Fragen, die Sophia bereitwillig beantwortete. Schließlich durfte Isolde ein Bild von Sophia machen. Mit zitternden Fingern stellte sie unter den wachsamen Augen ihrer Chefin die Blende und den Fokus ein. Dann schob sie die Kappe über das Objektiv, legte eine Platte ein, nahm den Verschluss ab, zählte bis fünf und deckte das Objektiv wieder ab.

„Prima", sagte Sophia. „Ob es etwas geworden ist, werden wir morgen sehen. Da entwickeln wir das Bild gemeinsam. Heute bleibst du bei mir und gehst mir zur Hand, während ich fotografiere. Holst du bitte schon einmal die ersten Kunden herein?"

Es wurde ein großartiger Tag. Isolde lernte nicht nur viel über die Technik des Fotografierens, sie konnte auch beobachten, wie es Sophia gelang, die Leute so zu platzieren, dass sie auf den späteren Bildern vorteilhaft aussehen würden. Zudem dämmerte ihr, was es mit diesem künstlerischen Blick auf sich hatte.

Sophia ordnete ihre Kunden nicht einfach nur an wie Skulpturen. Sie redete mit ihnen, entlockte ihnen Gefühle, brachte sie zum Lachen und dadurch glänzten sie. Es war erstaunlich. Einen jungen Mann, der sehr verzagt wirkte, stellte Sophia neben eine griechische Säule aus Pappmaché. Isolde konnte an seiner Körperhaltung erkennen, wie unwohl er sich fühlte. Die Schultern hingen nach vorne, die Arme hatte er eng an den Körper gepresst und seine Finger bewegten sich die ganze Zeit, so als ob er nicht wusste, was er damit anstellen sollte.

Sophia bat ihn, sich mit der rechten Hand an der Säule abzustützen und sich dagegen zu lehnen. Sofort sah seine Haltung entspannter aus. Die andere Hand war jedoch noch immer unruhig. Er steckte sie in die Hosentasche, doch dadurch winkelte er den linken Arm in einer unnatürlich wirkenden Pose ab. Auch für dieses Problem hatte die Fotografin eine einfache Lösung. Sie holte aus dem in der rechten Ecke des

Studios aufgestapelten Fundus von Requisiten, einen schwarz lackierten Spazierstock mit silbernem Griff und drückte ihn dem Mann in die Hand. Hierdurch verlagerte er sein Gewicht so, dass sein Körper die Form eines S bildete wodurch er größer und lässiger wirkte.

Nachdem sie eine erste Fotografie in dieser Pose angefertigt hatte, bat sie ihn, sich nur auf den Stock gestützt vor die Linse zu stellen. Es gelang ihm, die Lockerheit auch in dieser Haltung beizubehalten und gleichzeitig seriöser und selbstbewusster zu erscheinen. Als Sophia nach einer halben Stunde die Türe hinter schloss, sagte sie: „Das Wichtigste am Fotografieren ist, dass die Kunden die Kamera vergessen. Sie müssen in kurzer Zeit lernen, in unnatürlichen Posen so lebendig wie nur möglich zu wirken, und das kann nur gelingen, wenn wir ihnen Hilfsmittel an die Hand geben. Deswegen verfügen wir über einen umfangreichen Fundus an Requisiten.“

Am Ende des Tages verabschiedete Sophia sie mit einem Lob und Isolde ging selig in den Umkleideraum, um ihren Mantel aus dem Spind zu holen. Antonie stand hinter dem Empfangstresen. Sie hatte eine sauertöpfische Miene aufgesetzt.

„Na, Ihr hattet es wohl fröhlich da drin“, sagte sie.

„Sophia hat mir vieles gezeigt“, erwiderte Isolde knapp, da sie keine Lust darauf hatte, sich die gute Laune von ihrer Kollegin verderben zu lassen.

„Oh, das glaube ich sofort“, sagte sie. „Frau Goudstikker möchte dir sicher noch einiges mehr zeigen. Sie mag burschikose Mädchen.“

Isolde spürte, wie die heiße Röte ihr Gesicht überzog. Sie wusste nicht, was sie erwidern sollte.

„Pass bloß auf, dass Frau Augspurg nicht Wind davon bekommt, wie eng du mit ihrer Partnerin bist. Das könnte dir gar nicht gut bekommen. Sie ist nämlich sehr eifersüchtig."

Isolde nahm wortlos ihren Mantel vom Haken und eilte hinaus.

***

Elsa hatte sich nach langer Zeit einmal wieder in Schale geworfen. Sie saß vor dem Spiegel in ihrem Zimmer und betrachtete sich. Das beinahe blinde Glas machte es schwierig, den Aufwand, den sie mit ihrer Toilette betrieben hatte, angemessen zu beurteilen.

Sie hatte ihr Gesicht zart gepudert und ein wenig Rouge aufgetragen. Die Augen hatte sie mit einem schmalen Strich ihres Kohlenstiftes untermalt, sodass sie noch größer wirkten. Die seidigen, dicken schwarzen Locken hatte sie frisch gewaschen und einzelne Strähnen mit Zenzis Hilfe zu kleinen Zöpfen geflochten, die sie wie natürliche Spangen nutzte, um die Flut ihrer Haare zu bändigen. Auf dem Kopf saß ein mittelgroßes, mauvefarbenes Hütchen, das sehr gut zu ihrem zartrosa Kleid passte.

Sie schlüpfte mit dem Fuß in den rechten Stiefel und zog die Schnürsenkel an. Mit einem ploppenden Geräusch löste sich die oberste Öse aus dem Schuhleder, beschrieb einen kleinen Bogen und kam etwa einen Meter neben Elsa auf dem Fußboden zu liegen.

Sie unterdrückte einen Fluch und besah sich den Schaden am Schuh. An der Stelle, an der zuvor die Öse gesessen hatte, befand sich ein fingerbreiter Riss.

„Herrje, die werd ich zum Schuhmacher bringen müssen“, hörte sie Zenzi sagen.

Elsa schüttelte den Kopf. „Dazu ist keine Zeit. Ich muss los.“ Sie legte die Stirn in Falten und überlegte, wie sie den Schaden am besten reparieren konnte.

„Ich kann dem Fräulein das nicht nähen“, sagte Zenzi. „Ich habe keine so dicke Nadel und selbst wenn ich eine hätte, würde das hässlich aussehen.“

Elsa erwiderte nichts. Sie erhob sich und eilte zu der Segeltuchtasche, die noch immer neben den Schrankkoffern auf der anderen Seite des Raumes stand. Sie öffnete die Tasche und besah sich den Inhalt. Die Werkzeuge ihres Großvaters lagen kreuz und quer durcheinander. Messer, Ahlen, Zangen. Darunter konnte sie kleinere und größere Lederstücke erkennen.

Sie fischte eines heraus, griff nach einem Messer, einer Nadel und einer Fadenrolle. Dann setzte sie sich auf den Stuhl und nahm den Schuh in beide Hände.

Sie bemerkte, dass Zenzi neben ihr stand und sie interessiert beobachtete, doch das war ihr gleichgültig. Mit sicheren Bewegungen schnitt sie ein Lederstück zurecht und schob es unter das deckende Leder in das sich unter dem Riss befindende Futter des Schuhs hinein. Dann nahm sie die Öse und nähte sie fest, ehe sie mit vier verdeckten Nähten den Riss wieder schloss.

Sie reichte Zenzi das Werkzeug. „So, das sollte genügen. Können Sie das bitte wieder zurücklegen?“

Die Haushälterin sah sie mit großen Augen an.

„Was schauen Sie so?", fragte Elsa teils amüsiert, teils ungehalten. „Mein Vater und mein Großvater waren Sattlermeister. Meinen Sie, an mir wäre das spurlos vorübergegangen?"

Sie schlüpfte in die Schuhe, nickte ihrem Spiegelbild zufrieden zu und erhob sich, um ihren Mantel anzuziehen und die Handschuhe anzulegen.

Im Flur traf sie den Onkel. „Ich gehe zum Jour von Frau Keyserling."

Der Onkel nickte. „Schön, dass du wieder in Gesellschaft gehst. Ich wünsche dir viel Vergnügen und grüße bitte Frau Keyserling von mir. Sie ist eine meine treuesten Mäzeninnen."

Elsa lächelte ihn an und ging rasch ins Freie. Sie wollte nicht, dass er sie auf ihren Spaziergang mit dem Reserveoffizier ansprach. Er musste davon gehört haben, denn Isolde konnte ihr Mundwerk einfach nicht halten. Bei ihrer Schwester hatte Müller einen negativen Eindruck hinterlassen. Einen engstirnigen Pedanten hatte sie ihn genannt und das war noch eines der netteren Dinge gewesen, das sie über ihn gesagt hatte. Aber Isolde hatte keine Ahnung, worauf es bei einem Mann ankam. Und wahrscheinlich war sie wie alle anderen Frauen auch nur eifersüchtig darauf, dass sich Elsa vor Verehrern kaum retten konnte. Der Gedanke munterte sie auf und sie beschleunigte ihre Schritte.

Sie war eine gute halbe Stunde unterwegs. Der Tag war frisch und klar. In der Nacht hatte es geregnet und das Pflaster war noch ein wenig feucht. Wenn ihr Fahrrad funktionsfähig gewesen wäre, hätte sie dieses genommen, um nach Bogenhausen zu gelangen, aber nun musste sie zu Fuß gehen. Einen Fiaker konnte sie sich nicht leisten.

Der Butler der Familie Keyserling öffnete ihr und bat sie in den Vorraum des Salons, wo ihr ein weiterer Bediensteter den Mantel abnahm. Sie trat ein. Die Gesellschaft war recht überschaubar. Elsa kannte die meisten der Anwesenden vom Sehen. Es waren Beamte, Professoren und Kaufleute samt Gattinnen und teilweise auch in Begleitung ihrer Töchter. Zu ihrem Leidwesen konnte sie keinen einzigen Offizier erkennen.

Vor dem großen Fenster, das den Blick hinaus in den kahlen Garten öffnete, stand Frieda und winkte ihr zu. Bei ihr befanden sich zwei Mädchen in ihrem Alter, die sie von früheren Gesellschaften her kannte. Die eine hieß Bernhardine, an den Namen der anderen konnte sie sich nicht erinnern.

Elsa trat auf sie zu und begrüßte sie.

„Möchtest du einen Punsch?", fragte Frieda.

„Gerne", sagte Elsa. „Es ist eiskalt draußen."

„Bist du etwa zu Fuß gegangen?", fragte Bernhardine.

Elsa nickte. „Ja, mein Onkel hat den Zweispänner in Beschlag genommen. Er hat heute Audienz beim Prinzregenten. Und mein Fahrrad ist leider nicht mehr funktionstüchtig. Ich hatte einen Unfall."

Sie lächelte Bernhardine zu, tat sich aber schwer damit, die Anspannung im Zaum zu halten, die die Frage in ihr ausgelöst hatte. Sie hoffte darauf, dass das Mädchen es dabei bewenden ließ und sie nicht fragte, warum sie keinen Fiaker angemietet hatte. Frieda rettete sie aus dieser Bredouille.

„Du hattest einen Unfall? Herrje, ich hoffe, du hast dich dabei nicht verletzt!"

Elsa winkte ab. „Es ist nichts Schlimmes passiert. Glücklicherweise. Ein Bauer mit seinem Lastgespann hat mich übersehen. Das Fahrrad ist Schrott. Dafür kam mir ein edler Ritter zur Hilfe. Ein Offizier. Er hat mich aus meiner misslichen Lage gerettet und nach Hause gebracht hat."

Ein Diener brachte ein dampfendes Punschglas und Elsa nahm vorsichtig einen Schluck. Das fruchtige Getränk zog eine warme Spur von ihrem Mund, den Hals hinunter bis in ihren Magen. „Ach, himmlisch", sagte sie.

„Jetzt, wo du uns schon neugierig gemacht hast, erzähle uns doch von deinem edlen Ritter! Kennst du seinen Namen?", bohrte Frieda nach.

„Ja, er hat mir am Tag darauf ein Billett geschickt, in dem er mich um ein Treffen gebeten hat."

Das andere Mädchen, dessen Namen Elsa noch immer nicht erinnern konnte, riss in gespielter Empörung die Augen auf. „Ein Treffen? Das ist frech!"

Elsa schüttelte den Kopf. „Nein, ganz im Gegenteil. Er hat sich als ein wahrer Gentleman erwiesen. Schon in seinem Billett hatte er verlangt, dass ich eine Anstandsdame mitbringen sollte. Und das habe ich auch getan."

„Wer hat dich begleitet?", fragte Frieda.

Elsa biss sich auf die Zunge. Wenn sie jetzt wahrheitsgemäß antwortete, würden die drei über sie herfallen. Die ältere Schwester zählte nur als Begleiterin, wenn sie volljährig war. Und Frieda wusste, dass Isolde erst 20 Jahre alt war.

„Eine Mäzenin meines Onkels", sagte sie rasch.

„Was habt ihr unternommen?", fragte Bernardine.

„Wir sind im Englischen Garten promeniert. Ach, war das himmlisch. Wir haben eine angeregte Unterhaltung geführt. Werner ist sehr gebildet und kultiviert."

„Werner und wie weiter?", fragte Frieda.

Elsa spürte, wie ihr Arm leicht zu zittern begann. Sie hielt das Punschglas nun mit beiden Händen fest, damit sie ihre Erregung nicht verließ. „Müller", sagte sie in einem Ton, als ob sie stattdessen „Esterhazy" gesagt hätte.

„Müller?", wiederholten die drei und das unbekannte Mädchen ergänzte: „Von Müller oder einfach nur Müller?"

„Müller", sagte Elsa. „Er ist Offizier."

„Bei welchem Regiment?", wollte Bernhardine wissen.

„Er ist Lieutenant der Artilleriereserve."

„Ein Reserveoffizier? Dann hat er sicherlich den einjährigen Freiwilligendienst absolviert, um Vorteile bei seiner beruflichen Laufbahn zu erhalten. Nun, mit etwas gutem Willem mag man ihn zum Offizierskorps zählen", sagte Frieda. „Was für eine Stellung hat er?"

„Er ist königlicher Rat im Eisenbahnministerium."

Das unbekannte Mädchen hustete und Bernhardine versteckte ihren Mund hinter ihrer Punschtasse.

„Dann wirst du dich nie mehr um einen Fahrschein bemühen müssen, wenn der gute Müller einmal um deine Hand anhalten sollte", sagte Frieda.

Elsa hätte ihr am liebsten das überlegene Schmunzeln von den Lippen gewischt. „Nun, ich weiß ja nicht, wie es bei euch ist", erwiderte sie leichthin. „Aber ich habe nicht vor, jeden meiner Verehrer zu heiraten. Das muss ordentlich überlegt sein. Wie heißt es so schön im Faust? *Drum prüfe, wer sich ewig bindet, ob sich auch Herz zum Herzen findet.*"

Das Lächeln verschwand von Friedas Lippen. Elsas Stimmung hob sich. Sie wusste, wie sie ihrer Freundin zeigen konnte, wer hier die Begehrte war. In puncto Schönheit und Charme konnte ihr hier keine Frau das Wasser reichen.

„Ich glaube nicht, dass das aus dem Faust stammt", warf Bernhardine ein.

Elsa zuckte mit den Schultern. „Stammt denn nicht alles irgendwie aus dem Faust oder aus der Bibel?" Sie nahm einen großen Schluck aus ihrem Punschglas und lächelte zufrieden in die Runde.

KAPITEL 13

Samstag, 23. November 1895

Isolde zog sich den Mantelkragen enger um den Hals. Der eisige Wind schickte sich an, durch jede noch so kleine Öffnung zu dringen. Der Englische Garten war menschenleer. Und das war ihr recht so. Sie hatte das Bedürfnis gehabt, sich zu bewegen und ihre Gedanken im Gehen zu ordnen, nachdem es ihr nicht gelungen war, sich mit einem Buch abzulenken.

Das stürmische Wetter bildete den äußeren Gegenpart zu ihrer inneren Gestimmtheit. Der Schwung, die Euphorie der ersten Tage im Atelier war einer bleiernen Schwere gewichen. Die meiste Zeit verbrachte sie am Empfang und das ödete sie an. Die Arbeitstage waren lang und die Stunden zogen sich dahin wie zähflüssiger Honig, der seine Süße eingebüßt hatte. Nur selten rief Sophia sie zu sich, um ihr etwas zu zeigen. Die Chefin war so sehr mit dem Fotografieren beschäftigt, dass sie kaum Zeit für ihren neuen Lehrling hätte erübrigen können. Zudem musste sich Isolde Sophias Aufmerksamkeit mit Antonie teilen und nach wie vor fiel es ihr schwer, einzuschätzen, wie ihre Kollegin zu ihr stand.

Eine Böe fuhr in einen Laubhaufen und sie hob die Hand, um zu verhindern, dass ihr die aufgewirbelten Blätter ins Gesicht geblasen wurden.

„Fräulein Hartmann?"

Sie hob den Blick und sah Johann von Linden vor sich. Wo war der denn auf einmal aufgetaucht?

„Guten Abend", sagte sie.

„Das wünsche ich Ihnen ebenfalls", erwiderte von Linden. „Ich bin erstaunt, Sie bei diesem schweren Wetter hier anzutreffen."

Sie zuckte mit den Achseln. „Sie sind auch unterwegs. Warum sollte ich zu Hause bleiben?"

Er lächelte und neben seinen Mundwinkeln kamen zwei Grübchen zum Vorschein. Der Wind hatte seine Frisur vollkommen durcheinandergebracht. Seine Haare glichen einer von Strudeln durchzogenen, stürmischen See.

„Da haben Sie allerdings recht", sagte er. „Wie geht es Ihnen? Was macht das Seminar?"

Sie zog wieder den Kragen ihres Mantels enger. Warum konnte dieser Kelch nicht an ihr vorübergehen? Für eine Unterhaltung war es eindeutig zu ungemütlich. Zudem hatte sie keine Lust auf ein Gespräch. Und schon gar nicht mit Johann von Linden. Der hatte ihr die Ausbildung im Atelier *Elvira* schließlich eingebrockt.

„Ich weiß nicht, was das Seminar macht", erwiderte sie knapp. „Ich habe es abgebrochen."

Seine Augenbrauen schossen hoch. „Oh", sagte er. „Darf ich Ihnen zu diesem Schritt gratulieren oder bereuen Sie, ihn getan zu haben."

„Ich habe es bislang keinen Augenblick bereut, dem Seminar den Rücken gekehrt zu haben", sagte sie.

Von Linden schien zu spüren, dass sie ihm damit nur die halbe Wahrheit sagte, denn er bohrte weiter.

„Entschuldigen Sie bitte, wenn ich so zudringlich bin, aber ich meinte eben ein unausgesprochenes *aber* in Ihren Worten zu hören.“

Isolde biss sich auf die Unterlippe. Großartig. Warum ließ sich von Linden nicht einfach abfertigen? Erkannte er nicht, dass sie keine Lust darauf hatte, ihr Elend vor ihm auszubreiten? Und doch war das nur die halbe Wahrheit. Denn als sie ansetzte, ihn zu bitten, sie in Ruhe zu lassen, spürte sie einen dem entgegengesetzten Drang, sich ihm anzuvertrauen, endlich einmal über die lähmende Sackgasse zu sprechen, in der sie sich befand.

„Nachdem sich die eine Tür geschlossen hatte, habe ich eine andere geöffnet“, sagte sie. „Doch ich weiß noch nicht, ob mir gefällt, was ich dahinter gefunden habe.“

„Darf ich fragen, welchen Raum Sie betreten haben?“

Von Linden war behutsam und das gefiel ihr. Sie hatte das Gefühl, dass er ihr die Wahl ließ, das Gespräch mit einem schlichten *Nein* zu beenden, und das gab ihr die Freiheit, sich ihm zu öffnen.

„Ich habe mir Ihren Rat zu Herzen genommen und eine Ausbildung als Fotografin im Atelier *Elvira* begonnen.“

Wieder wanderten die Augenbrauen nach oben, während gleichzeitig die Grübchen zum Vorschein kamen. „Das ist ja eine schöne Neuigkeit“, sagte er.

„Ich weiß nicht, wie schön diese Neuigkeit bei genauem Hinsehen ist.“

Die Grübchen verschwanden. „Gefällt Ihnen das Fotografieren nicht?“

Sie verzog das Gesicht. „Es ist … anders, als ich es mir vorgestellt habe."

„Darf ich fragen, worin die Diskrepanz zwischen der Realität und der Vorstellung besteht?"

Sie beschloss, dass er es durfte. „Ich hatte erwartet, das Fotografieren zu erlernen. Doch bislang hat sich Frau Goudstikker nur einmal eine Stunde genommen, um mir den Apparat zu erklären, und ich konnte auch nur einer Sitzung beiwohnen. Die restliche Zeit habe ich damit verbracht, am Empfang auf Kundschaft zu warten, Mäntel entgegenzunehmen und Rechnungen abzukassieren."

Er zog die Nase kraus. „Ich kann verstehen, dass Sie das unglücklich macht. Es klingt öde und langweilig."

Isolde nickte. Sie spürte, wie ihre Unterlippe zu zittern begann, während ihre Augen feucht wurden. *Öde.* Exakt derselbe Begriff war ihr auch in den Sinn gekommen.

„Ich glaube, zu kennen, wie Sie sich fühlen", sagte er. „Ich habe zum Wintersemester mit dem Studium der Archäologie begonnen. Meine Erwartungen waren hoch. Ich freute mich darauf, den Professoren zu lauschen, wenn sie von ihren Ausgrabungen berichteten, Fundstücke aus nächster Nähe zu bewundern und die ersten eigenen Projekte zu planen. Stattdessen saß ich Stunde um Stunde vor Lehrbüchern des Lateinischen und des Altgriechischen und versuchte, Inschriften zu entziffern, die andere Studenten von römischen Grabsteinen abgepaust hatten. Es war zum Verzweifeln und ich habe lange mit mir gerungen, ob ich das Studium nicht abbrechen sollte."

„Was hat Sie bewogen, fortzufahren?"

„Das Ziel", sagte er. „Ich will meine eigene Ausgrabung leiten. Aber mir ist klar geworden, dass ich dazu Wissen aufhäufen muss und dass nicht alles, was ich zu diesem Zweck lerne, auf den ersten Blick sinnvoll oder notwendig erscheinen muss. Wie lautet der alte Spruch: *Lehrjahre sind keine Herrenjahre.* Es steckt einiges an Wahrheit darin."

Isolde seufzte. „Das mag sein. Mir fällt es schwer, den Sinn im Empfangsdienst zu sehen, wenn ich nichts anderes will, als mit einer Kamera loszuziehen und die Welt zu entdecken. Den Eingeborenen in einem fremden Land muss ich sicher nicht erst die Mäntel abnehmen, wenn ich sie fotografieren möchte."

Von Linden lachte laut. „Nein, das sollten Sie tunlichst unterlassen. Vielleicht sind deren Mäntel sogar ein besonders interessantes Motiv." Er wurde wieder ernst. „Soll ich einmal bei Frau Goudstikker vorsprechen und sie bitten, dass sie Ihnen mehr Zeit reserviert? Ich kenne sie gut und wäre gerne bereit dazu."

Isolde schüttelte vehement den Kopf. „Nein, danke", erwiderte sie. „Das muss ich allein erledigen. Sie haben mir schon genug geholfen. Es hat gutgetan, mit Ihnen zu reden. Sie haben meine Moral ein wenig aufgerichtet."

„Das freut mich", sagte er und lächelte. „Ich stehe Ihnen gerne für weitere Aufrichtungen zur Verfügung. Und jetzt verabschiede ich mich. Mir ist kalt und ich vermute, dass Sie auch frieren werden. Wir wollen uns doch nicht erkälten."

Er lüpfte seinen Hut, nickte ihr zu und ging davon. Isolde sah ihm nach, unschlüssig, was sie von dieser Begegnung halten sollte.

***

Elsa las sich das Billett noch einmal durch.

Wertes Fräulein Hartmann,

Ich habe unseren gemeinsamen Spaziergang genossen. Ihre Schwester war so freundlich, eine Einladung zum Tee auszusprechen. Dieser würde ich gerne folgen. Ich bitte Sie daher um die Erlaubnis, Ihrem Herrn Onkel, der – wie ich den Äußerungen Ihrer Schwester entnommen habe – Ihrer beider Vormund ist, meine Visitenkarte schicken zu dürfen.

Mit patriotischem Gruß
Werner Müller, Lieutenant der Artilleriereserve

Elsa ließ das Blatt in ihren Schoß sinken. Sie war sich unschlüssig, ob sie sich über Müllers Worte ärgern oder freuen sollte. Einerseits war sie erleichtert darüber, dass er weiterhin Interesse an ihr zeigte und dass er nun auch bereit war, den nächsten Schritt zu gehen und sich dem Onkel offiziell vorzustellen. Andererseits war sein Brief höflich, distanziert, ja beinahe schmerzhaft zu lesen in seiner Ungelenkigkeit. Außerdem hatte er Isolde zweimal erwähnt, sie selbst dagegen nur in der Anrede. Es klopfte an der Tür und Zenzi trat ein, einen Stapel weißer Leintücher auf den Armen.

„Guten Abend", sagte die Haushälterin und machte sich daran, die Wäsche in die Truhe zu räumen.

„Wir werden demnächst Besuch von einem Offizier bekommen", sagte Elsa, ohne den Gruß zu erwidern. „Meine Schwester hat ihn zum Tee eingeladen."

Zenzi beendete in aller Seelenruhe ihre Arbeit, ehe sie sich Elsa zuwandte. „Ist das dieser Herr Reservelieutenant Müller, von dem das Fräulein diese Briefe bekommt?"

„Das geht Sie gar nichts an", sagte Elsa.

Zenzi zuckte mit den Achseln. „Da mag das Fräulein recht haben. Wann kommt der feine Herr denn zum Tee?"

„Ich weiß es noch nicht", sagte Elsa und ergänzte murmelnd: „Ich weiß gar nicht, ob ich möchte, dass er kommt."

Sie hielt sich eine Hand vor den Mund, als sie erkannte, dass sie die Worte, die sie nur dachte, laut ausgesprochen hatte.

Zenzi sah sie mit einem Ausdruck an, der ihr Unbehagen verursachte.

„Was ist?", fragte Elsa.

„Es geht mich nichts an, da haben das Fräulein natürlich recht", sagte Zenzi. „Und ich habe auch keine Ahnung von diesen Dingen. Aber ist es nicht unhöflich, jemandem abzusagen, den man eingeladen hat?"

Elsa seufzte. „Ja, das wäre gegen die Etikette", sagte sie, und während sie die Worte aussprach, fragte sie sich, warum sie ausgerechnet mit Zenzi über dieses Thema sprach. „Aber vielleicht wäre es besser so."

Zenzis Stirn legte sich in Falten. „Warum?"

„Weil Lieutenant Müller die preußischen Tugenden wohl zu sehr verinnerlicht hat", knurrte Elsa.

„Ach so einer ist das", erwiderte die Haushälterin.

„Wie meinen Sie?"

„Na, so ein kalter Fisch, oder?"

Elsa nickte. „Ja, das beschreibt es gut."

Zenzi legte die Wäsche auf der Truhe ab und sah Elsa einen Augenblick lang durchdringend an. „Ich weiß, dass es mir nicht zusteht, das zu sagen, aber vielleicht täte dem Fräulein ein kühles Temperament ganz gut. So als Gegensatz zu ihrer eigenen Hitzigkeit."

Elsas Augen weiteten sich. „Wie können Sie ..." begann sie, brach aber ab, da ihr ein erstaunlicher Gedanke gekommen war: Zenzi hatte recht! „Ja, so habe ich es noch gar nicht gesehen", sagte sie. „Vielleicht könnte Müller einen guten Gegenpol zu meinem ... Temperament bilden. Gegensätze ziehen sich ja bekanntlich an."

„So sagt man. Aber ob das stimmt, muss man immer selber herausfinden. Vielleicht braucht das Fräulein einen Gegensatz. Vielleicht aber auch das Gleiche. Nur eben als Mann."

„Ich brauche vor allem einen Bräutigam", sagte Elsa.

Zenzi legte den Kopf schief. „Warum so dringend? Das Fräulein wird doch nicht ..."

Elsa begriff, was die Haushälterin andeutete. Ihr Gesicht wurde heiß vor Scham. Sie schüttelte den Kopf. „Nein, das ist es nicht. Ich brauche einen Bräutigam, der mich aus dieser Bruchbude hier herausholt. Ich bin so furchtbar unglücklich."

Ihre Augen wurden feucht und sie griff nach dem Taschentuch, das auf ihrem Nachtkästchen lag und tupfte sich damit die Tränen aus den Augenwinkeln.

„An Ihrem Onkel liegt es nicht", sagte Zenzi. „Der gibt sich alle Mühe, den Vater zu spielen. Und dazu muss er sich manchmal ganz schön verbiegen, der alte Junggeselle. Und dafür, dass das Haus so alt und kalt und wenig einladend ist, kann er nix. Das Geld fehlt an allen Ecken."

Elsa nickte. „Ich mache niemandem einen Vorwurf. Meinem Onkel nicht und Ihnen auch nicht. Es ist nur so, ich … ich kann hier nicht glücklich werden. Ich habe es versucht. Zumindest kurz. Mir fehlt die Gesellschaft. Die Bälle. Die Oper. Ich vertrockne wie eine Pflanze, die nicht mehr gegossen wird."

„Aber das Fräulein gehen doch in Gesellschaft."

Elsa stieß ein bitteres Schnauben aus. „Die Leute dulden mich aus Mitleid. Ich bin eine Gefallene. Hinter meinem Rücken machen sie sich lustig über mich. Bald werden die Einladungen versiegen. Spätestens wenn die Ballsaison zum Fasching hin anzieht, werden mich meine Freundinnen vergessen haben. Und dann sitze ich hier und starre trübsinnig an die Decke, während ich zu Tode friere. Nein, es gibt nur einen Ausweg – einen Ehemann!"

Zenzi sah sie lange an. „Und dieser stocksteife Lieutenant könnte ein Ehemann werden?"

„Er hat eine gute Stellung, wird Karriere machen. Er kann mir das Leben bieten, das ich möchte."

„Wird das Leben, das er dem Fräulein bieten wird, dann aber auch das sein, das das Fräulein möchte?"

„Wie meinen Sie das?", fragte Elsa mit zusammengekniffenen Brauen.

„Nun, ich kann mir denken, dass der Herr Lieutenant eine ganz andere Vorstellung vom Eheleben hat als das Fräulein. Vielleicht sieht er weniger Empfänge und Bälle voraus als vielmehr ein Heim, einen Herd und einen Schwung Kinder."

Elsa schluckte. Von dieser Seite hatte sie das Problem noch nicht betrachtet. „Dafür gibt es doch Dienstboten", sagte sie und biss sich auf die Unterlippe. Das hätte sie nicht sagen sollen.

Auf Zenzis Mund erschien ein Lächeln. „Die Kinder muss das Fräulein schon selbst bekommen. Aber bis dahin ist es noch eine Weile."

„Na hoffentlich", sagte Elsa. „Was soll ich nun tun? Soll ich Müller einladen oder ihm absagen?"

„Wenn das Fräulein einen Rat von einer Dienstbotin annehmen mag: Was kann es schaden, sich den Herrn Lieutenant ein bisschen genauer anzuschauen? Einen Antrag ablehnen kann man dann immer noch."

„Ja, das stimmt. Danke."

Sie hatte erwartet, dass Zenzi hinausgehen würde, doch die Haushälterin blieb stehen. Elsa meinte, in ihrem Blick so etwas wie Unsicherheit zu erkennen. Oder war es gar Verlegenheit.

„Was gibt es noch?", fragte sie.

„Nun, ich weiß nicht, ob ich das fragen kann." Zenzi rang einige Sekunden mit sich, ehe sie sich einen Ruck gab. „Ach, doch. Am Mantel des Herrn Kunstmalers ist eine Lasche gerissen und ich wollte fragen, ob das Fräulein die wieder schön annähen könnte."

Elsa grinste. „Das macht das Fräulein gerne“, erwiderte sie.

Zenzi dankte ihr und ging hinaus. Elsa griff nach ihrem Papierblock und setzte sich an ihren Schreibtisch, um eine Antwort an Müller zu formulieren.

KAPITEL 14

Montag, 25. November 1895

Die vergangene Woche war ereignislos verlaufen. Isolde hatte Sophia einmal im Atelier assistieren dürfen. Zudem hatte die Chefin sie mit Anna Moser, der Retuscheurin bekannt gemacht, die ihr einen Nachmittag lang Einblick in ihre Kunst gegeben hatte. Isolde hatte ihr über die Schulter geschaut und beobachtet, wie sie mit kaum wahrnehmbaren Bewegungen ihres Zeigefingers einen Griffel so über die Glasoberfläche der Fotonegative hatte kratzen lassen, dass die Porträtierten ein klein wenig schöner und makelloser aussahen als in Wirklichkeit.

Die restliche Zeit hatte sie am Empfang verbracht. Sie war selbst erstaunt darüber, wie gut sie sich inzwischen damit arrangiert hatte. Das Gespräch mit Johann von Linden hatte ihren Willen gestärkt, die Flinte nicht ins Korn zu werfen, sondern die Zähne zusammenzubeißen und die Lehrlingsjahre durchzustehen.

Isoldes Gedanken wurden von der Türglocke unterbrochen. Sie öffnete und sah sich einem kräftigen Mann im Alter ihres Onkels gegenüber. Er war breitschultrig und ein gewaltiger Backenbart rahmte sein kantiges Gesicht ein.

„Guten Tag, wertes Fräulein“, sagte er mit einer tieftönenden Stimme. „Mein Name ist Philipp Spiegler, ich habe einen Termin für ein Porträt.“

Isoldes Herz sank ihr in die Hose. Ihr Mund wurde trocken.

„Sie … Sie sind der Reiseschriftsteller“, sagte sie. Spieglers Bericht über seine Persienfahrt hatte sie ein gutes Dutzend Mal verschlungen.

Sein Lächeln erstreckte sich über das ganze Gesicht. „Ich hätte nicht gedacht, dass meine Reiseberichte von jungen Damen gelesen werden. Sie sind doch etwas trocken und eher wissenschaftlich gehalten.“

Isolde schüttelte vehement den Kopf. „Im Gegenteil. Ihre Schilderung der persischen Gebirge ist so eindrücklich, dass ich mir jedes Mal die Decke enger um die Schultern ziehe, weil ich meine, den eisigen Wind zu spüren.“

„Das ist ein großes Kompliment“, sagte Spiegler. „Vielen Dank!“

Isolde errötete. „Ach, Sie kommen ja wegen des Fotos“, sagte sie rasch und nahm ihm den Mantel ab. Schon öffnete sich die Studiotür und Sophia sah sie erwartungsvoll an. Isolde führte den Kunden hinein und freute sich riesig, als Sophia erlaubte, dass sie ihr bei dem Termin assistieren durfte.

Es dauerte leider nicht lange, der Schriftsteller hatte ganz offensichtlich Erfahrung darin.

„Das Porträt soll mein neues Buch schmücken“, sagte er in einer Pause, als Sophia eine Platte wechselte. „Ein Reisebericht über die Durchquerung der mongolischen Wüste. Wenn Sie erlauben, bringe ich Ihnen ein Exemplar vorbei.“

„Gerne", erwiderte sie freudig und nahm die in ein schwarzes Tuch eingewickelte Platte entgegen.

„Gut, noch ein Bild, dann sind wir fertig", sagte Sophia. „Bitte recht freundlich und nicht mehr bewegen."

Sie deckte das Objektiv ab und Isolde sah, dass ihre Lippen sich bewegten, während sie die Belichtungszeit abzählte. „Bringst du bitte die Platten zum Entwickeln", wies Sophia sie an. „Ich werde Herrn Spiegler zum Ausgang begleiten."

Isolde spürte die Enttäuschung als ein schweres, drückendes Gefühl in der Magengegend. Wie gerne hätte sie den Schriftsteller zur Tür gebracht, um ihm noch ein paar Details zu seinen Reisen zu entlocken.

Sie nahm die insgesamt drei Platten und ging in Richtung der Dunkelkammer. Vor ihrem inneren Auge sah sie die unendlichen Weiten der mongolischen Wüste vor sich. Ob das eine Sandwüste war? So wie die Sahara? Mit riesigen Dünen und Oasen? Oder eher eine Steinwüste? Oder gar eine Eiswüste?

In Gedanken versunken übersah sie die große Vase, die jemand von ihrem üblichen Standort neben dem Eingang in die Nähe der Dunkelkammer gestellt hatte, und blieb mit dem Fuß daran hängen. Sie verlor das Gleichgewicht und streckte reflexartig einen Arm aus, um sich aufzufangen. Dabei fiel ihr eine der Platten aus der Hand. Auf allen vieren kniend sah sie mit vor Schreck geweiteten Augen, dass das Positiv aus seiner Umhüllung gerutscht war. Das Licht im Gang war nicht sonderlich hell, trotzdem würde es die Aufnahme weiter belichten und das Porträt von Herrn Spiegler unwiderruflich zerstören. Rasch schlug sie den schwarzen Stoff darüber und nahm das Paket wieder an sich.

Sie sah sich um. Kein Mensch zu sehen. Das war gut. Niemand hatte ihr Missgeschick bemerkt. So bestand die Chance, dass Sophia die Überbelichtung nicht ihr zur Last legen würde. So etwas geschah schließlich andauernd. Sie sah sich noch einmal um. War da nicht eine Bewegung am anderen Ende des Ganges gewesen? Nein, nichts, da musste sie sich getäuscht haben. Sie ging in die Dunkelkammer, legte die Platten dort ab und beschriftete sie.

Als sie ein paar Minuten später heraus kam, wartete Sophia vor der Tür.

„Hast du mir etwas zu sagen?“, fragte sie.

„Ich … was?“, stammelte Isolde.

„Ich frage dich, ob du mir etwas zu sagen hast?“

Isolde sah, dass Sophia Bescheid wusste. Woher auch immer, sie hatte mitbekommen, dass Isolde die Platte hinuntergefallen war. Was aber noch schlimmer war: Sophia hatte auch erkannt, dass ihr Lehrling dann versucht hatte, ihren Fehler zu vertuschen.

„Es tut mir leid“, sagte Isolde leise.

„Was tut dir leid?“, fragte Sophia. Sie klang ein wenig wie die Oberlehrerin im Seminar und das ließ die ganze Szene noch viel unangenehmer werden.

„Es tut mir leid, dass ich die Platte habe fallen lassen und dass sie deswegen wahrscheinlich überbelichtet ist.“

„Ist das alles?“, fragte Sophia.

„Und es tut mir leid, dass ich es nicht gleich gesagt habe“, ergänzte Isolde rasch.

Sophia legte den Kopf schief und sah sie lange an. „Ich muss gestehen, dass ich enttäuscht von dir bin“, sagte sie schließlich. „Ich hatte Ehrlichkeit von dir erwartet. Fehler geschehen, sie sind menschlich. Weder Anita noch ich würden dich wegen eines Missgeschicks abstrafen. Aber den Fehler nicht zuzugeben ...“ Sie schüttelte den Kopf. „Das ist ein Vertrauensbruch.“

Isolde biss sich in die Unterlippe. „Ich ... ich weiß, dass ich etwas hätte sagen sollen. Aber ... ich hatte Angst, dass Sie mich dann nicht mehr als Lehrling haben wollen.“

„Nun, deine Angst hat dich in diese Situation gebracht. Ich werde darüber nachdenken, ob ich dich unter diesen Umständen als Lehrling behalten möchte. Fahr bitte mit dem Empfangsdienst fort.“

Sophia ging davon und Isolde sah ihr mit heftig pochendem Herzen nach. Die Hochstimmung von eben war verflogen. Sie ging langsam zum Eingang zurück. Hinter dem Tresen stand Antonie. Sie blätterte durch das Kassenbuch und als sie Isolde bemerkte, sah sie sie breit grinsend an. „Na, da hat aber jemand eine Standpauke bekommen“, sagte sie und kicherte.

***

Elsa sah nervös auf die Uhr. In zwei Minuten war es so weit. So, wie sie Müller bislang kennengelernt hatte, war er überpünktlich. Er würde wahrscheinlich nicht zu früh und ganz bestimmt nicht zu spät kommen. Sie sollte recht behalten. Pünktlich um drei Uhr, als die Glocken von St. Sylvester die volle Stunde schlugen, läutete es.

153

„Das ist er", sagte sie zu Onkel Anton, der in seinem Ohrensessel saß und eine Pfeife rauchte. Isolde auf dem Kanapee neben ihm rollte die Augen, aber das war ihr gleichgültig. Zenzi führte den Reservelieutenant in die Stube. Müller schlug die Absätze zusammen und salutierte. Isolde brach in ein Husten aus, hinter dem Elsa ganz deutlich ein unterdrücktes Lachen hörte. Doch auch das war ihr gleichgültig. Ihre Schwester war nur neidisch. Die würde irgendwann als alte Jungfer enden. Und auch das war Elsa nur eines: gleichgültig.

Der Onkel erhob sich. „Guten Tag Herr Müller", sagte er.

„Lieutenant Müller", korrigierte ihn Elsa.

„Lieutenant der Reserve, um genau zu sein", sagte Müller. Der Onkel und der Offizier schüttelten sich die Hand.

„Darf ich Ihnen ein Glas Wein anbieten?", fragte der Onkel.

„Danke. Ich trinke nicht", erwiderte Müller knapp und nahm auf dem Sessel Platz, auf den der Onkel gedeutet hatte.

„Wie, gar nicht? Nicht einmal Wasser?", fragte Isolde.

„Doch, gerne ein Wasser. Nur keine berauschenden Getränke. Als Diener des Staates sollte man stets einen kühlen Kopf bewahren."

„Wie dienen Sie dem Staat?", fragte Onkel Anton.

Elsa atmete tief aus. Nun konnte endlich eine normale Konversation zwischen den beiden in Gang kommen. Sie hoffte, dass so etwas wie eine beidseitige Sympathie entstand, damit ihr Plan in seine nächste Phase eintreten konnte.

„Ich bin Rat bei der königlich-bayerischen Eisenbahn.“

„Er verkauft Billetts“, sagte Isolde. Sie verzog dabei keine Miene.

Elsa warf ihr einen scharfen Blick zu. Welche Laus war der den heute über die Leber gelaufen? Doch Müller reagierte vollkommen gelassen.

„Nein, dafür haben wir unsere Schalterbeamten.“

War er so ruhig oder hatte er nicht verstanden, dass Isolde ihn auf den Arm nehmen wollte?

„Wofür sind dann Sie zuständig?“, wollte der Onkel wissen.

„Ich arbeite im Planungsstab. Wenn neue Strecken gebaut werden, kümmere ich mich um den Einsatz der Vermessungstechniker und organisiere die Bauarbeiten.“

„Eine wichtige Aufgabe“, sagte Onkel Anton.

Elsa strahlte. Ein Lob ihres Onkels war mehr, als sie sich beim ersten Mal erhofft hatte.

„Ja, in der Tat. Die Eisenbahn ist das Rückgrat des modernen Staates. Ohne ihren Einsatz hätten wir die Franzosen anno ’70 nicht so gründlich Mores gelehrt.“

Elsa seufzte innerlich. Der Krieg war kein Gesprächsthema, mit dem Müller den Onkel begeistern konnte. Über Malerei und Kunst würde der Reservelieutenant wohl aber auch nicht sprechen wollen.

„Sie haben studiert?“, fragte der Onkel weiter und Elsa war erleichtert, dass der Gesprächsfluss anhielt.

„Rechtswissenschaften. In Göttingen. Ich bin Mitglied der Burschenschaft Teutonia und habe meine Mensur in einem ehrenhaften Duell erworben.“

Der Onkel nickte bedächtig. „An der Kunstakademie gab es keine schlagende Verbindung", sagte er.

„Wenn es zum Krieg mit dem slawischen Feind und seinem jüdischen Finanzier kommen wird, werden auch nicht die Künstler an vorderster Front kämpfen. Damit will ich Ihre Leistung nicht schmälern. Ihnen und Ihresgleichen steht es an, das Große an der Nation in Ihren Werken zu verherrlichen."

Elsa fing einen spöttischen Blick von Isolde auf. In ihrem Magen hatte sich ein heißer Kloß gebildet. Warum mussten Männer immer gleich über Politik reden. Hätte sie Müller vorwarnen sollen, dass ihr Onkel mit einigen Männern jüdischer Herkunft eng befreundet war? Hätte das etwas geändert? Da kam ihr ein noch schlimmerer Gedanke. Was, wenn Müller den Onkel nach seinen Motiven fragte? Porträts von Kühen dienten wohl kaum dazu, das Große an der Nation zu verherrlichen. Doch wieder rettete Anton Würth die Situation.

„Denken Sie denn, dass es zum Krieg kommen wird? Die Lage scheint mir doch recht stabil zu sein", fragte er.

„Es muss zum Kampfe kommen. Das Ungeziefer muss ausgelöscht werden. Juden, Sozialisten, Slawen. Das ganze Untermenschenpack. Der Krieg wird ein reinigendes Feuer sein, das nur das Große, das Hehre, das Stolze überleben kann."

Der Onkel zündete sich noch einmal seine Pfeife an, die inzwischen ausgegangen war.

„Und neben dem Krieg, welche Zukunftspläne hegen Sie?"

Elsa atmete durch, froh darüber, dass der Onkel das Gespräch aus den Untiefen der Politik nun in sicherere Fahrwasser umlenkte.

„Ich gedenke, mir einen Namen im Eisenbahnwesen zu machen und dann in den Kolonialdienst zu wechseln.“

Elsa schluckte. Hatte sie da gerade richtig gehört? Kolonialdienst?

„An welches Schutzgebiet hatten Sie gedacht?“

„Ost- oder Süd-West-Afrika. Das sind die größten Landflächen. Da gibt es am meisten Raum, um Schienen zu verlegen. Das wird der Schlüssel sein, wenn wir uns die dortigen Rohstoffe zu nutzen machen wollen. Und die werden wir brauchen, wenn der Engländer oder der Franzose über uns herfällt.“

Isoldes spöttischer Blick war inzwischen zu einem breiten, bösartigen Grinsen ausgewachsen. „Na, das ist doch genau das Richtige für dich, Elsa“, flüsterte sie ihr zu. „Da wird es sicher nichts als Bälle, Empfänge und Offiziere in schicken Uniformen geben. Mal ganz abgesehen von den giftigen Tieren und Pflanzen.“ Sie erhob sich und sagte: „Entschuldigen Sie mich bitte, mir ist unwohl.“ Ohne eine Antwort abzuwarten, verließ sie den Raum.

Elsa sah ihr fassungslos hinterher.

„Was ist mit Ihrer Schwester?“, fragte Müller.

„Sie neigt zur Migräne“, erwiderte Elsa abwinkend.

Müller setzte eine bekümmerte Miene auf. „Ach, die Krankheiten des Weibes. Ich bedaure das schwache Geschlecht. Und doch sind es die Weibsbilder, die die Kinder gebären. Eine seltsame Vorsehung der Natur.“

Dazu fiel offenbar selbst dem Onkel nichts mehr ein und so breitete sich ein mit jedem vergehenden Augenblick zunehmend unbehagliches Schweigen aus. Schließlich sagte Müller:

„Ich habe unserem letzten Gespräch entnommen, dass Sie ein großer Verehrer von Herrn Wagner sind. Dem Komponisten.“

Elsa nickte. „Ja, ich liebe seine Musik.“

„Das trifft sich gut. Würden Sie mir die Ehre machen, mich zu einer Aufführung des Lohengrin zu begleiten? Ich habe Karten für das Parkett bekommen.“

Elsa strahlte und sah ihren Onkel an. Er nickte und so sagte sie: „Sehr gerne!“

KAPITEL 15

Montag, 1. Dezember 1895

Isolde langweilte sich. Seit drei Tagen versah sie den Empfangsdienst im Atelier Elvira. Die spannende Arbeit, das Fotografieren, das Entwickeln, das Erstellen der Abzüge, all das durfte Antonie erledigen. Sie hatte sich Sophias Aufmerksamkeit erkämpft und Isolde wusste inzwischen, wie ihr das gelungen war. Antonie hatte ihr Missgeschick beobachtet und war dann zur Chefin gelaufen, um ihr alles brühwarm zu erzählen. Sie musste sich die Hände gerieben haben angesichts der unerwarteten Gelegenheit, die ihr in den Schoß gefallen war.

Isolde spürte eine kalte Wut bei diesen Gedanken. Zunächst hatte der Zorn wie eine heiße Flamme gebrannt, doch das Feuer war rasch von der Erkenntnis gelöscht worden, dass sie trotz allem großes Glück gehabt hatte. Sophia hatte ihr nicht gekündigt, sie gab ihr noch eine Chance. Und selbst wenn diese nur aus Empfangsdienst, aus freundlichem Lächeln und Hilfestellungen beim An- und Auskleiden der Kunden bestand – es war eine Chance. Die Tür des Studios öffnete sich und ihre Kontrahentin führte eine elegant gekleidete ältere Dame zur Tür.

„Meine Kollegin wird Ihnen gleich Ihren Mantel bringen, Frau Lindwurm, die Bilder liefern wir Ihnen dann morgen wie immer frei Haus.“

Antonie warf Isolde einen zugleich spöttischen und auffordernden Blick zu. Isolde ließ sich nicht auf das Spiel ein. Sie mied den Blickkontakt und holte den Mantel, um der Kundin hineinzuhelfen. Dann geleitete sie sie zum Ausgang, vorsichtig und darauf bedacht, nicht über einen unerwartet dort platzierten Gegenstand oder ein ausgestrecktes Bein zu stolpern.

Als sie die Tür geschlossen hatte, ging sie wieder zum Empfangstresen zurück.

„Ich soll dir von Frau Goudstikker ausrichten, dass du später noch die neuen Fotoplatten einräumen und in die Bestandslisten eintragen sollst“, sagte Antonie mit einem gehässigen Unterton und deutete auf einen Stapel von aufeinander gestellten Kartons hinter der Theke. Obwohl sie sich so fest vorgenommen hatte, sich nicht verletzen zu lassen, spürte Isolde doch den Stich in diesen Worten. Sophia hatte nicht selbst mit ihr gesprochen. Sie hatte ihren Auftrag übermitteln lassen. Ausgerechnet von Antonie.

„Gerne“, sagte sie und zwang sich zu einem Lächeln.

Die Kollegin grinste und kehrte in das Studio zurück. Isolde sah sich die Kartons an. Die Arbeit würde sie zu Tode langweilen. Gerade wollte sie eine der Kisten aufnehmen, als die Türglocke läutete. Sie wandte sich um und sah eine Kundin vor sich. Isolde hielt den Atem an. Der Anblick der Frau irritierte sie. Der Eindruck ihrer Schönheit überwältigte sie beinahe, während ihr Verstand sich fragte, worin diese Schönheit genau bestand. Die Augen waren von einem rätselhaften

Grau, standen aber eine Winzigkeit zu weit auseinander. Die Nase war etwas zu groß und zu breit, dafür aber elegant geschwungen. Der Mund war ein wenig zu klein, die Lippen dafür leuchtend rot. Und das Lächeln, das darauf lag, wirkte geheimnisvoll und amüsiert zugleich.

„Können Sie sprechen?", hörte sie die Kundin fragen.

Isolde zuckte zusammen. „Ich … äh … entschuldigen Sie bitte. Ich war gerade mit meinen Gedanken woanders."

Die Frau lächelte. „Ach, da brauchen Sie nichts entschuldigen. Das kenne ich nur zu gut. Ich hoffe, Sie waren an einem angenehmeren Ort. Draußen ist es grässlich."

Isolde saugte ihre Unterlippe zwischen die Schneidezähne. Was sollte sie erwidern? Sie konnte der Frau ja schlecht sagen, dass ihre merkwürdige Schönheit sie in ihren Bann geschlagen hatte. Glücklicherweise schien die Kundin keine Antwort zu erwarten. Sie zog ihre Handschuhe aus und sagte dabei: „Ich habe letzte Woche Fotografien anfertigen lassen und wollte gerne die Abzüge abholen."

„Natürlich", erwiderte Isolde, froh darum, etwas tun zu können. „Wie lautet der Name?"

„Winter. Emily Winter."

„Dann dürfte Ihnen die Kälte eigentlich nichts ausmachen", murmelte Isolde, während sie die Schublade mit den Abzügen durchforstete. Als sie begriff, dass sie den Gedanken laut ausgesprochen hatte, schoss ihr eine heiße Röte ins Gesicht. Die Kundin brach in ein schluckaufartiges Kichern aus.

„Ich habe ja schon viele Scherze zu meinem Namen gehört", sagte sie. „Aber so trocken wurde mir noch keiner serviert. Chapeau."

Isolde sah sie an. Sie lächelte ihr zu.

„Seit wann arbeiten Sie denn im Atelier *Elvira*?", fragte sie.

„Seit vier Wochen", erwiderte Isolde.

„Und wie gefällt es Ihnen?"

Isolde zögerte kurz und Frau Winter – oder Fräulein Winter – schien das bemerkt zu haben.

„Sie können ehrlich sein. Ich werde Anita und Sophia gegenüber schweigen wie ein Grab. Wie ein winterliches Grab."

Isolde lächelte. „Na ja, das Fotografieren gefällt mir schon. Der Empfangsdienst weniger."

„Das kann ich gut verstehen. Ich werde auch jeden Tag zu einer Tätigkeit gezwungen, die mich anödet, um eine andere ausüben zu können, die ich liebe."

„Was lieben Sie denn?", fragte Isolde.

Frau Winter legte den Kopf schief. „Ich bin Schriftstellerin."

„Nicht wahr!", rief Isolde.

„Warum?", fragte Frau Winter.

„Na ja, weil … ach, ich wäre auch gern Schriftstellerin. Reiseschriftstellerin. Ehrlich gesagt geht es mir mehr ums Reisen als ums Schreiben."

Frau Winter kicherte wieder. „Dann sollten Sie vielleicht auch besser reisen als schreiben. Ich reise, indem ich schreibe."

„Und zu welcher Tätigkeit werden Sie gezwungen, um schreiben zu können?"

„Ich kann vom Schreiben nicht leben. Noch nicht. Deshalb musste ich eine Tätigkeit finden, die mir den Brotkasten füllt. Ich arbeite als Telefonistin. Und das ist sicher ähnlich fad wie Ihr Thekendienst hier. Wir sind also Leidensschwestern im Geiste."

Der Ausdruck gefiel Isolde. Sie hatte inzwischen das Paket mit den Fotos gefunden. „Das sind aber viele", sagte sie.

Frau Winter zwinkerte ihr zu. „Das sind Autogrammkarten. Für die Zeit, wenn ich reich und berühmt sein werde. Möchten Sie eine?"

Isolde spürte, wie ihr die Röte wieder ins Gesicht stieg. „Ja, gerne", erwiderte sie leise.

„Wie heißen Sie? Für die Widmung."

„Isolde Hartmann."

Frau Winter nahm ein Foto aus dem Umschlag. Es zeigte sie, wie sie kokett in die Kamera lächelte, während sie sich mit einem Füllfederhalter an die Nase tippte. Sie drehte das Bild um und murmelte beim Schreiben auf die Rückseite: „Für Isolde. Mild und leise, wie sie lächelt …"

„Danke", erwiderte Isolde. „Das macht 29 Mark 90."

Frau Winter sah sie irritiert an. Dann brach sie in ein schallendes Gelächter aus und Isolde stimmte fröhlich mit ein.

***

Elsas Herz schlug schneller. Die Droschke ratterte über den Odeonsplatz, passierte die Residenz und hielt vor der Oper. Der Fahrer öffnete die Tür und reichte Elsa die Hand, um ihr aus dem Gefährt zu helfen. Dann unterstützte er den Onkel, der sich ächzend und stöhnend aus seinem Sitz wuchtete. Müller bezahlte den Kutscher, trat neben Elsa und bot ihr den Arm dar.

Er hatte sich dem Anlass entsprechend gekleidet, trug einen schweren, dunklen Mantel, darunter einen Frack mit gestärktem weißem Hemd und einen schwarzen Zylinder auf dem Kopf. Der Bart war frisch gewichst und glänzte im Schein der elektrischen Leuchter, die den Platz vor dem Opernhaus mit ihrem blendenden Licht fluteten. Auch die Narbe auf seiner Wange glänzte und Elsa überkam ein seltsames Ekelgefühl.

Sie schüttelte die Empfindung ab und versuchte, sich auf die Aufführung zu freuen, auf die sie schon seit Tagen hin fieberte. Mit einer eleganten Bewegung legte sie die Hand auf den Unterarm des Reservelieutenants und ließ sich von ihm ins Gebäude führen. Der Onkel folgte ihnen. Auch er hatte seinen ersten Anzug angelegt, was leider nichts hieß. Immerhin hatte er keine Löcher, das war noch das Beste, was man darüber sagen konnte.

Sie legten ihre Mäntel an der Garderobe ab und Elsa strich die Falten ihres malvefarbenen Kleides zurecht. Sie hatte einen züchtigen Ausschnitt gewählt und auch ihre Schultern waren von einem grauen Tuch verdeckt. In ihren Ohren glänzten die Diamantstecker, die sie von ihrer Mutter geerbt hatte und die wunderbar mit dem silbernen Collier um ihren Hals harmonierten. Sie stellte sich so vor Müller hin, dass ihm ihre Garderobe auffallen musste. Doch anstatt sie mit einem Kompliment zu erfreuen, sah der Lieutenant zur Uhr. „Wir sollten dringend unsere Plätze einnehmen. Ich habe keine Lust darauf, mich an den billigen Rängen vorbeidrücken zu müssen, um an meinen Sitz zu kommen. Da drüben ist der Einlass."

Er ging voran und dieses Mal dachte er nicht daran, ihr den Arm zu reichen. Elsa spürte, wie ihr Gesicht warm wurde. Der Onkel warf ihr einen mitleidigen Blick zu und schickte sich an, an die Stelle Müllers zu treten, doch sie ignorierte ihn und eilte dem Lieutenant nach.

Immerhin hatte er recht damit gehabt, eine frühzeitige Einnahme der Plätze zu empfehlen. Diese lagen genau in der Mitte der Reihe, sie konnten aber unbehelligt zu ihren Sitzen gelangen.

Elsa setzte sich. Sie sah sich um. Der Saal glänzte im Licht der elektrischen Beleuchtung. Die mit Blattgold überzogenen Balustraden der Logen funkelten und blitzten. Überall standen festlich gekleidete Menschen herum. Aus dem Orchestergraben drang die Kakofonie der Instrumente.

„Worum geht es in dieser Oper eigentlich?", fragte Müller.

Sie sah ihn mit großen Augen an. „Sie kennen den Lohengrin nicht?"

Er schüttelte den Kopf. „Das ist ein Wissen, das ich bislang nicht als notwendig empfunden habe. Kunst ist etwas, für das man Zeit haben muss und meine Zeit ist sehr begrenzt."

Elsa schluckte. Wenn sie Müller wirklich heiraten sollte, würde der wohl nur schwer zu bewegen zu sein, Abende wie diesen zu wiederholen. Sie atmete tief durch. „Im Lohengrin geht es um Elsa von Brabant, die irrtümlich beschuldigt wird, ihren Bruder getötet zu haben. Hinter den Anschuldigungen stecken Heinrich von Telramund und seine Gemahlin Ortrud, die Elsa aus dem Weg schaffen wollen, um das Herzogtum selbst zu regieren. Doch ein unbekannter Ritter in einem von einem Schwan gezogenen Boot kommt ihr zu Hilfe. Er besiegt Heinrich im Zweikampf und der König setzt ihn als Regenten von Brabant und als Elsas Bräutigam ein. Der Fremde stellt nur eine Bedingung an Elsa, sie darf ihn nie nach seinem Namen fragen. Doch Ortrud säht Zweifel in Elsa und in der Hochzeitsnacht fragt sie den Ritter nach seinem Namen. Er gibt sich als Lohengrin zu erkennen, ein Gralsritter, der nun jedoch wieder zur Gralsburg zurückkehren muss. Elsa stirbt an gebrochenem Herzen.“

Müllers Stirn hatte sich in Falten gelegt. „Das klingt melodramatisch.“

„Es ist dramatisch“, erwiderte Elsa. „Aber auf eine Art, die tief zu Herzen geht.“

„Ich werde mir einen Eindruck davon machen“, sagte Müller.

Das Licht erlosch und das Orchester begann, die Ouvertüre zu spielen. Sobald die hohen Geigentöne erklangen, spürte Elsa, wie eine Gänsehaut über ihren gesamten Körper wanderte. *Lohengrin* – das war ihre Oper, die Geschichte ihrer Namensgenossin war auch ihre Geschichte.

Die folgenden vier Stunden durchlitt sie all die Pein ihrer Namensvetterin. Die Musik war so schön, wie eine warme Decke, die sie einhüllte und gleichzeitig tief in ihrem Herzen etwas in Bewegung brachte, was sie viel zu selten spürte: Sie war ehrlich ergriffen.

Als die Lichter schließlich wieder entzündet wurden, klatschte sie, bis ihre Hände schmerzten. Besonders die Sängerin der Elsa hatte es ihr angetan. Sie war eine große, eindrucksvolle Person mit einer ausdrucksvollen Sopranstimme. Der Lohengrin in seiner funkelnden Rüstung dagegen wirkte schmächtig. Seine Stimme war jedoch herrlich heldenhaft.

„Wollen wir gehen?", fragte Müller. „Das Konzert ist zu Ende." Die Leute in der Reihe standen noch an ihren Plätzen und klatschten, als der Lieutenant damit begann, sich an ihnen vorbei zu quetschen. Elsa spürte, wie ihr Mund trocken wurde. Sie wechselte einen Blick mit dem Onkel. Der zuckte mit den Achseln und gemeinsam folgten sie dem Offizier. Sie trafen ihn draußen an der Garderobe, wo er bereits die Mäntel in Empfang nahm.

„Dann müssen wir nicht so lange warten", sagte er und reichte Elsa ihren Mantel. Sie zog ihn selbst an, denn Müller machte keine Anstalten, ihr hineinzuhelfen.

„Und, wie fanden Sie die Oper?", fragte der Onkel, als sie wieder in dem Fiaker saßen, der sie nach Schwabing zurückbrachte.

Müller zwirbelte seinen Schnurrbart. „Die patriotischen Anklänge haben mir sehr gefallen. Der Heerrufer und König Heinrich, der gegen die Ungarn zieht. Das ist erbauend."

„Und die Liebesgeschichte?", fragte Elsa mit bangem Herzen.

Er zuckte mit den Achseln. „Diese Elsa ist eine naive Gans. Ihr geschieht das alles Recht. Der König hätte von

Anfang an dem Telramund Brabant übergeben sollen. Eine Frau hat nicht zu herrschen. Nicht im Haushalt und schon gar nicht in einem Fürstentum.“

KAPITEL 16

Dienstag, 2. Dezember 1895

Isolde sah auf die Uhr. Es war kurz vor sieben. In wenigen Minuten konnte sie ihren Platz hinter dem Empfangstresen verlassen und in den Feierabend gehen. Ihr Magen knurrte. Hoffentlich hatte Zenzi eine ihrer leckeren Mehlspeisen vorbereitet. Der Gedanke an saftige Strudel ließ ihr das Wasser im Munde zusammenlaufen.

Die Türglocke läutete und Isolde zuckte zusammen. Das war ja wieder einmal typisch. Wenn sie Empfangsdienst hatte, kam die Kundschaft immer in letzter Sekunde und hatte meist derart aufwendige Anliegen, dass sich der Beginn ihres Feierabends weiter und weiter hinausschob. Sie wandte sich der Tür zu, und als sie den späten Besucher erkannte, atmete sie erleichtert durch.

„Herr von Linden", sagte sie. „Guten Abend."

Er lächelte sie an und erwiderte den Gruß.

„Wie kann ich Ihnen behilflich sein?", fragte sie. „Wollen Sie vielleicht einen Termin für ein Porträt vereinbaren?"

„Nein, ich bin nicht als Kunde hier. Sondern Ihretwegen."

Isolde saugte an ihrer Unterlippe. „Meinetwegen?"

Er nickte. „Ich würde Sie gerne zu einer Veranstaltung entführen, die Ihnen gefallen könnte."

Sie sah ihn mit großen Augen an. In ihrem Kopf rasten die Gedanken durcheinander wie die Radfahrer auf der Bahn des Sechstagerennens. Was das wohl für eine Veranstaltung war? Ihr Magen knurrte und das Verlangen nach Zenzis köstlichen Naschereien focht einen harten Kampf mit ihrer Neugier aus.

„Leider werde ich nicht mitkommen können", sagte sie. „Ich bin hier noch nicht mit meiner Arbeit fertig."

Er winkte ab. „Ein Wort von mir und Sophia wird Sie gehen lassen, wollen wir wetten?"

„Selbst wenn Frau Goudstikker mich früher gehen lassen sollte, erwartet mich immer noch mein Onkel zum Abendessen."

„Ich habe Herrn Würth bereits angekündigt, dass ich Sie auszuführen gedenke, und er hat nichts dagegen. Im Gegenteil, ich hatte den Eindruck, dass er es sehr begrüßte."

„Sie haben was?"

„Ich habe mich natürlich an die Etikette gehalten und Ihren Onkel um seine Erlaubnis gebeten, ehe ich mich hierher begeben habe."

Sie schüttelte den Kopf. „Das ... warum haben Sie ihn vor mir gefragt, wo es doch um mich geht?"

„Ich wollte Ihnen die Enttäuschung ersparen, falls er abgelehnt hätte."

„Sie nehmen also an, dass ich enttäuscht wäre, wenn ich den Abend nicht mit Ihnen verbringen dürfte?"

Er lächelte. „O nein, für so wichtig und interessant halte ich mich nicht. Ich denke aber, dass Sie enttäuscht wären, wenn Sie die Veranstaltung verpassen würden, zu der ich Sie entführen möchte. Professor Heilmann spricht über seine Ausgrabungen in Persepolis.“

Isoldes Augen weiteten sich. „Persepolis? Aber natürlich wäre ich da enttäuscht. Bitter enttäuscht.“

„Wusste ich's doch“, sagte er und zwinkerte. „Also, gehen wir?“

In diesem Moment kam Sophia aus dem Atelier, gefolgt von Antonie, die einen Stapel Fotoplatten balancierte.

„Guten Abend, liebe Frau Goudstikker. Ich bitte um Ihre Erlaubnis, das Fräulein Hartmann zu einer kleinen Bildungsveranstaltung entführen zu dürfen.“

Auf Sophias Gesicht erschien ein Schmunzeln. „So nennt man das heute also. Na gut, von mir aus gerne, es ist ja schon sieben. Antonie kann das Aufräumen übernehmen.“

Die Kollegin warf Isolde einen wütenden Blick zu, aber Isolde nahm ihn kaum wahr. Sie ging in den Umkleidebereich, holte Mantel und Hut und trat um Schlag sieben Uhr an von Lindens Seite ins Freie. Er führte sie zu einer Kutsche und öffnete die Tür. Sie setzte sich auf die bequemen Polster und er nahm ihr gegenüber Platz. Im Innern war es dunkel, das Licht der Gaslaternen drang nur mit Mühe durch die Fenster herein. Neben von Lindens Kopf konnte sie ein Wappen erkennen.

„Ist das Ihre Kutsche?“, fragte sie.

„Ja, ich benutze sie nicht so oft, lieber bin ich zu Fuß unterwegs. Aber heute Abend haben wir keine Zeit zum Promenieren.“

Kurz darauf hielt das Gespann an. Von Linden stieg aus und half Isolde aus dem Wagen. Sie sah sich um und erkannte das Hauptgebäude der Universität. Von Linden bot ihr den Arm und führte sie die breite Freitreppe hinauf. Sicher geleitete er sie durch ein endlos erscheinendes Labyrinth von Gängen. Endlich hielt er vor einer Tür, vor der ein breitschultriger Portier in einem schwarzen Frack stand.

„Guten Abend, Herr Baron", sagte der Mann und nickte dann Isolde förmlich zu.

„Hat es schon angefangen?", fragte von Linden.

Der Portier schüttelte den Kopf.

„Gut, dann gehen wir hinein."

Der Mann blieb auf seinem Platz stehen.

„Was ist?", fragte von Linden.

Der Portier machte ein betrübtes Gesicht. „Ich bedauere zutiefst, Sie darauf hinweisen zu müssen, dass für Frauen kein Zutritt erlaubt ist."

Isolde spürte, wie ihr Mund trocken wurde. Aus den Augenwinkeln sah sie, wie von Linden erst erbleichte und dann puterrot anlief.

„Wer hat das verfügt?", fragte er, und seine Stimme klang, als ob es ihn große Mühe kostete, nicht auf den Mann loszugehen.

„Herr Professor Heilmann höchstpersönlich."

Von Linden wollte etwas erwidern, aber Isolde zog an seinem Arm. „Schon gut", sagte sie. „Ich bin hier nicht willkommen und selbst, wenn es Ihnen gelingen sollte, mir Zutritt zu verschaffen, werde ich ein Fremdkörper sein. Und das will ich nicht."

Er sah sie mit zornfunkelnden Augen an. Dann nickte er.

„Erlauben Sie mir, dass ich Sie zum Essen ausführe?“

In diesem Moment knurrte Isoldes Magen. So sehr sie es auch bedauerte, dass sie dem Vortrag nicht lauschen konnte, so spürte sie doch den Hunger in ihren Eingeweiden toben.

„Sehr gerne“, erwiderte sie.

„Gut“, sagte er. „Dann wollen mir mal sehen, ob mein Tisch im Bayerischen Hof schon vorbereitet ist.“

***

Elsa widerstand dem Drang, an ihren Fingernägeln zu kauen. Sie sah diskret zu Zenzi hinüber, die neben ihr stand und unter ihrem etwas zu kleinen Schirm dem Regen trotzte, ohne eine Miene zu verziehen.

Am Ende des Opernabends hatte der Reservelieutenant sie um ein weiteres Treffen gebeten und nach einem kurzen Austausch mit dem Onkel hatte sie ihm vorgeschlagen, am Folgetag noch einmal gemeinsam spazieren zu gehen.

Den ganzen Tag über war sie merkwürdig aufgekratzt gewesen. Sie konnte nicht einschätzen, ob Müller noch an ihrem Haken zappelte und das machte sie nervös. Zudem fragte sie sich, ob sie ihn überhaupt an ihrem Haken wollte.

Sie hatte nach dem *Lohengrin* mit dem Onkel gesprochen und war erstaunt darüber gewesen, dass sein Urteil über Müller sich ins Negative verschoben hatte. Einen unangenehmen, verknöcherten Philister hatte er ihn genannt, ihn einen Antisemiten und Kriegstreiber geschimpft. Gut, seine politischen Ansichten waren Elsa mehr oder weniger gleichgültig.

Er konnte seine Ressentiments pflegen, so viel er wollte, solange sie nicht ihrem gesellschaftlichen Aufstieg im Wege standen. Und wenn er etwas gegen Juden hatte, war das nicht weiter schlimm. Die verkehrten selten oder gar nicht in den Kreisen, in die sie Eingang zu erhalten erhoffte.

Auch die Kriegstreiberei sprach nicht unbedingt gegen ihn. Schließlich war er Soldat, es wäre seltsam, wenn er dem Frieden das Wort redete. Und seine Philisterei? In dieser Beziehung war ihr Künstleronkel nicht der beste Richter. Es war möglicherweise gerade seine kühle, zurückhaltende Art, die ihn zu seiner Karriere befähigte, genauso wie sein sicherlich überragendes Wissen.

Sie sah Müller auf sich zukommen. Der Regen rann zu allen Seiten seines Schirms herab und hüllte ihn in einen Vorhang aus Wasser ein. Als er vor ihr stand, nickte er nur mit dem Kopf, anstatt sich zu verbeugen oder zu salutieren. Elsa war ein wenig enttäuscht, bis sie erkannte, dass er dies aus Rücksicht auf sie getan hatte. Er wollte verhindern, dass sie nass wurde. Ihr Herz schlug schneller bei dem Gedanken daran, dass er ihretwegen sein gewohntes Verhalten geändert hatte. Sie hatte ihn noch am Haken.

„Guten Abend, Herr Lieutenant", sagte sie.

„Guten Abend, Fräulein Hartmann. Scheußliches Wetter heute."

Es freute sie, dass er von sich aus ein Gesprächsthema anbot und deshalb stieg sie gleich darauf ein. „Es gibt kein scheußliches Wetter, es gibt nur unpassende Kleidung. Das pflegte meine verstorbene Mutter immer zu sagen."

„Ein wahres Wort. Ihre Mutter schien über eine beinahe soldatische Haltung zu verfügen.“

Elsa zog die Nase kraus. „Nun, sie war sehr diszipliniert“, sagte sie ausweichend.

„Das ist eine gute Sache“, erwiderte der Lieutenant. „Wollen wir eine Runde spazieren gehen?“

Er hatte Zenzi nur mit einem kurzen Nicken begrüßt. Die Haushälterin folgte ihnen in einem Abstand, der ausreichte, dass sie nicht jedes Wort mithören konnte.

„Ich hoffe, Sie haben sich wohlgefühlt, als Sie uns zum Tee besucht haben“, sagte Elsa, bewusst an eine Episode anknüpfend, die ihr in deutlich angenehmerer Erinnerung geblieben war als der Opernabend.

„Der Tee war sehr gut. Und Ihr Onkel scheint mir ein erbaulicher Gesprächspartner zu sein, auch wenn er als Künstler in vielem sicher nicht meine Positionen vertritt. Aber auch das muss es geben, ein Staat lebt und atmet nicht nur durch seine Soldaten, sondern auch durch die Schöpfer großer Kunstwerke. Wie sagte schon Friedrich der Große? *Jeder soll nach seiner Façon selig werden.*“

Elsa schluckte. Sie war es nicht gewohnt, dass er so viele Worte machte und nun versuchte sie, zu beurteilen, ob seine Aussage über ihren Onkel positiv oder negativ gemeint war.

„Ich muss mich ein wenig für meine Schwester entschuldigen“, sagte sie. „Ihre Ansichten sind noch nicht gefestigt.“

„Ihr fehlt die mütterliche Disziplin“, sagte Müller mit kühler Stimme. „Ich bezweifle, dass Ihr Onkel ihr die Grenzen setzen kann, die sie benötigt. Wäre ich ihr

Vormund, dann dürfte sie in Gesellschaft nur sprechen, wenn sie die Erlaubnis dazu hat."

Elsa nickte. Die Vorstellung, dass Isolde nur zu Wort kam, wenn jemand anderes es genehmigte, erschien ihr verlockend.

„Aber Ihr Onkel muss sich wohl auch erst in die Rolle des Vormundes einfinden."

„Ja, das ist nicht leicht für einen Junggesellen, sich plötzlich um zwei junge Damen kümmern zu müssen."

„Ich denke einmal, dass dies nur ein vorübergehender Zustand sein wird", sagte Müller.

„Wie meinen Sie das?", fragte Elsa, doch sie ahnte, worauf er hinauswollte, und ihr Herz schlug schneller.

„Ihre Schwester ist bald volljährig und Sie werden es in einigen Jahren sein. Was sollte Sie dann noch im Haus Ihres Onkels zurückhalten wollen?"

„Ja, da haben Sie recht. Ich bin im besten Alter und gedenke, mich zu verheiraten, um meinen Pflichten als deutsche Frau und Mutter nachzukommen."

Er nickte. „Das ist eine Haltung, die ich bewundere. Ihr zukünftiger Ehemann kann sich glücklich schätzen, Sie seine Frau zu nennen."

Elsa registrierte zufrieden, dass er weiterhin an ihrem Haken zappelte.

„Kommende Woche ist der Reduit-Ball", sagte Müller und Elsas Puls beschleunigte sich.

„Ja, davon habe ich gehört."

„Es würde mich freuen, wenn Sie mich dahin begleiteten", sagte er. „Ich bin zwar kein passionierter Tänzer, aber Sie hatten erwähnt, derartige Veranstaltungen zu schätzen."

Elsa schluckte. Sie hatte nicht erwartet, dass Müller sie bitten würde, ihn zu einem Ball zu begleiten. Sie ahnte, was es für ihn bedeuten musste, so weit über seinen Schatten zu springen, dass er sie zum Tanz ausführte, wo ihn doch schon die Oper sichtlich angeödet hatte.

„Gerne", sagte sie und lächelte ihn an.

In diesem Moment kamen ihnen zwei Männer in Uniform entgegen. Elsa erkannte sie auf den ersten Blick. Es waren die Lieutenants von Waldsee und von Heilmann, die sie damals auf der Straße einfach stehen hatten lassen. Ihr wurde heiß und kalt.

Müller nahm Haltung an und grüßte die Offiziere. „Meine Herren", sagte er.

Die beiden tippten an ihre Käppis und wollten weitergehen, doch Müller sagte: „Ich bin auch Offizier. Mir steht ein ordentlicher Gruß zu."

Von Waldsee blieb stehen und sah ihn verdutzt an. „Warum sind Sie nicht in Uniform?", fragte er.

„Ich bin Lieutenant der Reserve."

Auf dem Gesicht des Offiziers erschien ein verächtliches Lächeln. „Sie haben als Einjährig-Freiwilliger gedient."

„So ist es."

Von Heilmann grinste und sagte: „Nun, dann verzeihen Sie uns den Fauxpas, aber wenn wir jeden Kathederhelden grüßen würden, der meint, zum Korps zu gehören, nur weil er ein Jahr in der Kaserne abgesessen hat, sähen unsere Tage ganz schön grau aus."

„Das ist ehrenrührig", sagte Müller. Sein Kopf war knallrot angelaufen.

„An meiner Ehre rührt es nicht. Und ich bezweifle, dass Sie so etwas besitzen. Sie Zivilist."

Die beiden Männer standen sich gegenüber. Elsa sah gespannt zu. Müller musste von Heilmann zum Duell fordern. Ihm blieb keine andere Möglichkeit.

„Ich werde mich bei Ihrem Vorgesetzten über Sie beschweren", sagte Müller schließlich.

Von Heilmann grinste ihn an. „Tun Sie, was Sie nicht lassen können." Feixend ging er davon.

Elsa wünschte sich, dass sich vor ihr ein großes Loch auftäte, in dem sie versinken könnte. Sie war Zeugin der schlimmsten Demütigung geworden, die ein Mann über sich ergehen lassen konnte.

Müller bot ihr den Arm. Sie legte mechanisch ihre Hand darauf.

„Freche Kerle", sagte er. „Die werde ich Mores lehren. Aber sprechen wir von etwas Erfreulicherem. Dann ist es abgemacht? Sie begleiten mich auf den Ball."

„Ja", flüsterte Elsa und fügte widerwillig hinzu: „Gerne."

Kapitel 17

Mittwoch, 3. Dezember 1895

Elsa schreckte aus dem Halbschlaf hoch. Jemand hämmerte gegen ihre Zimmertür. Sie öffnete die Augen und sah eine Gestalt im Viereck des Türsturzes stehen. „Was ist los?", fragte sie.

„Du musst sofort aufstehen", sagte Isolde.

Elsa schwante Böses. „Ist etwas passiert? Brennt es?"

Isolde schüttelte den Kopf. „Steh auf und zieh dich an. Und dann komm schnell runter. Der Prinzregent ist da."

Ihre Worte trafen Elsa wie ein Schwall kaltes Wasser. Sie richtete sich auf und rief: „Wer ist da?"

„Ich sag es nicht noch einmal. Sonst bist du doch auch nicht so schwer von Begriff, wenn es um irgendwelche Adligen geht. Der Prinzregent. Und seine Tochter."

Elsa schlug die Decke zurück, sprang aus dem Bett und eilte zur Waschschüssel. „Kannst du meine Haare in Ordnung bringen?", fragte sie.

Isolde stöhnte. „Ich lerne das Fotografieren, nicht das Frisieren."

Doch trotz des Murrens trat sie zu ihrer Schwester und während diese sich das Gesicht wusch, kämmte Isolde Elsas lange, glänzende Haarpracht.

„Warum besucht uns der Prinzregent?", fragte Elsa.

„Er besucht nicht uns, sondern Onkel Anton. Ihre Königliche Hoheit ist ein Kunstliebhaber und es bereitet ihm eine besondere Freude, die Ateliers von Münchner Künstlern zu besuchen, um sich ihre Werke anzusehen, solange sie noch im Entstehen begriffen sind.“

„Ohne sich zuvor anzukündigen?“ Elsa trocknete ihr Gesicht ab.

„Natürlich unangekündigt. Er ist der Prinzregent und hat so etwas nicht nötig.“

„Prinzregent müsste man sein.“

„Ich will kein Mann sein“, knurrte Isolde. „Und jetzt halt still. Sonst reiße ich dir noch ein Haarbüschel aus. Und was soll Ihre Königliche Hoheit dann von dir denken? Zieh dich fertig an, ich muss noch in der Küche helfen.“

***

„O mei, o mei!“, rief Zenzi und stöhnte laut auf. „Ausgerechnet heut. Warum hat die Königliche Hoheit sich keinen anderen Tag aussuchen können?“

Sie werkelte an einer Kaffeemühle herum, während sie gleichzeitig mit den Füßen einen Blasebalg betätigte, um das Feuer unter dem Herd zu entfachen.

Isolde bezweifelte, dass der Besuch des Prinzregenten der Haushälterin an einem anderen Tag gelegener gekommen wäre.

„Ihre Königliche Hoheit möchte nur einen Kaffee. Das sollten wir doch hinbekommen, oder?“

„Sie haben gut reden. Es ist ja nicht nur der Prinzregent. Auch seine Tochter und die Offiziere möchten Kaffee trinken. Hoffentlich haben wir genügend im Haus."

„Meine Schwester und ich verzichten in diesem Fall gerne auf unsere Tasse", sagte Isolde und eilte wieder hinaus auf den Flur.

Drei Soldaten der Garde hatten dort Stellung bezogen. Sie nickten ihr im Vorübergehen stramm zu. Isolde öffnete die Tür zum Atelier. Der Prinzregent stand im hinteren Teil des Raumes, wo unter einem Oberlicht zwei Staffeleien aufgestellt worden waren. Sein schlohweißer Rauschebart hing lotrecht nach unten, während sein Oberkörper etwas vornübergebeugt war, wohl damit der kurzsichtige Herrscher die feinen Details besser erkennen konnte. Prinzessin Therese, eine schwarz gekleidete Frau, deren Haare streng zurückgebunden waren und so den Blick auf ein weich gerundetes Gesicht frei gaben, in dem ein Paar äußerst neugieriger Augen funkelte, wich ihm nicht von der Seite. Der Onkel wartet in einigem Abstand, in seinem Rücken waren drei weitere Offiziere damit beschäftigt, möglichst gleichgültig dreinzuschauen.

Isolde hielt auf der Türschwelle inne. Ihr Mund trocknete aus. Wie sollte sie sich verhalten? Wie sollte sie auf etwaige Fragen antworten? Wie sollte sie die Majestäten ansprechen? Sie würde sich lächerlich machen. Schon seit sie denken konnte, fühlte sie sich unwohl in Anwesenheit von Menschen, die sie nicht kannte. Aber das hier war um ein Vielfaches schlimmer. Plötzlich spürte sie eine Hand in ihrem Rücken und sie sog scharf die Luft ein, als sie weiter in den Raum geschoben wurde.

„Was bleibst du denn in der Tür stehen?“, zischte Elsa ihr zu, die sich neben sie stellte. Sie waren nur noch ein paar Schritte von den Hoheiten entfernt. Der Prinzregent wandte sich gerade der zweiten Staffelei zu, auf der ein lebensgroßes Gemälde einer Kuh stand. Prinzessin Therese jedoch hatte die beiden Schwestern entdeckt und steuerte nun auf sie zu. Isoldes Hände begannen zu zittern. Elsa packte sie am Ärmel und zog sie mit sich zu einem Knicks hinab.

„Sie müssen die Nichten des Herrn Würth sein“, sagte die Prinzessin. „Malen Sie auch?“

„Nein, ich habe leider kein Talent dazu“, erwiderte Elsa. „Aber ich singe ganz annehmbar.“

„Und was ist mit Ihnen?“, fragte sie Isolde.

„Ich … ich mache eine Ausbildung zur Fotografin.“

Ein kleines Lächeln erschien auf den Lippen der Prinzessin.

„Fotografin? In welchem Atelier?“

„Im Atelier *Elvira*.“

Das Lächeln der Prinzessin wurde eine Spur schelmischer.

„Nun, da haben Sie sich zweifelsohne einen der besten Orte für ein derartiges Unterfangen ausgesucht. Die Damen Augspurg und Goudstikker beherrschen ihr Handwerk. Wie sind Sie auf den Beruf der Fotografin gekommen?“

Isoldes Zunge schien am Gaumen zu kleben. Was sollte sie antworten? Dass sie von fremden Ländern und Menschen träumte und Reisen wollte? Dass das Fotografieren nur ein Mittel zum Zweck wäre?

„Ich hatte ursprünglich ein Lehrerinnenseminar besucht“, sagte sie.

„Und warum haben Sie es verlassen?“

„Es war mir … zu eng“, stieß Isolde hervor. „Ich habe nicht das Zeug zur Lehrerin. Und das Wissen, das im Seminar vermittelt wurde, war nur Stückwerk. Ich will mehr von der Welt sehen. Erfahren, wie sie funktioniert.“

„Was die Welt im Innersten zusammenhält“, sagte Therese. „Sie sind ein kleiner Faust. Das ist lobenswert. Nach Wissen zu streben ist eine der großartigsten Eigenschaften des Menschen. Warum haben Sie sich dann aber zu einer Fotografinnen-Ausbildung entschlossen?“

„Ich habe eine Ausstellung mit Fotografien aus Ostafrika besucht. Mir fehlt das künstlerische Talent meines Onkels. Aber ich war fasziniert von der Möglichkeit, ein exaktes Abbild der Dinge zu erstellen und sie Menschen zu zeigen, die Tausende Kilometer weit entfernt sind. Ich möchte reisen. Möchte die Welt erkunden. Und ich möchte meine Erfahrungen teilen. Ich kann nicht gut beschreiben und zeichnen kann ich auch nicht. Aber das Fotografieren kann ich lernen, da bin ich mir sicher.“ Isolde hielt sich eine Hand vor den Mund. Was war nur los mit ihr? Die Worte waren aus ihr herausgesprudelt wie ein Bach, der nach der Schneeschmelze das Zehnfache der üblichen Wassermenge führte.

Die Prinzessin sah sie eine Weile an. „Das Fotografieren dient Ihnen also als Mittel zum Zweck?“

„Ja, das könnte man so sagen.“

„Glauben Sie, dass Sie in etwas eine Meisterschaft erlangen können, das Sie nur als einen Gebrauchsgegenstand sehen?“

Isolde runzelte die Stirn. „Ich denke, dass ich diesen Gebrauchsgegenstand meisterlich verwenden kann."

„Sie verstehen mich nicht. Eine exzellente Fotografie ist wie ein meisterliches Gemälde. Es dringt zur Seele der Dinge vor. Das braucht mehr als nur handwerkliches Können. Es verlangt Leidenschaft für den Gegenstand. Und für den Prozess der Abbildung. Sind Sie eine leidenschaftliche Fotografin?"

Isolde schluckte. „Ich … ich weiß es nicht. Ich habe noch nicht darüber nachgedacht."

„Wie lange sind Sie schon in der Ausbildung?"

„Seit vier Wochen."

Die Prinzessin lachte. „Dann haben Sie noch genügend Zeit, um herauszufinden, wie groß Ihre Passion fürs Fotografieren werden kann."

„Das hoffe ich."

„Versprechen Sie mir eins: Wenn Sie mit Ihrer Ausbildung fertig sind, kommen Sie bitte zu mir. Zeigen Sie mir dasjenige Ihrer Bilder, das Ihrem Herzen am nächsten liegt. Sie wissen vielleicht, dass ich Forschungsreisen unternehme. Eine gute Fotografin könnte eine Bereicherung meiner nächsten Expedition sein. Aber wenn ich eine Fotografin mitnehme, dann nur die Beste. Die Leidenschaftlichste."

Sie nickte ihr zu und ging davon.

***

Elsa war erleichtert. Endlich war diese seltsame Prinzessin verschwunden. Warum hatte sie so lange mit Isolde geredet? Und dann auch noch über dermaßen langweilige Themen. Kein Wunder, dass

Therese eine alte Jungfer geblieben war, so wenig fraulich, wie sie sich gab. Elsa hatte das Gefühl gehabt, dass sie sie nicht mochte. Warum auch immer. Wahrscheinlich war sie neidisch auf die Blicke, die die beiden jüngeren Offiziere in ihrer Entourage Elsa zuwarfen.

Es war ihr nicht entgangen, dass sie die Aufmerksamkeit der Soldaten auf sich gezogen hatte, sobald sie den Raum betreten hatte. Sie hatte darauf geachtet, so tief zu knicksen, dass sich den Männern eine vorteilhafte Sicht auf ihr Dekolleté geboten hatte. Und dieser Köder hatte gewirkt. Sie lächelte mal dem einen, mal dem anderen zu und senkte dann aber rasch wieder kokett den Blick.

Einer der beiden gefiel ihr besonders. Er war hochgewachsen und blond. Zwei strahlend blaue Raubtieraugen musterten Elsa gierig. Auf seiner rechten Wange prangte eine fingerbreite Mensurnarbe.

Sie trat wie zufällig auf den Offizier zu. Er nahm Haltung an und salutierte.

Sie lächelte ihm zu. „Guten Morgen", sagte sie.

Er erwiderte den Gruß.

„Darf ich Ihnen und Ihrem Kameraden einen Kaffee bringen?", fragte sie.

„Das ist zu freundlich von Ihnen, Fräulein Hartmann", sagte der Offizier. Seine Stimme war tief und klang ein wenig rau. „Aber wenn es Ihrer Majestät gefallen sollte, in diesem Moment aufzubrechen, müssten wir ihm folgen. Deswegen verzichten wir lieber."

„Schade", sagte sie. „Ich hätte einem stolzen Soldaten gerne etwas Gutes getan."

„Sie beehren mich mit Ihrer Anwesenheit."

Elsa lächelte und winkte ab. Es war nicht leicht, eine bescheidene Miene aufzusetzen, wenn in einem die Hochstimmung vibrierte. „Sie kennen meinen Namen, aber Ihren haben Sie mir noch nicht verraten", sagte sie.

Der Offizier salutierte noch einmal. „Eugen von Lampeck", sagte er. „Schwere Reiterei."

„Sind Sie ein Husar?"

„Nein, ein Ulane. Sie kennen sich mit der Reiterei aus?"

„Ich stamme aus einer Sattlersfamilie und bin praktisch mit der Kavallerie groß geworden."

„Die Hartmannschen Sättel sind ausgezeichnet", sagte von Lampeck. „Schade, dass das Unternehmen nach dem Tod Ihres Vaters von diesem Krämer Berlitz aufgekauft wurde. Der wird die Qualität niemals halten können"

„Ja, das ist ein Jammer. Traditionen sollte man bewahren. Mein Großvater hat die Prunksättel für den verstorbenen König hergestellt. Ich durfte ihm oft in seiner Werkstatt zur Hand gehen."

„Das waren noch Zeiten", sagte von Lampeck und warf dem Prinzregenten einen verstohlenen Blick zu. Der alte Mann beäugte noch immer das Kuhporträt. Elsa unterdrückte ein Lachen. Sie zwinkerte dem Offizier verschwörerisch zu.

„Kommen Sie zum Reduit-Ball?", fragte von Lampeck plötzlich.

„Aber ja", rief sie und ihr Herz pochte wild.

Von Lampeck lächelte. „Darf ich Sie dann um einen Tanz bitten."

Elsa strahlte. „Mit Vergnügen, Herr Lieutenant!"

KAPITEL 18

Freitag, 5. Dezember 1895

„Isolde, kommst du bitte? Ich möchte, dass du mir bei den Aufnahmen zur Hand gehst.“

Isolde spürte, wie eine wilde Freude in ihrem Bauch erwachte. Es kribbelte in der Magengegend und gleich darauf fuhr ein Energiestoß von dort aus durch ihren gesamten Körper. Kein Thekendienst heute. Herrlich!

Antonie warf ihr einen finsteren Blick zu, den sie ignorierte. Sie eilte durch die Studiotür zu Sophia, die die Kamera einstellte.

„Enthülle bitte das Oberlicht“, sagte sie. „Es ist so düster. Ich hasse diese Tage im Herbst, wenn die Sonne sich hinter Wolkenbergen versteckt.“

Isolde ging zu den Seilen, die mit den Vorhängen verbunden waren, und zog fest daran. Die Stoffbahnen glitten beiseite und durch die Pfützen auf dem Glasdach des Studios fiel ein graues, undefiniertes Licht.

„Soll ich noch ein paar Lampen entzünden?“, fragte sie.

Sophia schüttelte den Kopf. „Das wirft Schatten an ungünstigen Stellen. Ich fotografiere ausschließlich mit Tageslicht. Das wirkt natürlicher.“ Sie sah auf eine Kiste, die auf einem Tischchen neben der großen Balgenkamera lag. „Oje“, sagte sie.

„Was ist?", fragte Isolde, deren Herz sofort schneller schlug.

„Die Frau des Geheimrats Ossietzky kommt mit ihren Zwillingen zur jährlichen Porträtaufnahme. Das letzte Mal war es die Hölle. Die Knaben sind dermaßen unerzogen, dass es unmöglich war, sie lange genug zum Stillsitzen zu bewegen, um ein vernünftiges Bild in den Kasten zu bekommen. Es wird deine Aufgabe sein, die kleinen Löwen zu bändigen."

Isolde kaute auf ihrer Unterlippe herum. Sie hatte keinerlei Erfahrungen im Umgang mit Kindern. Das Lehrerinnenseminar hätte sie darauf vorbereiten sollen, doch dort hatte sie nie Kontakt mit Schülern gehabt. „Ich gebe mein Bestes", murmelte sie.

Von draußen war Lärm zu hören.

„Gib mir das Pferd", rief eine schrille Knabenstimme.

„Das ist meins", erwiderte ein zweiter Junge.

„Nicht wahr, es gehört mir. Ich habe es geschenkt bekommen."

„Aua!"

Eine beschwichtigende Frauenstimme war zu vernehmen, doch sie ging unter in einer Kakofonie aus Heulen, Fluchen und Kreischen.

„Das muss Familie Ossietzky sein", sagte Sophia und verdrehte die Augen.

„Ich hole sie rein", erwiderte Isolde.

Im Wartebereich stand eine schmächtige kleine Frau, deren Gesicht eine ungesund blasse Färbung aufwies. Sie versuchte, mit ihren dürren Armen zwei kräftig gebaute Jungen von etwa acht Jahren auseinanderzuhalten, die die Fäuste ballten und im Begriff waren, aufeinander loszugehen.

„Hört bitte auf“, bat sie in einem Tonfall, aus dem die pure Verzweiflung sprach.

„Er hat angefangen“, brüllte der eine Zwilling.

„Stimmt gar nicht, er war's“, kreischte der andere und versuchte, nach dem Holzpferd zu greifen, das die Hand seines Bruders mit festem Griff umschloss.

„Guten Tag, Frau Ossietzky“, sagte Isolde, die beschlossen hatte, den Streit nicht noch weiter ausufern zu lassen. „Frau Goudstikker erwartet Sie bereits im Studio.“

Antonie hielt den Mantel der Frau im Arm. Diese schickte sich an, ihren Söhnen ebenfalls die Jacken auszuziehen. Dabei musste der eine Zwilling jedoch das Pferd kurz loslassen, woraufhin der andere es ihm entriss und es triumphierend über seinem Kopf hin und her schwenkte.

„Na warte“, knurrte der beraubte Bruder und stürzte sich auf den Pferdedieb.

„Kommen Sie bitte mit“, sagte Isolde mit lauter Stimme. Sie ging voran und als sie zur Tür des Studios gelangte, wandte sie sich um und bedeutete Frau Ossietzky, einzutreten. Diese hatte ihre Söhne an den Armen gepackt und zog sie mit sich.

Sophia begrüßte die Kundin und begann, mit ihr über ihre Vorstellungen zu sprechen.

Frau Ossietzky seufzte. „Ich wünsche mir eine Fotografie meiner Söhne, auf denen beide nett, ordentlich und friedlich dreinschauen.“

Sophia sah Isolde an. „Nun, da trifft es sich gut, dass meine neue Assistentin eine Zeit lang ein Lehrerinnenseminar besucht hat.“

Isolde sog die Unterlippe zwischen ihre Vorderzähne. Sie hatte keine Ahnung, wie sie die Jungen bändigen sollte. Verzweifelt sah sie sich im Studio um. Ihr Blick fiel auf die Requisitenkiste. „Vielleicht mögen sich Ihre Kinder eine Verkleidung aussuchen? Wir haben zahlreiche Theaterkostüme", schlug sie vor.

Frau Ossietzky zuckte mit den Achseln.

„Versuchen Sie es. Aber ich möchte nicht, dass sie sich einen Indianerkopfschmuck aufziehen oder sich schwarz anmalen."

„Wir haben auch Togen und Tuniken", sagte Isolde. „Wenn sie Pappschwerter in Händen halten, sehen sie aus wie griechische Götter."

Sie ging zu den Jungen, die sich inzwischen einen Faustkampf lieferten.

„Kommt mit!", sagte sie. „Wir suchen eine Verkleidung für euch."

Die Zwillinge beendeten ihren Streit und zeigten vorsichtiges Interesse. Sie folgten ihr zu dem Kleiderschrank, in dem die Kostüme für die Kinder hingen. Zwar gelang es Isolde nicht, die Jungen für die Tuniken zu erwärmen, stattdessen waren sie jedoch von zwei Tambouren-Uniformen angetan.

Es dauerte eine halbe Ewigkeit, bis sie sich umgezogen hatten, weil sie zwischendurch wieder zu streiten begannen, doch schließlich standen sie adrett herausgeputzt vor der Leinwand, auf der ein mittelalterliches Stadttor zu sehen war. Beide hielten Spieße aus Pappe in der Hand und sahen furchtbar stolz aus.

Sophia schien den kostbaren Augenblick der Ruhe nutzen zu wollen und verschwand hinter dem Vorhang ihrer Kamera. Im selben Moment nahm der links stehende Zwilling den Spieß in beide Hände und schlug ihn seinem Bruder über den Kopf. Dann ging alles ganz schnell. Der geschlagene Zwilling ließ seine Waffe fallen und stürzte sich mit geballten Fäusten auf seinen Bruder. Die Mutter hielt eine Hand vor den Mund und starrte ihre Kinder an. Sophias Kopf erschien. Sie sah Isolde auffordernd an.

„Halt!", rief sie und trat zwischen die beiden Jungen. „Das ist zweier Offiziere unwürdig!"

Die Zwillinge hielten inne und musterten sie irritiert.

„Prügeleien sind für das gemeine Volk. Edle Soldaten lernen, sich zurückzuhalten."

Sie nickte erst dem einen, dann dem anderen Jungen zu. „Zeigt mir, dass ihr würdige Tambouren seid." Sie hob das Spielzeugpferd auf und hielt es hoch. „Derjenige von euch, der länger still dastehen und in die Kamera schauen kann, gewinnt das Pferd."

Einer der beiden wollte protestieren, doch der andere sagte: „Das kann ich besser als du." Er stellte sich hin und schaute erwartungsvoll in die Kamera. Sein Bruder reagierte geistesgegenwärtig und tat es ihm nach. Sophia legte rasch eine Platte ein und machte ein Foto. Zehn Minuten später, als sich die Studiotür hinter der Familie geschlossen hatte, seufzte sie: „Gott sei Dank! Das ist geschafft. Du hast das sehr gut gelöst, Isolde. Ich habe mindestens drei brauchbare Fotografien anfertigen können."

Isolde strahlte. „Danke. Ich war zunächst ratlos, was ich tun sollte. Doch dann ist mir eingefallen, dass es bei der Kunst immer darum geht, das Wesentliche einzufangen, das, was die Person ausmacht. Und die

Jungs macht der ständige Wettstreit aus. Deshalb dachte ich, es könnte helfen, das Fotografiert-Werden selbst zum Wettstreit zu machen."

Sophia nickte ihr anerkennend zu. „Für einen Lehrling im ersten Monat hast du schon erstaunlich klar erkannt, worum es beim Fotografieren geht. Ich glaube, wir können dir anspruchsvollere Aufgaben anvertrauen."

***

Elsa saß im Salon auf der Récamiere und sah in das Feuer. Es war noch eine Woche bis zu dem Ball und ihre Gedanken kreisten um die Frage, wie sie sich ihren Verehrern gegenüber verhalten sollte. Sie hatte zwei Fische an der Angel, einen vor Kraft strotzenden jungen Hecht und einen steifen, widerborstigen Stör. Welchen von beiden sollte sie in den Teich zurückwerfen?

Die Tür öffnete sich und Isolde trat ein.

„Ach, herrlich, wie warm es hier drin ist", sagte sie, zog ihre Handschuhe aus und stellte sich an den Kamin, wo sie ihre Finger vor das Feuer hielt.

„Deine Laune scheint sich wieder gebessert zu haben", sagte Elsa. „Liegt das an deinem Verehrer oder an deiner Arbeit?"

Isolde drehte sich um. In ihren Augen funkelte es. „Ich weiß nicht, von welchem Verehrer du sprichst."

„Von Johann von Linden natürlich. Mit fällt keine passendere Bezeichnung für jemanden ein, der dich zum Essen ausführt."

„Es ist nicht so, wie du denkst. So ist von Linden nicht."

„Ach, ihr seid noch beim *Sie*?"

„Ja, und das wird auch so bleiben. Du und dein Herr Reservelieutenant seid hoffentlich auch noch beim *Sie*."

Elsa verzog das Gesicht. „Ja, ich bezweifle, dass er mir das *Du* jemals anbieten wird, selbst wenn wir eines Tages verheiratet sein sollten."

Isolde zog eine Augenbraue in die Höhe. „Du spielst doch nicht etwa immer noch mit dem Gedanken, diesen stocksteifen Kriegstreiber zu heiraten?"

Elsa spürte, wie eine Woge der Wut in ihr aufstieg. „Was gehen dich meine Entscheidungen an? Gerade wenn es ums Heiraten geht, solltest du dich vielleicht lieber zurückhalten."

Isolde stemmte die Hände in die Hüften und sah sie herausfordernd an. „Natürlich gehen mich deine Entscheidungen nichts an. Was mich aber etwas angeht, ist dein Wohlbefinden. Ob du es glaubst oder nicht, als deine ältere Schwester liegt mir viel daran, dass du einen Lebensweg einschlägst, der mit Glück und Zufriedenheit gepflastert ist. Und ich bezweifle sehr, dass eine Heirat mit diesem Müller dich auf eine derartige Straße führen würde."

Elsa schluckte. *Das hatte sie nicht erwartet. Warum war ihre große Schwester mit einem Mal so gefühlig?* „Glück bedeutet für jeden etwas anderes", sagte sie. „Und ich glaube kaum, dass wir beide dasselbe Verständnis davon haben."

„Gut, dann kläre mich bitte einmal darüber auf, wie Müller dir ein glückliches Leben verschaffen könnte."

„Nichts leichter als das. Er ist fleißig und strebsam. Und er hat eine gute Stellung im Eisenbahnministerium. Er wird befördert werden, Geld verdienen, sich einen Namen machen, der uns den Zugang in gehobene Kreise öffnet."

„Und dann?", fragte Isolde.

Elsa sah sie irritiert an. „Was meinst du damit?"

„Nun, wenn sich dir die Türen in die gute Gesellschaft wieder geöffnet haben, welche Rolle wird er dann in deinem Leben noch spielen?"

„Ich verstehe dich nicht? Er wird mein Ehemann sein."

Isolde schüttelte den Kopf. „Nein, das meine ich nicht. Ist dir klar, dass du ihn als eine Art Schlüssel benutzt? Du gibst ihm eine Funktion. Er soll dir die Tür öffnen, die Vaters Tod verschlossen hat. Um diese Aufgabe erfüllen zu könne, muss Müller arbeiten, fleißig sein, all seine Energie einsetzen. Und du wirst daneben sitzen und warten, bis seine Mühen sich für dich auszahlen. Aber was machst du dann? Was macht man mit einem Schlüssel, der eine Tür aufgeschlossen hat, die weit geöffnet bleiben soll."

Elsa zuckte mit den Achseln. „Das soll jetzt nicht meine Sorge sein. All das sind ungelegte Eier."

„Gut, aber stellen wir uns einmal ein anderes Szenario vor. Nehmen wir an, dein Lieutenant spielt bei deinem Plan nicht mit. Vielleicht wird er dich so sehr mit Mutterglück überhäufen, dass du die nächsten zwanzig Jahre ein Kind nach dem anderen gebierst, vielleicht erlaubt er dir nicht, in Gesellschaft zu gehen. Vielleicht verlangt er von dir, deine Pflicht am Herd, im Heim und im Bett zu tun. Und vielleicht findet all das gar nicht hier in München oder einer anderen Stadt im Reich statt, sondern in irgendeinem Schutzgebiet."

Elsa spürte, wie ihr die Farbe aus dem Gesicht wich. Ihre Finger wurden eiskalt. „Das ... das wird er nicht tun."

Isolde schnaubte. „Mensch Elsa, mach deine Augen auf. Natürlich wird er das tun. Er sucht eine brave, patriotische Mutter für seine Kinder. Wenn der dich einmal geheiratet hat, ist es vorbei mit den Opernbesuchen und den Bällen. Willst du das wirklich?"

Elsa spürte, wie Tränen in ihre Augenwinkel traten. Sie kniff die Lippen zusammen und hinderte sich mit viel Mühe am Weinen. Schließlich stieß sie hervor: „Der Spatz in der Hand ist immer noch besser als die Taube auf dem Dach. Was für Aussichten habe ich denn? Ich bin eine Ausgestoßene, eine Gefallene. Und du bist schuld daran."

Isolde rollte mit den Augen. „Es wird nicht wahrer, je öfter du es wiederholst, Elsa. Du bist nach wie vor eine gute Partie. Eine schöne, junge Frau mit einer ausnehmend hohen Mitgift, die sich sicher in der Gesellschaft bewegen kann, die sogar selbst einen Salon führen könnte. Die Offiziere werden Schlange stehen."

„Sie meiden mich", stieß Elsa hervor.

Isolde legte den Kopf schief. „Den Eindruck hatte ich aber nicht, als ich dich und diesen Lieutenant aus der Entourage des Prinzregenten beobachtet habe. Der hat alles andere getan, als dich zu meiden."

Elsa spürte, wie die Farbe in ihr Gesicht zurückkehrte. Der Gedanke an Herrn von Lampeck ließ sogar ihre

Mundwinkel ein klein wenig nach oben zucken. „Er hat mich um einen Tanz auf dem Ball gebeten.“

Isolde grinste. „Na also, das ist doch einmal ein Anfang. Ich mag zwar keine Expertin auf dem Feld sein, aber glaube mir, es gibt viele Mütter, die schönere, angenehmere und vor allem liebenswürdigere Söhne haben als Frau Müller. Du bist jung. Wirf dein Leben nicht weg, indem du Entscheidungen triffst, deren Folgen du jetzt noch gar nicht absehen kannst. Genieße das Leben. Dafür ist es da.“

Elsa sah ihre Schwester an. Was war denn in Isolde gefahren?

„Danke“, sagte sie.

„Gern geschehen“, erwiderte Isolde, zwinkerte ihr zu und verließ den Salon.

KAPITEL 19

Freitag, 12. Dezember 1895

Isolde öffnete voller Vorfreude die Tür zum Atelier. Sie hängte den Mantel in ihren Spind im Umkleideraum und stellte sich an den Empfangstresen. Selbst wenn Sophia entscheiden sollte, dass sie heute wieder Laufkundschaft bedienen sollte, würde sie das ohne Murren tun. Seit dem Termin mit den Ossietzky-Zwillingen war die Chefin wie ausgewechselt. Sie hatte Isolde immer wieder zu sich gerufen, ihr Kameraeinstellungen gezeigt, erklärt, wie die Teile des Geräts zusammenarbeiteten, und einmal hatte sie sie sogar in die Dunkelkammer mitgenommen, um ihr zu demonstrieren, wie man aus den Glasplattennegativen Fotopositive auf Papier herstellte.

Das war spannend und vor allem kurzweilig gewesen. Wenn die Tage am Empfang sich in die Länge zogen, so waren die gemeinsam mit Sophia verbrachten Stunden nur allzu rasch verflogen.

Antonie trat ein. Sie schüttelte sich den Schnee von den Schultern und grüßte Isolde knapp.

„Was machst du hier?", fragte sie dann.

„Warum?", fragte Isolde.

„Du sollst heute wieder ins Studio kommen. Das hat Frau Goudstikker gestern Abend gesagt."

Isolde spürte, wie die wohlige Wärme sich einmal mehr in ihrem Bauch ausbreitete. Sie trat hinter dem Tresen hervor und ging ins Studio. Als sie die Tür öffnete, sah sie, dass Sophia nicht allein war.

„Schön, dich zu sehen, Isolde", sagte Anita Augspurg und streckte ihr die Hand entgegen, die sie kräftig schüttelte. „Ich bin zu Weihnachten nach Hause gekommen. Sophia hat mir von deinen Fortschritten erzählt. Ich bin beeindruckt."

Isolde lächelte schüchtern und murmelte ein Dankeschön, weil sie nicht wusste, wie sie anders auf dieses Lob reagieren sollte.

„Und damit mein Bericht nicht nur aus Worten besteht, habe ich beschlossen, dass du Anita heute zeigen wirst, was du schon alles gelernt hast. Du wirst ein Foto machen", schloss Sophia an.

Das warme Gefühl in ihrem Bauch kochte zu einem beinahe schmerzhaften Brennen hoch. Bislang hatte sie fast immer nur zugeschaut. Und nun sollte sie selbst fotografieren?

„Ich ... ich möchte keine Fotoplatte verschwenden", sagte sie.

Anita winkte lachend ab. „Du kannst dir gar nicht vorstellen, wie viele unbrauchbare Aufnahmen wir beide angefertigt haben, als wir uns zu Fotografinnen haben ausbilden lassen. Das gehört dazu."

Isolde atmete tief durch. „Wen oder was soll ich fotografieren?"

„Ich glaube, du solltest sie noch über das entsprechende Akkusativobjekt aufklären", sagte Anita zu Sophia.

Diese schmunzelte und sagte: „Du sollst eine Aufnahme von uns beiden anfertigen."

Isoldes Mund wurde mit einem Mal staubtrocken. „Einzeln oder als Paar?"

Sie biss sich auf die Zunge. Dass die Frauen mehr waren als nur Kompagnons, war ein offenes Geheimnis im Atelier. Aber niemand sprach darüber.

„Das entscheidest du", sagte Anita.

„Dann bitte beide zusammen", erwiderte sie nach einem kurzen Moment des Überlegens.

„Wie hättest du uns denn gerne?", fragte Sophia.

Isolde ließ wieder ihren Blick schweifen. In der Ecke stand ein Tischchen mit zwei Stühlen. Sie holte die Möbel her und stellte sie vor der weißen Wand auf. Dann ging sie zu den Leinwänden, die an der anderen Seite des Raums zusammengerollt aufgestapelt waren. Sie las die Beschriftungen durch und wählte schließlich eine aus, die sie von einem früheren Termin her kannte.

Sie nahm die schwere Rolle in beide Hände und trug sie zur Wand. Sophia half ihr, die Kulisse aufzuhängen. Isolde entrollte sie und nun kam ein detailreich gemaltes Landschaftsbild zum Vorschein, das ein Voralpenpanorama mit hohen, schneebedeckten Berggipfeln und saftigen grünen Wiesen zeigte.

Isolde stellte den Tisch und die Stühle so davor auf, dass es wirkte, als ob der Blick über eine Terrasse in die Ferne schweifte.

„Sehr schön", sagte Anita. „Das sieht aus wie bei unserer Sommerfrische in Schäfflarn."

Sophia lächelte. „Ja, gerade im Winter ist das eine herzerwärmende Erinnerung."

Isolde hörte genau zu. Sie überlegte fieberhaft, wie sie die Frauen in Szene setzen sollte. Was war das Wesentliche an diesem Bild? Was musste sie zeigen? Was aufdecken? Was veredeln?

Sie bat Anita und Sophia, Platz zu nehmen. Sie setzten sich zu beiden Seiten des Tisches auf die Stühle und schauten in Richtung der Kamera. Isolde trat hinter das Gerät, steckte den Kopf unter den Abdeckvorhang und sah durch das Okular. Sie biss sich in die Unterlippe. So, wie die Chefinnen dasaßen, wirkten sie wie zwei Fremde, die sich zufällig in einem Lokal getroffen hatten. Ihnen fehlte eine Verbindung. Das, was ihre Beziehung zueinander widerspiegelte. Wie konnte sie dieses unsichtbare Band lebendig werden lassen?

Da kam ihr eine Idee. Sie war ein wenig gewagt und ein vernünftiger Teil in ihr wollte sie auf die Seite schieben, doch setzte sich ihr experimentierfreudiger Anteil durch.

„Schauen Sie bitte beide auf das Bergpanorama", sagte sie. Sophia sah sie irritiert an. Anita folgte den Anweisungen sofort und schließlich tat es auch ihre Partnerin.

„Und nun stellen Sie sich einmal vor, dass Sie in Schäfflarn in der Sommerfrische sind. Sie genießen die Aussicht. Sie hören, wie die sanfte Sommerbrise durch die Felder streicht, wie die Vögel zwitschern und in der Ferne eine Lokomotive pfeift. Sie riechen den Duft des frisch gemähten Grases und fühlen die warme Sonne auf Ihrer Haut."

Die beiden Frauen schauten in Richtung der Leinwand und mit jedem fortschreitenden Augenblick entspannten sich ihre Körper mehr. Die Schultern sanken nach unten. Sophia legte ihre linke Hand auf die Tischplatte und griff nach Anitas Fingern. Die Hände berührten sich, die Finger umschlossen sich. Isolde spürte, wie ein Gefühl der Freude in ihr aufkam. Sie nahm die Verschlusskappe vom Objektiv, zählte langsam bis fünf und deckte es wieder ab. Dann wechselte sie rasch die Fotoplatte und hielt sich bereit für die nächste Aufnahme. Mit klopfendem Herzen sagte sie: „Und jetzt drehen Sie sich einmal um und schauen Sie direkt in die Kamera."

Die beiden Frauen wandten den Kopf und in dem Moment, in dem sie in das Objektiv schauten, nahm Isolde die Kappe ab. Sophias Augen glänzten. Anita lächelte. Die Hände der Fotografinnen waren noch immer ineinander verschränkt.

Nach ein paar Sekunden deckte Isolde die Linse ab und sah die beiden Frauen schüchtern an. Sophia schien als Erste wieder Worte zu finden.

„Das ... das war erstaunlich", sagte sie.

Anita nickte. „Ja, ganz erstaunlich. Und nun bin ich gespannt auf das Foto."

***

Der Ballsaal war hell beleuchtet. Tausende von Kerzen brannten in den Leuchtern, ihr Licht spiegelte sich im blank polierten Parkett des Tanzbodens wider. Elsa bebte vor freudiger Erwartung. Frau Keyserling, eine Gönnerin ihres Onkels, die sich erboten hatte, in Ermangelung einer Mutter als Anstandsdame zu fungieren, legte ihr die Hand auf den Unterarm und sagte: „Wollen wir unsere Plätze einnehmen?"

Elsa nickte, obwohl sie etwas ganz anderes wollte. Schon seit ihrer Ankunft vor dem Gasthaus, als sie aus der Droschke gestiegen war, hatte sie Ausschau nach ihren beiden Verehrern gehalten. Elsa war ein wenig enttäuscht gewesen, denn sie hatte erwartet, dass von Lampeck oder Müller sie an der Türe empfangen und hinein geleiten würde. Nun musste sie gemeinsam mit einer klapprigen, altmodisch gekleideten Greisin Einzug halten und das drückte ein wenig auf ihre zuvor äußerst euphorische Stimmung.

Doch kaum hatte sie den Ballsaal betreten, waren alle Wolken verflogen. Elsa fühlte die Blicke der anderen Mädchen neidisch über ihr Kleid, ihre Frisur, ihr Gesicht wandern. Sie war die Königin des Abends. Ohne Zweifel. Es war ihre Stunde und sie würde sie genießen.

Frau Keyserling führte sie zu einem der Tische, die am Rand der Tanzfläche aufgebaut waren. Elsa legte ihren Schal über ihren Stuhl, etwas, das sie schon lange vorgehabt hatte, damit ihr Dekolleté besser zur Geltung kam. Sie holte ihre Tanzkarte aus dem Täschchen, das sie auf dem Tisch ablegte. Dann sah sie sich um.

Das Orchester stimmte sich am anderen Ende des Saales ein. Es war ein ziemlich großer Apparat, Streicher, aber auch Blasinstrumente. Das würde eine prächtige Walzermusik geben. In ihrem Kopf begann bereits der Rhythmus einzusetzen. Sie zählte mit: „1,2,3, 1,2,3“. Wie herrlich musste es sein, in den Armen des Lieutenant von Lampeck durch die Halle zu brausen.

„Fräulein Hartmann?“

Die Stimme jagte ihr eine Gänsehaut über den Rücken. Sie wandte sich um und lächelte schon, noch ehe sie ihn vollständig zu Gesicht bekommen hatte.

„Herr Lieutenant von Lampeck. Welche Freude, Sie zu sehen."

„Die Freude liegt ganz auf meiner Seite", entgegnete der Adelige und küsste Elsas Hand. „Darf ich um einen Tanz bitten?"

Sie reichte ihm lächelnd die Tanzkarte und sagte:

„Gerne auch zwei. Wie Sie sehen, bin ich noch frei."

„Allein das ist schon ein Skandal", sagte von Lampeck und trug sich für den ersten und den vierten Tanz ein. Dann küsste er noch einmal ihre Hand und verabschiedete sich.

„Nun, auf den Herrn Lieutenant scheinen Sie ja mächtig Eindruck gemacht zu haben", sagte Frau Keyserling. Elsa spürte, wie die Röte heiß ihre Wangen überzog. Ja, war es so? Hatte sie Eindruck auf ihn gemacht? Herrlich! Nichts wollte sie mehr.

„Aber nehmen Sie sich in Acht, er ist ... nun, sagen wir einmal erfahren."

Elsa war, als ob ihr ein Schwall kalten Wassers ins Gesicht geschleudert wurde. „Wie meinen Sie das?", fragte sie.

Frau Keyserling seufzte. „Ich will nicht schlecht über ihn reden. Er ist ein tapferer Soldat und ein liebenswürdiger Gast bei meinen Jours. Aber ... ach, wie soll ich es sagen. Er mag die Frauen allzu gern."

Elsa fiel ein Stein vom Herzen. Ach, wenn es nur das war. Das war möglicherweise für andere Mädchen ein Problem, Elsa konnte darüber nur lachen. Sobald von

Lampeck einmal von ihr gekostet hatte, wollte er keine andere mehr haben, da war sie sich sicher.

„Fräulein Elsa?"

Wieder lief ihr eine Gänsehaut über den Rücken, aber dieses Mal war das Gefühl mehr als unangenehm. Sie bemühte sich, zu lächeln, fürchtete aber, dass es so künstlich und gezwungen aussah, wie es sich anfühlte.

„Lieutenant Müller, einen schönen Abend wünsche ich Ihnen."

Der Offizier schlug klackend die Hacken zusammen. „Ganz meinerseits. Ich freue mich sehr, Sie zu sehen. Eigentlich hatte ich gehofft, Sie in den Saal führen zu dürfen."

Sie neigte den Kopf, ohne etwas zur erwidern.

„Ich möchte Sie um einen Tanz bitten."

Sie zögerte kurz. Sollte sie behaupten, dass kein Platz mehr auf ihrer Tanzkarte war? Aber das wäre eine leicht zu durchschauende Lüge gewesen. Es würden sich sicher noch andere Herren eintragen und wenn Müller das mitbekam, wäre er nicht erfreut. Sie reichte ihm die Karte und er trug sich für den zweiten und den siebten Tanz ein. Als er sie ihr zurückgab, fragte er: „Dürfte ich einen Augenblick mit Ihnen allein sprechen?"

Er hatte dies halb zu Frau Keyserling gesagt, die etwas indigniert aussah, dann aber erwiderte: „Ich werde mich außer Hörweite begeben."

Sie ging ein paar Schritte davon. Elsa sah den Reserve-Lieutenant voll bangem Erwarten an.

„Fräulein Elsa", begann er. „Ich bin nicht gut in Worten. Deshalb schreite ich gleich zur Tat."

Er holte eine Rose hervor, die er irgendwie hinter seinem Körper versteckt gehalten haben musste.

„Das ist eine schöne Blume", sagte Elsa mechanisch.

„Und doch nicht im Entferntesten so schön wie Sie", erwiderte Müller. „Fräulein Hartmann, ich liebe Sie. Ich möchte um Ihre Erlaubnis bitten, bei Ihrem Onkel um Ihre Hand anzuhalten."

Seine Worte, die sie so lange ersehnt hatte, trafen sie wie eine Ohrfeige. Müller sah sie erwartungsvoll an. Sie musste etwas sagen. Der Druck, der auf ihr lastete, war enorm und deshalb presste es die Worte auch eher aus ihr heraus.

„Nein!", rief sie so laut, dass sich einige der Anwesenden umdrehten.

Müller sah sie mit großen Augen an. „Wie bitte?"

„Nein", sagte Elsa, nun etwas leiser. „Es ehrt mich, dass Sie Gefühle für mich hegen, aber ich liebe Sie nicht."

„Aber das kann doch noch werden. Ich biete Ihnen alles, was ein Eheweib sich wünschen kann. Einen eigenen Haushalt, ein sicheres Auskommen und gutes Blut."

Er klang nicht flehend, sondern eher ruhig. So als ob er von seinen Argumenten so sehr überzeugt wäre, dass es gar keine andere Entscheidung geben konnte, als seinem Antrag zuzustimmen. Für einen Moment schwankte Elsa. War es nicht das, worauf sie hingearbeitet hatte? War das nicht die Gelegenheit, dem verhassten Haus des Onkels zur entfliehen? Das Orchester spielte einen Tusch.

„Darf ich bitten?", hörte sie plötzlich die Stimme von Lampecks sagen.

Er stand neben Müller, der ihn feindselig beäugte.

„Ich habe den ersten Platz auf der Karte des Fräuleins", erklärte von Lampeck leichthin.

Und nun, wo sie beide Männer vor sich stehen sah, war die Entscheidung einfach. Sie nahm die Hand, die ihr von Lampeck reichte und ließ sich von ihm auf die Tanzfläche führen. Und Augenblicke später verschwamm die Welt im Walzerrausch.

Kapitel 20

Heiligabend 1895

Anton Würth beugte sich nach vorne und stützte sich auf den Oberschenkeln ab. Er keuchte. Es war anstrengend gewesen, den Baum in den Ständer zu wuchten. Aber es war die Mühe wert. Die Weißtanne, die er am Viktualienmarkt erstanden hatte, bildete einen wunderbaren Kontrast zu den dunkel vertäfelten Wänden des Salons.

„Einen schönen Baum haben's da besorgt", sagte Zenzi. „Ich täte dann mal die Kerzen holen."

Anton setzte sich in den Ohrensessel. Er sah zum Fenster hinaus. Der Schneefall hatte zugenommen. Immer dichter fielen die Flocken auf die dicke weiße Decke, die sich über die Stadt, ihre Häuser und ihre Straßen gelegt hatte.

Zenzi kam mit einer Kiste zurück. Sie holte eine Schachtel heraus, in der sich Halterungen für die Christbaumkerzen befanden. Anton wuchtete sich aus seinem Sessel. Er brachte sie an den Zweigen an und steckte jeweils eine Kerze hinein. Währenddessen war Zenzi damit beschäftigt, den Baum mit Strohsternen, bunt bemalten Salzgebäck und Glaskugeln zu schmücken.

Als sie fertig waren, traten sie zurück und besahen sich ihr Werk.

„Sehr schön“, sagte Anton. „Ich hoffe, Elsa und Isolde können sich ein wenig weihnachtlich fühlen in diesem annus horribilis.“

„Es ist gut, dass die Mädchen im Haus sind“, sagte Zenzi. „Auch wenn es manchmal sicher anstrengend für die Herrschaft ist.“

Er zuckte mit den Achseln. „Ich habe mich immer um das Vatersein gedrückt. Aber wer hätte ahnen können, dass mein Schwager so früh verstirbt. So ist es nun einmal. Ich bin froh, dass die beiden bei mir sind. Ich will sie nicht mehr missen.“

Draußen war die Haustür zu hören, dann erklangen Schritte auf dem Gang.

„Das sind sie“, sagte Zenzi. „Herrje, ich muss in die Küche. Der Karpfen!“

Sie eilte hinaus. Der Onkel folgte ihr in den Flur.

Elsa und Isolde waren in dicke Mäntel gehüllt. Sie klopften den Schnee von ihren Schultern. Ihre Gesichter waren gerötet, die Augen funkelten.

„War die Mette schön?“, fragte er.

„Wunderbar feierlich“, sagte Elsa. „Wann ist Bescherung?“

Isolde lachte. „Ein bisschen wirst du dich schon noch gedulden müssen, oder?“

Anton nickte. „Wir essen zuerst. Das Christkind mag nicht zu Menschen mit leeren Bäuchen kommen.“

Isolde rollte mit den Augen, aber Elsa lachte laut und fröhlich. „Oh, das Christkind. Ich bin gespannt, was es mir bringen wird.“

Eine halbe Stunde später saßen sie zusammen am Tisch. Anton, Elsa, Isolde und Zenzi. Der Karpfen war ihr ausgezeichnet gelungen. Nachdem der Nachtisch verspeist worden war, halfen die Mädchen der Haushälterin beim Abräumen. Währenddessen schlich sich Anton in den Salon und entzündete die Kerzen. Dann holte er die Geschenke aus dem Schrank im Flur und legte sie unter den Baum. Zu guter Letzt läutete er die kleine Messingglocke, die er extra zu diesem Zweck gekauft hatte.

Elsa stürmte als Erste herein.

„Ist das meins?", fragte sie und stürzte sich auf eine Schachtel, auf der in riesigen Buchstaben ihr Name stand. Isolde war zaghafter. Sie stand im Türrahmen und ließ ihren Blick über den Christbaumschmuck und die darunter liegenden Geschenke wandern.

„Was für ein schöner Baum", sagte sie. Der Onkel zeigte auf ein kleines Paket und sie hob es auf.

„Oh, ein Kleid. Wie herrlich", rief Elsa. Sie hielt sich das Ballkleid vor den Körper, das Anton für sie ausgesucht hatte. Er hatte Zenzi mitgenommen und sie hatte ihn tatkräftig und meinungsstark beraten. Er lächelte. Die Farbe passte tatsächlich gut zu ihren Haaren. Da hatte die Haushälterin recht behalten.

„Das ist ja …", hörte er Isolde sagen. Ihr Blick wanderte zwischen ihrem Geschenk und dem Onkel hin und her. „Das ist doch viel zu teuer." Sie hielt eine kompakte Reisekamera in der Hand.

Anton schmunzelte. „Ihre Majestät war sehr großzügig beim Erwerb der beiden Bilder", sagte er.

„Danke", sagte Isolde und warf sich ihm um den Hals. Elsa kam hinzu und umarmte den Onkel ebenfalls. Er schloss die Augen und genoss den Moment.

„Wir haben auch etwas für dich", sagte Isolde und löste sich von ihm. Sie reichte ihm ein rechteckiges, flaches Paket. Es enthielt eine Fotografie seiner Nichten.

„Das hat Sophia Goudstikker von uns gemacht“, sagte Isolde. „Sieht es nicht toll aus?“

Er konnte ihr nur beipflichten. Das Bild fing die Persönlichkeiten der beiden jungen Frauen perfekt ein. Elsa lehnte kniend gegen einen Tisch, die Haare offen. Ihr Kopf ruhte auf einem Arm und sie sah träumerisch in die Kamera. Ihre Schwester dagegen hatte den Ellbogen aufgestützt und hielt ihr Kinn zwischen Daumen und Zeigefinger. Ihre leicht zusammengezogenen Brauen und der direkt in die Linse gerichtete Blick ließen sie nachdenklich, aber auch ein bisschen verwegen wirken.

„Danke“, sagte er. „Das bekommt einen Ehrenplatz.“

„Und für Zenzi haben wir auch noch etwas“, sagte Elsa.

Die Haushälterin trat näher. Sie hatte beide Hände an ihren Kopf gelegt und zupfte mit den Fingern an ihren Haaren. So verlegen hatte Anton sie noch nie erlebt. Elsa drückte ihr ein Paket in die Hand.

Mit leicht zitternden Fingern öffnete Zenzi die Schleife und löste vorsichtig das Papier ab. Ihre Augen weiteten sich, als sie den Inhalt erblickte. „Eine Tasche. Mit so schönen Schnallen.“

„Die hat Elsa gemacht“, sagte Isolde.

„Was für eine schöne Arbeit“, sagte der Onkel.

Elsa zuckte mit den Schultern. „Ich arbeite gerne mit Leder. Das muss wohl in der Familie liegen.“

Anton und Isolde lachten, doch Zenzis Augen wurden feucht. Sie brachte kaum ein „Danke“ heraus.

„Und nun?“, fragte der Onkel.

„Nun singen wir“, schlug Elsa vor. „Was ist Weihnachten ohne Lieder?“

Sie begann, mit ihrer klaren Sopranstimme „Stille Nacht“ anzustimmen. Isolde fiel zaghaft mit ein, Zenzi kräftiger und als Anton schließlich seinen Bass ertönen ließ, lief ihm ein wohliger Schauer über den Rücken. Das war das schönste Weihnachtsfest seit vielen Jahren!

KAPITEL 21

Freitag, 3. Januar 1896

Isolde atmete tief ein. Eiskalte Luft füllte ihre Lungen. Sie ließ sie wieder entweichen und sah der Dampfwolke nach, die sich vor ihrem Mund ausbreitete. Sie klatschte in die Hände, drückte die Kufen ihrer Schlittschuhe ins Eis und stieß sich ab.

Der Kleinhesseloher See im Englischen Garten war schon seit Tagen gefroren. Dutzende Münchener waren auf der spiegelglatten Fläche unterwegs. Manche zogen elegant ihre Kreise, andere sahen aus wie tapsige Bären, doch allen schien das Eislaufen Freude zu bereiten. Isolde blickte in fröhliche Gesichter, wohin sie auch sah.

Sie drehte sich um und fuhr eine Strecke lang rückwärts, dann schloss sie eine kleine Pirouette an, legte sich in eine Kurve und umkreiste einen älteren Mann, der wild mit den Armen fuchtelte, um nicht das Gleichgewicht zu verlieren. Als sie wieder in Richtung Ufer unterwegs war, entdeckte sie Johann von Linden. Er trug einen eleganten, grauen Mantel und bewegte sich so sicher über das Eis, als ob er sein ganzes Leben lang noch nie etwas anderes getan hätte. Sein Blick traf Isolde und auf seinem kantigen Gesicht breitete sich ein Lächeln aus.

Er winkte ihr zu. Sie erwiderte das Lächeln und den Gruß. Er kam ihr entgegen.

„Guten Tag, Fräulein Hartmann", sagte er und lüpfte seinen Hut, der die gleiche Farbe hatte wie sein Mantel.

„Guten Tag Herr von Linden", erwiderte sie. „Wo haben Sie denn so gut Schlittschuhlaufen gelernt?"

Er lächelte. „Das wollte ich Sie eben auch fragen. Nun sind Sie mir zuvorgekommen. Hinter dem Haus, in dem ich aufgewachsen bin, befand sich ein großer Teich. Ich bin dort eisgelaufen, seitdem ich denken kann. Und bei Ihnen?"

„Die Werkstatt meines Großvaters lag in der Nähe eines Weihers. Dort war ich als Kind oft. Ich liebe es, an der frischen Luft zu sein und mich zu bewegen."

„Das sieht man Ihnen an. Die Freude ist Ihnen ins Gesicht geschrieben. Und sie steht Ihnen gut."

Isolde wusste nicht, was sie darauf antworten sollte. Von Linden erlöste sie aus ihrer Verlegenheit, indem er sagte:

„Wie geht es Ihnen bei Ihrer Ausbildung? Als wir bei unserem Diner im bayerischen Hof darüber gesprochen haben, waren Sie nicht gerade begeistert von der Fotografie gewesen."

Sie winkte ab. „Es gefällt mir ausnehmend gut. Ich habe erkannt, dass mir das Fotografieren liegt. Und Frau Goudstikker scheint das ebenfalls so zu sehen. Erst neulich hat sie mich ein Foto von sich und Frau Augspurg anfertigen lassen und es hat ihr so gut gefallen, dass sie es gerahmt und in ihrem Büro aufgehängt hat."

„Das ist ein großes Kompliment. Es freut mich, dass Sie Ihre Leidenschaft für die Fotografie entdeckt haben.“

„Ja, mich auch. Ganz besonders freue ich mich darüber, dass mir die Arbeit mit den Kunden so sehr ans Herz gewachsen ist. Dass ich durch mein Zutun etwas schaffen kann, was für die Menschen noch in Jahren bedeutsam sein wird.“

Er legte den Kopf schief. „Das hört sich großartig an. Die Fotografie scheint Ihnen nicht mehr nur Mittel zum Zweck zu sein?“

„Nein, es ist viel mehr. Es ist wie ein Fenster zur Seele.“

„Ich glaube, ich sollte mich auch einmal von Ihnen ablichten lassen“, sagte er. „Damit Sie mir in die Seele blicken.“

„Was würde ich dort entdecken?“ Isolde biss sich auf die Zunge. Warum hatte sie das gesagt?

„Was würden Sie denn erwarten?“

Sie spürte, wie ihre Wangen trotz der Eiseskälte glühend heiß wurden. „Verraten Sie es mir“, sagte sie. „Oder besser: Machen Sie einen Termin im Atelier *Elvira* aus. Dann komme ich vielleicht selbst drauf.“

„Möchten Sie auch einen Punsch?“, fragte von Linden. Er deutete auf einen Stand am Ufer, an dem heiße Getränke und Gebäck angeboten wurden.

„Gerne“, sagte Isolde.

Sie fuhren zum Steg und Isolde setzte sich auf eine der Bohlen und zog sich die Schlittschuhe aus, während ihr Begleiter sich an dem Stand anstellte. Wenig später kam er mit zwei dampfenden Tassen zurück. Er reichte ihr eine davon und nahm neben ihr Platz. Isolde nippte an dem Punsch. Das Getränk war heiß und verbrannte ihr die Zungenspitze. Sie schmeckte Alkohol und ein fruchtiges Aroma.

„Wie geht es Ihnen denn inzwischen mit Ihrem Studium?", fragte sie.

Von Linden winkte ab. „Ich denke, das werde ich abbrechen. Die Professoren können mir nichts vermitteln, was ich nicht längst schon aus Büchern wüsste."

„Und dann? Was planen Sie?"

Er nahm einen Schluck aus seiner Tasse und sah sie an. „Ich werde meine eigene Expedition ausrüsten und nach China reisen. Dort gibt es vieles zu entdecken. Ich werde nicht länger warten."

„Ihre eigene Expedition?" Isolde starrte ihn mit weit aufgerissenen Augen an. „Das muss ein Vermögen kosten!"

„Ich habe geerbt. Und ich fühle mich verpflichtet, dieses Geld sinnvoll zu verwenden. Natürlich könnte ich es auch mit allerhand unnötigem Luxus verschwenden. Aber danach ist mir nicht. Ich will die Welt entdecken."

„Ja, das ist sicher die bessere Investition. Und warum gerade China?"

„Weil mich die Kultur schon immer fasziniert hat. Die Menschen dort haben bereits unvergleichliche Kunstwerke erschaffen, als unsere germanischen Vorfahren froh waren, wenn es Ihnen gelang, einen Baum zu fällen, ohne davon erschlagen zu werden."

Isolde kicherte. „Das dürfen Sie aber nicht Lieutenant Müller sagen."

Er sah sie irritiert an. Sie winkte ab. „Das ist der Verehrer meiner Schwester. Er hält eine Menge auf sein reines, germanisches Blut."

Von Linden verdrehte die Augen. „Ich werde nie verstehen, warum so viele Menschen stolz auf ihre Abkunft von diesen unzivilisierten Wilden sind. Vielleicht zieht es mich deshalb nach China."

„Schreiben Sie mir eine Karte, wenn Sie dort sind?", fragte Isolde. Sie trank einen Schluck. Der Alkohol stieg ihr sofort zu Kopf. Sie spürte, wie ihre Wangen noch ein wenig wärmer wurden. Dann bemerkte sie, dass von Linden sie ansah. Es war ihr unangenehm, seinem Blick ausgesetzt zu sein. Warum musterte er sie auf diese Weise? Was sollte das?

„Wie schön Sie sind", sagte er unvermittelt.

Isolde war sich nicht sicher, ob sie richtig gehört hatte.

„Bitte?"

„Ich habe Gefühle für Sie", flüsterte er.

Die Unterhaltung mit Elsa fiel ihr wieder ein. Da hatte sie vehement abgestritten, dass von Linden mehr von ihr wollte als nur ihre Gesellschaft. Nun wurde ihr klar, dass sie sich damit etwas vorgemacht hatte. Er sah sie erwartungsvoll an und sie hielt seinen Blick, während in ihrem Kopf die Gedanken wild durcheinander rasten. Was sollte sie tun? Sie wusste ja nicht einmal, was sie von seiner Äußerung halten sollte. Ob sie seine Gefühle erwiderte oder nicht, konnte sie nicht sagen.

Er nahm ihr die Entscheidung ab, indem er sich vorbeugte und sie sanft auf die Lippen küsste. Isolde saß da wie versteinert. Was sollte sie tun? Den Kuss erwidern? Wie machte man das? Sie spitzte die Lippen und schloss die Augen. Ein leichtes Ekelgefühl überkam sie, als sie von Lindens Speichel auf ihrer Haut spürte. Dann endlich war es vorbei.

Sein Gesicht war noch immer vor dem ihren. Er schaute sie durchdringend an und sagte: „Ich liebe Sie, Fräulein Hartmann."

Isolde starrte ihn schockiert an. Ihre Kehle war mit einem Mal staubtrocken. Sie schüttelte den Kopf. „Nein", murmelte sie.

Von Linden erbleichte. Isolde sprang auf, packte ihre Schlittschuhe und rannte davon.

***

Elsa schwebte auf Walzerwolken dahin. Sie fühlte noch immer die starken Arme des Lieutenants, der sie sicher und elegant zugleich über das Parkett geführt hatte. Was für ein Mann. Er hatte ihr während des Tanzes ein Kompliment nach dem anderen gemacht und da sie nicht gewusst hatte, was sie dazu sagen sollte, hatte sie einfach nur gelächelt, was ihn wiederum veranlasst hatte, ihr deswegen zu schmeicheln.

Als er sich von ihr verabschiedet hatte, hatten seine Lippen für einen langen Moment auf ihrem Handrücken verweilt und wenn sie genau hinein spürte, vermeinte sie immer noch, den Kuss zu fühlen. Er hatte ihr zugeflüstert, dass er sie wiedersehen wolle, und seitdem sie am Morgen danach aus einem unruhigen Schlaf erwacht war, fragte sie sich, ob das alles nur ein schöner Traum gewesen war.

Sie saß in der Stube neben dem Kamin. Es war behaglich warm und sie fühlte sich wohl im Haus des

Onkels. Allerdings war ihr bewusst, dass dieses Wohlgefühl eher davon herrührte, dass der Lieutenant ihr seine volle Aufmerksamkeit geschenkt hatte. Sie stellte sich gerade vor, wie es sich anfühlen müsste, wenn seine Lippen nicht mehr nur ihren Handrücken, sondern ihren Mund berührten.

Es klopfte an der Tür. Zenzi steckte ihren Kopf herein: „Die junge Dame haben Besuch", sagte sie.

Elsa sah sie erstaunt an, doch die Haushälterin war bereits wieder verschwunden und an ihrer statt trat Müller ein. Elsa schluckte. Was wollte der denn noch hier? Sie erhob sich.

„Guten Tag, Herr Lieutenant", sagte sie und reicht ihm die Hand, die dieser kurz und kräftig schüttelte. Sie deutete auf das Sofa: „Nehmen Sie doch Platz."

Müller setzte sich. Er saß aufrecht und unbeweglich da. Elsa musste wieder an Isoldes Worte denken. Ja, er sah aus, als ob er einen Stock verschluckt hatte.

„Ich bin nicht gekommen, um Ihnen Vorwürfe zu machen", sagte der Lieutenant knapp.

Sie sah ihn überrascht an. „Vorwürfe?", fragte sie. „Ich verstehe nicht."

„Ich respektiere Ihre Entscheidung, meinen Antrag abzulehnen. Es schmerzt, das muss ich eingestehen, aber ich akzeptiere es."

Sie atmete tief durch. „Ich danke Ihnen für Ihr Verständnis", sagte sie. „Es tut mir leid, dass ich Ihnen Schmerzen bereitet habe."

Er nickte. „Trotzdem wüsste ich gerne, warum Sie meinen Antrag ausgeschlagen haben. Liegt es an meiner Person? Oder haben Sie andere Gründe?"

Elsa überlegte fieberhaft, was sie antworten konnte, ohne Müller allzu sehr vor den Kopf zu stoßen. Da fiel ihr Isolde ein. Seltsam, warum dachte sie ausgerechnet jetzt an ihre Schwester? Sie fragte sich, was diese wohl an ihrer statt geantwortet hätte. Und plötzlich erschien es ihr ganz einfach.

„Es liegt nicht an Ihnen. Es liegt an mir", sagte sie. „Ich bin ein flatterhaftes, junges Wesen. Ich habe Sie als einen tiefernsten und grundehrlichen Menschen kennengelernt. Und das bewundere ich. Ich fürchte nur, dass ich nicht reif genug bin, Ihnen eine ebenbürtige Gemahlin zu werden. Ich könnte Sie nicht glücklich machen." *Und Sie mich auch nicht*, dachte sie.

Müller nickte. „Darüber hatte ich mir natürlich auch schon Gedanken gemacht. Ich hatte durchaus wahrgenommen, dass Sie noch sehr jung sind, nicht nur in Ihrer körperlichen Erscheinung, sondern eben auch in Ihrer Gedankenwelt, Ihren Ansichten und vielleicht auch in Ihrem moralischen Fundament. Ich bin allerdings zu der Einschätzung gelangt, darüber hinwegsehen zu können. Sie haben Qualitäten, die man bei vielen Frauen vergebens sucht. Sie können Konversation betreiben und sicherlich stehen Sie einer Gesellschaft mühelos vor. All das kann ich nicht, daher wären Sie eine exzellente Ergänzung zu meiner Person gewesen. Mein Renommee hätte davon profitiert und dadurch natürlich auch Ihre Position. Insofern bedauere ich Ihre Entscheidung, auch wenn Sie mir die Mühe ersparen, dass ich Sie in meinem Sinn noch hätte formen müssen."

Elsa fühlte sich, als ob ihr der Lieutenant eben kräftig ins Gesicht geschlagen hatte. Sie hatte sich mit ihrer Antwort selbst erniedrigt, um den Kerl möglichst rasch loszuwerden. Und nun nahm dieser ihre Worte für bare Münze und legte sogar noch etwas drauf? Das durfte doch nicht wahr sein!

„Nun, dann ist es das Beste, wenn wir als Freunde voneinander scheiden, finden Sie nicht auch?", stieß sie zwischen vor Zorn zusammengebissenen Zähnen hervor.

„Ich trage Ihnen nichts nach." Er erhob sich und sie tat es ihm gleich. Dann schüttelte er noch einmal ihre Hand zum Abschied, schlug die Hacken zusammen, salutierte und verließ den Salon.

Elsa sah ihm fassungslos nach und pries sich insgeheim glücklich, den Antrag nicht vorschnell angenommen zu haben. Sie gestand es sich ungern ein, aber Isolde hatte mit jedem ihrer Worte über Müller recht behalten.

Sie setzte sich, um wieder ein wenig vor sich hinzuträumen. Es war ihre Art, mit der Ungeduld umzugehen, die sie seit dem Ball in ihrem Griff hielt. Der Besuch des Reservelieutenants hatte sie zwar von einer – zugegebenermaßen sehr kleinen – Sorge befreit, aber ihr sehnlichster Wunsch war nicht in Erfüllung gegangen. Der Offizier – der richtige, nicht der Reserveoffizier –, mit dem sie den Abend im Walzerrausch verbracht hatte, hatte sich bislang noch nicht bei ihr gemeldet. Dabei wusste er doch, wo sie wohnte. Ihr höchstes Glück und ihr höchstes Sehnen wäre es, wenn er ihr schrieb.

Der Onkel trat ein. „Was wollte denn dieser Müller von dir?", fragte er. „Er ist mit einem knappen Gruß an mir vorbeigestürmt."

Elsa seufzte. „Er hat mir auf dem Ball einen Antrag gemacht. Ich habe ihn abgelehnt. Und wir haben uns auch schon ausgesprochen deswegen."

Der Onkel setzte sich ihr gegenüber und sah sie ernst an.

„Warum willst du ihn nicht heiraten?", fragte er.

Sie sah ihn mit großen Augen an. „Warum?", fragte sie. „Schau ihn dir doch einmal an. Würdest du Müller heiraten wollen?"

Er schüttelte den Kopf. „Das tut nichts zur Sache, da er nicht um meine Hand angehalten hat. Ich frage mich nur, ob deine Ablehnung seines Antrages mit ihm als Person oder vielmehr mit seinem Status als Bürgerlichem zusammenhängt."

Elsa spürte, wie ihr Mund trocken wurde. Daher wehte also der Wind. Ihr Onkel gehörte auch zu denen, die ihr nicht zutrauten, eine gute Partie zu machen. Wahrscheinlich wäre es ihm ganz recht gewesen, wenn sie Müller genommen hätte. Dann wäre sie aus dem Haus gewesen und ein Reserveoffizier wäre ja ohnehin gut genug für sie. Na, dem würde sie schon ihre Meinung sagen.

„Müllers Person stößt mich ab", sagte sie knapp und überlegte noch einmal, was Isolde wohl antworten würde. „Er ist ein stocksteifer Preuße, ein Judenhasser und ein Pedant. Mit so jemandem könnte ich nicht glücklich werden."

Der Onkel atmete tief durch. „Gut", sagte er. „Es freut mich, zu hören, dass dein Eindruck mit meinem übereinstimmt. Es hätte mich sehr geschmerzt, wenn deine Zukunft mit der dieses Mannes verbunden worden wäre. Da hast du wahrlich Besseres verdient."

Elsas Augen weiteten sich. Hatte sie da eben richtig gehört? Es klopfte an der Tür. Zenzi steckte ihren Kopf herein.

„Da ist ein Billett angekommen. Für das gnädige Fräulein."

Sie kam auf Elsa zu und reichte ihr das Briefchen. Als sie den Absender las, schlug ihr Herz schneller.

Sie sah, dass der Onkel schmunzelte. „An Verehrern scheint es dir ja nicht zu mangeln. Aber such dir bitte einen anständigen Kerl aus."

Er erhob sich und ging aus dem Zimmer. Als die Tür hinter ihm ins Schloss fiel, hatte sie das Briefchen schon aufgerissen und las:

Mein verehrtestes Fräulein Hartmann,
Ich muss Sie wiedersehen!!! Wenn Sie damit einverstanden sind, würde ich mich gerne einmal bei Ihnen zum Tee vorstellen.

In tiefster Verehrung,
Eugen von Lampeck

Sie drückte den Brief an ihre Brust und lächelte ihr strahlendstes Lächeln.

KAPITEL 22

Freitag, 10. Januar 1896

„Isolde?"

Sie schreckte hoch und steckte das Foto, das sie eben noch betrachtet hatte, rasch weg. „Ja, bitte?"

Es war Sophia. Ihre Stimme kam aus dem Studio. „Hilf mir bitte! Die Kamera ist mir alleine zu schwer."

Isolde verließ ihren Platz an der Theke und eilte zu ihr. Sophia stand an der großen Balgenkamera, die auf dem Dreibein moniert war. Ihr Gesicht war gerötet.

„Auf drei", sagte sie. Isolde packte mit an und gemeinsam wuchteten sie das schwere Gerät zur Seite.

„Puh, geschafft", sagte Sophia und wischte sich ihre widerspenstige Haarsträhne aus der Stirn. „Kannst du mir bitte noch Platten bringen?"

Isolde ging rasch ins Lager, um die Platten zu holen. Sie öffnete die Tür des Lagers, griff in das oberste Fach und holte ein Päckchen heraus. Dann ging sie zurück zum Studio.

Sophia hatte inzwischen die kleinere Kamera auf das andere Stativ montiert und war dabei, die Kulisse für die nächste Aufnahmesitzung einzurichten. Sie lächelte Isolde zu, als diese ihr das Päckchen reichte, ihr Lächeln verschwand jedoch und wurde zu einer irritierten Miene, als sie sich genauer besah, was Isolde ihr gebracht hatte.

„Was soll ich denn mit einem Packen Papier?“, fragte sie.

Isolde spürte, wie sich ein Kloß in ihrem Hals bildete. Sie sah das Päckchen in Sophias Hand an und erstarrte. „Oh, Verzeihung“, murmelte sie. „Ich werde es gleich austauschen.“

Sie rannte ins Lager und tauschte das Papier gegen die Fotoplatten aus. Dann eilte sie zurück ins Studio.

„Prima, dieses Mal stimmt es“, sagte Sophia. Sie nahm ihr die Platten ab und legte sie neben die Kamera.

„Du wirkst neuerdings ein wenig abwesend“, sagte sie, während sie letzte Hand an die Objektiveinstellungen. „Ist alles in Ordnung bei dir?“

Der Kloß in Isoldes Hals breitete sich aus. Sie leckte sich mit der Zungenspitze über die Unterlippe. „Ja, mir geht es gut“, flüsterte sie.

„Hm.“ Sophia unterbrach ihre Arbeit und sah sie aufmerksam an. „Du warst zu Beginn deiner Ausbildung lebhafter, begeisterungsfähiger. Nun wirkst du eher müde und unaufmerksam. Langweilst du dich etwa?“

Isolde schüttelte heftig den Kopf. „Nein, es ist großartig. Ich lerne so viel und ich fühle mich hier so wohl.“

Sophia lächelte. „Das ist schön, zu hören. Dann scheinen wir als deine Ausbilderinnen ja etwas richtig zu machen. Trotzdem habe ich den Eindruck, dass dich irgendetwas bedrückt. Du musst es mir nicht sagen, wenn du es nicht magst, es geht mich ja auch nichts an, aber wenn du darüber reden möchtest, höre ich dir gerne zu.“

„Ich habe einen Verehrer", sagte Isolde. Sie hielt sich die Hände vor den Mund, doch die Worte waren ihr entwischt, ehe sie sich daran hindern konnte.

Sophia lachte laut und hell auf. „Na, das erklärt alle Symptome der letzten Tage."

Isolde spürte, wie ihr die heiße Röte ins Gesicht stieg. Warum um alles in der Welt hatte sie sich zu diesem Geständnis hinreißen lassen?

„Erwiderst du denn seine Gefühle?", fragte Sophia sanft.

Isolde sah zu Boden. „Ich weiß es nicht", sagte sie leise.

„Hm, eine schwierige Situation. Da hilft nur eines: Du musst dir klar darüber werden, ob du ihn auch liebst."

„Und wie soll ich das erkennen?"

Sophia schob sich eine Strähne aus dem Blickfeld. „Warst du schon einmal verliebt?"

Isolde schüttelte den Kopf.

„Das macht die Sache komplizierter. Normalerweise muss man den Zustand des Verliebtseins nicht erklären. Das fühlt sich so anders, so einmalig an, dass es einem rasch klar wird. Was empfindest du in seiner Gegenwart?"

„Ich fühle mich wohl bei ihm", entgegnete sie nach kurzem Nachdenken. „Er ist intelligent und aufgeschlossen. Wir führen gute Gespräche."

Sophia schmunzelte. „So, wie du das beschreibst, könnte es sich auch um einen Lehrer handeln. Oder einen Priester. Gibt es denn außer diesem Verständnis zwischen euch ein tieferes Gefühl? Etwas, das dich in deinem Innersten bewegt und nicht mehr loslässt?"

Isolde ließ sich ihre Treffen mit Johann noch einmal durch den Kopf gehen. Als sie an den Kuss dachte, schoss ihr die heiße Röte ins Gesicht.

Sophias Schmunzeln wurde zu einem Kichern. „Na also, da scheinst du auf etwas gestoßen zu sein?“

Isolde schüttelte vehement den Kopf. „Nein … also, schon. Aber nicht so.“

„Magst da mir das erklären?“

Isolde atmete tief durch. „Er hat mich geküsst“, stieß sie hervor.

„Und wie hat sich das für dich angefühlt?“

„Es hat sich falsch angefühlt. Er war mir zu nahe und ich habe mich auch ein bisschen vor ihm geekelt.“

Das Lächeln verschwand von Sophias Lippen. „In diesem Fall würde ich vermuten, dass du nicht verliebt in ihn bist. Ein Kuss sollte sich richtig anfühlen. Natürlich. Ekel hat dabei nichts verloren.“

„Nun, dann ist wohl klar, dass ich seine Gefühle nicht erwidere.“

„Ja. Am besten sprichst du rasch mit ihm, damit er dich nicht noch weiter bedrängt.“

„Ah, da bist du ja, Sophia“, hörte sie eine rauere, herbere Stimme sagen. Anita stand am Türrahmen. „Ich wollte kurz mit dir sprechen.“

„Ich muss wieder an den Empfang“, sagte Isolde und eilte rasch an Anita vorbei. Die Tür schloss sich und für einen flüchtigen Moment erhaschte sie einen Blick darauf, wie die beiden Frauen sich zur Begrüßung küssten. Für sie musste sich das richtig anfühlen.

Sie trat hinter ihren Arbeitsplatz und öffnete die Mappe, in die sie vorhin das Foto geschoben hatte. Eine schwarz-weiße Emily Winter sah sie mit keckem

Gesichtsausdruck an. In Isoldes Bauch breitete sich ein ungewohnt leichtes Gefühl aus. Sie lächelte unwillkürlich und strich mit dem Finger über das Bild. Dann schob sie es wieder in den Ordner.

***

Elsa stieg aus der Droschke. Ein livrierter Theaterdiener half ihr, vom Trittbrett hinabzusteigen. Vor ihr gingen zwei in festliche Roben gekleidete Damen die Rampe zum Haupteingang des Hoftheaters empor. Selbst der Onkel, dessen bekleckerten Malerkittel ihr so oft peinlich waren, war an diesem Abend tadellos herausgeputzt. Zenzi hatte es sogar geschafft, seinen Bart zu zähmen.

„Das wird ein schöner Abend", sagte er immer wieder. „Mozart! Ach, welche Freude."

Nun, Mozart war Elsa ziemlich gleichgültig. Sie hätten auch Wagner spielen können. Oder Verdi. Die Hauptsache war, dass *er* neben ihr saß. Der Lieutenant von Lampeck. Wenn sie an den Nachmittag zurückdachte, an dem er zum Tee gekommen war, schlug ihr Herz wieder schneller. Er war so charmant gewesen, so klug, so witzig. Selbst der Onkel hatte danach gesagt, dass Eugen ein außergewöhnlicher Mann war. Und als er sie zu einem Opernbesuch eingeladen hatte, hatte er ohne zu zögern seine Erlaubnis erteilt.

Sie sah ihn schon von Weitem. Er stand oben an der Rampe unter dem Vordach, das von den riesigen griechischen Säulen gestützt wurde. Er trug seine Galauniform. Im Schein der elektrischen Glühbirnen

228

glänzten und funkelten die silbernen Knöpfe und Beschläge an seiner Uniformjacke. Es war ein herrlicher Anblick und er ließ Elsas Herz so schnell schlagen, dass sie meinte, es würde jeden Augenblick zerspringen.

Als sie vor ihn hintrat, salutierte von Lampeck in seiner eleganten und zugleich zackigen Art und küsste ihr dann so galant die Hand, dass sie seinen auf ihre Haut gehauchten Kuss kaum spürte.

„Wollen wir hineingehen?", fragte er. „Ich habe in der Loge einen kleinen Imbiss vorbereiten lassen. Und Champagner gibt es auch."

Elsas Wangen röteten sich. Champagner! Das Getränk war auf den Festen und Empfängen ihres Vaters in perlenden Strömen geflossen. Immer wenn sie davon getrunken hatte, hatte es ihre Sinne belebt und ihre Stimmung in euphorische Höhen gehoben. Und das war diesem Abend mehr als angemessen.

Von Lampeck führte sie durch den großen Saal, in dem die Besucher warteten, die nur Karten für das Parkett hatten. Die Armen. Sie zog die Schultern nach hinten und hob das Kinn ein wenig, während sie zwischen den Leuten hindurch promenierte, und war sich der neidischen und bewundernden Blicke der Menge bewusst, als sie die Treppe zu den oberen Rängen hinaufstieg.

Als sich die Tür zur Lampeck'schen Loge öffnete, war Elsa zunächst ein wenig enttäuscht. Sie war enger und dunkler, als sie es sich vorgestellt hatte. Sie trat auf den Balkon und wurde nun durch eine atemberaubende Aussicht auf den Innenraum des Hoftheaters entschädigt. Die Loge lag auf der rechten Seite, sodass der Blick schräg auf die Bühne fiel. Aber sie würde wohl ohnehin nicht viel von der Oper mitbekommen.

In der einen Ecke der Loge war ein Tischchen aufgebaut, auf dem ein Imbiss und eine Flasche Champagner in einem Kühler standen. Von Lampeck schenkte drei Gläser ein. Der Onkel nahm sich eines der Brote und sagte: „Ich bin leider nicht mehr zum Nachtmahl gekommen."

„Bedienen Sie sich", sagte von Lampeck in großmütigem Ton. „Dafür sind sie da."

Er reichte Elsa ein Glas und sie stießen an. Der Champagner kitzelte ihre Zunge und perlte ihre Kehle hinab. Ein herrliches Gefühl des Schwebens hüllte sie ein wie ein Kokon aus schwerelos weichen Federn.

Es läutete.

„Dann wollen wir unsere Plätze einnehmen", sagte von Lampeck. „Wir sollten insbesondere die Ouvertüre nicht verpassen. Heute dirigiert der junge Strauss. Ein Talent sondergleichen."

„Ja, das habe ich in der Zeitung gelesen", sagte der Onkel beflissen. „Ein Münchener, wenn ich mich nicht irre."

Von Lampeck nickte, während er den mittleren der drei Stühle beiseiteschob und einladend darauf deutete. Elsa zögerte nicht lange und ließ sich darauf nieder. Nun würde sie stundenlang neben dem Lieutenant sitzen. Wie herrlich!

„Seine Mutter ist eine Pschorr", sagte von Lampeck. „Wir dürfen Großes von ihm erwarten. Er komponiert auch."

„Opern?", fragte Elsa, für die das Musiktheater den einsamen Gipfel der Kunst bildete.

„Man hört, dass er gerade an seiner ersten Oper arbeitet. Letztens habe ich eine sinfonische Dichtung von ihm gehört. Don Juan. Musik, die ihresgleichen sucht."

Die Lichter erloschen, die Herren nahmen ihre Plätze ein, der Onkel zu ihrer Linken, der Lieutenant zu ihrer Rechten. Ein Kopf bewegte sich durch den Orchestergraben. Das musste der Dirigent sein. Kurzer Applaus erschallte, dann begann die Ouvertüre.

Die Musik war federnd, leicht und doch so gehaltvoll wie der Champagner, der durch ihre Venen floss. Elsa fühlte sich unbeschreiblich glücklich. Und während der Bläser einsetzten, hörte sie Worte an ihrem linken Ohr, süße Worte: „Elsa, ich denke die ganze Zeit nur noch an Sie. Ich muss Sie sehen. Alleine!"

KAPITEL 23

Freitag, 24. Januar 1896

Isolde betrat den Lesesaal der städtischen Volksbibliothek in der Frauenstraße und sofort machte sich dieses wohlige Gefühl in ihrem Bauch breit, das sie von früheren Besuchen her kannte. Sie sog den leicht modrigen Geruch der alten Bücher tief ein und weidete sich am Anblick der vollen Regale an den Wänden. Jedes von ihnen enthielt Unmengen von geteilten Erfahrungen und Isolde verspürte den Drang, sich dieses Wissen anzueignen, es in sich aufzunehmen, aufzusaugen wie ein Schwamm.

Sie ging an den Regalen entlang und strich dabei mit dem Zeigefinger über die Buchrücken, befühlte das kühle Leder oder den rauen Kartoneinband und las die Titel. Ohne es bewusst beabsichtigt zu haben, fand sie sich in der Abteilung für Reiseliteratur wieder. Sie lächelte. Dies war ihr zweites Zuhause. Sie kannte jedes der Bücher hier. Wenn sich Lücken in den Regalen auftaten, wusste sie sofort, welches Werk fehlte, und sie beneidete den glücklichen Leser, der in die ferne Welt eintauchen konnte, die sich ihm zwischen den aufgeschlagenen Buchdeckeln eröffnete.

Ihr Blick fiel auf einen Teil der Sammlung, dem sie bislang weniger Beachtung geschenkt hatte als den übrigen Werken. Die Abteilung war mit „China und

Ferner Osten" beschriftet. Sie griff sich einen dicken Wälzer und schlug ihn auf. Er enthielt die Eindrücke und Erinnerungen eines preußischen Offiziers, der im Auftrag seines Königs Mitte des Jahrhunderts nach Peking gereist war und das umliegende Land erforscht hatte.

Die Beschreibungen klangen gestelzt und gleichzeitig nüchtern. Man merkte an jedem Satz, dass ein Soldat das Werk verfasst hatte. Leider fehlten Illustrationen und schnell erkannte Isolde, dass es dem Verfasser nicht gelang, seine Eindrücke so in Worte zu fassen, dass sie im Kopf des Lesers neu erstanden.

Sie klappte das Buch zu und schob es wieder ins Regal zurück.

„Eine weise Entscheidung", hörte sie eine leise Stimme hinter sich sagen. „Ich mochte es auch nicht. Wenn man schon tausend Seiten mit Buchstaben füllt, sollten sie nicht so unerträglich staubig und trocken sein."

Isolde zuckte zusammen. Sie drehte sich langsam um und sah sich Johann von Linden gegenüber. Er sah sie ernst an.

„Guten Abend", sagte sie leise.

„Guten Abend, Fräulein Hartmann", erwiderte er.

Die darauffolgende Stille war so schneidend, dass es Isolde fröstelte. „Ich …", sagte Isolde schließlich, doch von Linden hob die Hand und sie verstummte.

„Ich möchte Sie um Verzeihung bitten", sagte er. „Ich habe eine Grenze überschritten, der ich mich niemals auch nur annähern hätte dürfen. Und das tut mir leid."

Isolde sah ihn an. Seine Augen glänzten.

„Danke", sagte sie. „Ich wollte Sie nicht verletzen mit meiner Abweisung. Aber ich … ich konnte Ihre Annäherung nicht erwidern."

In seinem Gesicht zuckte es. „Bin ich Ihnen so zuwider?"

Sie schüttelte den Kopf und streckte eine Hand aus. Er griff danach. Seine Haut war warm. Sie mochte es, auf diese Art von ihm berührt zu werden. Und doch spürte sie instinktiv, dass er es nicht dabei bewenden lassen wollte. Sie drückte seine Hand und löste sich wieder von ihm.

„Sie sind mir nicht zuwider", sagte sie. „Ich habe unsere Gespräche, unseren Austausch über das Reisen und das Forschen sehr genossen. Und ich verdanke Ihnen meine Lehrstelle, mit der ich mehr als glücklich bin. Ich bin gerne in Ihrer Gegenwart."

Er lächelte. „Ich gebe das mit Freude zurück. München war ein grauer Ort, bis ich Sie getroffen habe. Es mag pathetisch klingen, aber damals, als ich Sie im Garten Ihres Vaters sitzen sah, ist die Sonne für mich aufgegangen. Ich drehe mich seitdem nur noch um Sie, denke immerzu an Sie, kann mich keiner anderen Tätigkeit mehr widmen."

Isolde spürte, wie ihr Mund trocken wurde. Sie erinnerte sich an das Gespräch mit Sophia. Nun war der Zeitpunkt gekommen, von Linden mitzuteilen, wie sie empfand. Mitleid wallte in ihr auf. Sie wollte ihm nicht sagen, dass sie seine Gefühle nicht erwiderte, weil sie ahnte, wie sehr sie ihn damit verletzen würde. Und zugleich wusste sie, dass es keinen anderen Weg gab.

„Ihre Worte sind schön. Sie ehren mich und schmeicheln mir", sagte sie. Er wollte etwas erwidern, doch nun hob sie die andere Hand. „Und sie machen mir Angst. Ich kann keine Sonne sein. Für niemanden. Herr von Linden, ich mag Sie. Sehr sogar. Aber mehr kann ich nicht für Sie empfinden.“

Sie sah, wie sich etwas in seinem Blick veränderte. Er nahm einen flehenden Ausdruck an.

„Warum?“, fragte er mit leiser, brüchiger Stimme. „Lieben Sie einen anderen?“

Sie schüttelte den Kopf. „Ich liebe keinen anderen“, sagte sie und spürte den Anflug eines schlechten Gewissens. Sie hatte nicht gelogen, aber die Wahrheit hatte sie auch nicht gesagt.

„Ich kann Ihnen nicht mehr anbieten als meine Freundschaft.“

Er schloss die Augen und atmete tief durch. „Ihre Freundschaft ist mehr, als ich mir noch vor Kurzem vom Leben erhoffen durfte. Es ist schon seltsam, wie sehr sich unser Blick verändert, wie unsere Hoffnungen steigen und sinken, je nachdem, was das Schicksal sich ausdenkt, um uns zu prüfen oder zu beschenken“, sagte er.

Sie streckte ihm die Hand entgegen. „Freunde?“, fragte sie.

Er sah erst ihre Hand an, dann erwiderte er ihren Blick. Seine Unterlippe zitterte, als er einschlug. „Freunde“, sagte er.

Isolde atmete erleichtert auf. Sie war froh, dass sie es geschafft hatte, klar und deutlich mit von Linden zu sprechen. Gleichzeitig meldete jedoch eine hartnäckige Stimme in ihrem Kopf Zweifel an, ob die Angelegenheit damit erledigt wäre.

„Ich lasse Sie mit Ihren Büchern alleine", sagte er und lächelte sie dabei traurig an. Dann nickte er ihr zu und ging davon. Isolde sah ihm nachdenklich nach. Er hatte es besser aufgenommen, als sie zu hoffen gewagt hatte. Von Linden war ein Ehrenmann und sollte sie jemals heiraten, das war ihr klar, musste ihr Ehegatte es mit der Ehrenhaftigkeit und Würde ihres Freundes aufnehmen können.

***

„Nein, ich bin viel zu müde. Ich gehe nicht mit zu diesem Ball."

Elsa unterdrückte ein Jauchzen. Es war zu herrlich. Ihr Plan konnte aufgehen. Der Onkel hatte als Erster abgewunken. Bälle seien nichts für ihn. Und Isolde war irgendeine Laus über die Leber gelaufen. Wahrscheinlich hatte ihr dieses Weibsstück, das ihr bei der Arbeit Schwierigkeiten machte, wieder zugesetzt. Sei es drum, das bedeutete, dass sie sich nur noch darum kümmern musste, Frau Keyserling aus dem Weg zu räumen. Ihre Anstandsdame war das einzige Hindernis, das zwischen ihr und dem Lieutenant von Lampeck stand.

„Schade", sagte sie, ohne es zu meinen. „Aber beim nächsten Mal musst du unbedingt mitkommen!"

„Ja, vielleicht", sagte Isolde. „Du siehst wunderhübsch aus in diesem Kleid. Ich wünsche dir viel Vergnügen."

Elsa knickste übermütig. Draußen klingelte es.

„Das muss die Droschke sein", rief sie und stürmte zur Tür. Frau Keyserling wartete bereits in der Kutsche. „Guten Abend, junge Dame", sagte sie.

Elsa ließ sich vom Fahrer in den Wagen helfen. Sie nahm der alten Frau gegenüber Platz. „Guten Abend, Frau Keyserling, vielen Dank, dass Sie mich begleiten."

„Den Dank kann ich zurückgeben. Eine Einladung zu einem Ball beim Grafen von Waldenhofen erhält man schließlich nicht alle Tage. Er besitzt das größte Palais in München, habe ich mir sagen lassen."

Elsa verschwieg, dass das auch der Grund war, warum der Lieutenant von Lampeck, diesen Ball für ihr nächstes Treffen ausgesucht hatte. Es gab genügend Gelegenheiten, sich in dem weitläufigen Gebäude heimlich davonzustehlen. Ihr Herz klopfte wie wild, als die Kutsche vor der gewaltigen Freitreppe hielt, die zum Haupteingang hinaufführte. Ein livrierter Diener öffnete die Tür des Gefährts, ein anderer half ihr hinaus. Auf den Treppenstufen standen weitere Dienstboten mit Fackeln in den Händen. Ein roter Teppich bedeckte die marmornen Stufen.

Im Innern setzte sich die Pracht fort. Das Palais war mit tausenden von Kerzen und Glühlampen beleuchtet. Die blank geputzten Marmorböden funkelten ebenso wie die Edelsteine an den Ketten und Ohrringen der Damen in ihren eleganten Ballkleidern. Von Lampeck wartete bereits am Eingang auf sie und zu ihrer großen Erleichterung sah sie, dass er nicht allein war. Er hatte Hartmut von Waisen und Woldemar von und zu Horn mitgebracht, seine engsten Freunde vom Regiment. Offiziere wie er, adlig wie er, Edelmänner wie er. Sie sahen fesch aus in ihren Galauniformen. Von Waisen war ein wenig größer als Eugen, aber dafür schmaler. Sein Gesicht wirkte knochig, die Haut spannte sich über den Schädel. Seine dunkelbraunen Augen musterten sie neugierig. Von und zu Horn dagegen grinste breit. Er war ein untersetzter, kleiner Mann mit einem enormen Backenbart, dessen Blicke Funken sprühten. Elsa mochte ihn sofort, mit ihm würde sie sich gut unterhalten können. Er war die Sorte eines Kavaliers, der mit jeder Dame charmant Konversation betreiben konnte, ohne jemals selbst als Heiratskandidat infrage zu kommen. Die Herren traten auf sie zu, nahmen Haltung an und begrüßten sie und ihre Begleiterin. Von Waisen verwickelte Frau Keyserling umgehend in eine angeregte Diskussion.

„Nach dem dritten Tanz haben wir Gelegenheit, uns zu sehen", flüsterte von Lampeck ihr ins Ohr.

Sie konnte es kaum erwarten. Es dauerte viel zu lang, bis der Gastgeber die Anwesenden begrüßt hatte, bis die Kapelle bereit war und bis die ersten zwei Tänze an ihr vorüberrauschten. Für den Dritten hatte Woldemar von und zu Horn sich in ihre Karte eingetragen. Trotz seiner ausladenden Figur war er ein exzellenter Tänzer. Er führte sicher und seine Bewegungen waren flüssig und elegant. Sie schwebten über das Parkett und der bekannte Rausch nahm Besitz von Elsa. Ihre Wangen glühten und ihr Herz schlug rasend schnell.

Von Waisen hatte Frau Keyserling aufgefordert, und während er mit ihr über die Tanzfläche walzte, stieß er mit einem Kellner zusammen, woraufhin der Inhalt einer Champagnerflasche sich über das Kleid von Elsas Begleiterin ergoss. Sofort entstand ein Tumult rund um die Dame und sie spürte, wie Lieutenant von und zu Horn mit ihr zur gegenüberliegenden Ecke des Raumes tanzte, wo er sie von Lampeck übergab.

Der Offizier nahm sie bei der Hand, zwinkerte ihr verschwörerisch zu und führte sie zielstrebig durch Gänge und Korridore. Schließlich hielt er vor eine Tür an und öffnete sie. Es war ein kleiner Salon. Ein Feuer brannte im Kamin und davor stand eine Récamiere, daneben ein Tischchen mit zwei gefüllten Champagnerkelchen.

„Hier sind wir ungestört", sagte er.

Elsas Herz pochte ihr bis zum Hals. „Das freut mich sehr, Herr Lieutenant."

„Nennen Sie mich bitte Eugen", sagte er. Seine dunklen Augen funkelten im Schein des Kaminfeuers beinahe golden.

„Das freut mich sehr, Eugen", sagte Elsa leise. Ihr Mund wurde mit einem Mal ganz trocken. Sie nahm einen Kelch in die Hand und trank von dem Champagner. Der Alkohol stieg ihr sofort in den Kopf.

„Seitdem ich Sie zum ersten Mal gesehen habe, muss ich an Sie denken!", sagte Eugen. Seine Stimme zitterte leicht. Er hatte seinen Blick auf sie geheftet. Sein Gesicht war ernst. In seinen blauen Augen spiegelte sich das Kaminfeuer wider. Es loderte heftig auf. Eine einzelne Locke hing ihm in die Stirn und mit einer raschen, beinahe unwirschen Bewegung schob er sie beiseite.

Sie erwiderte nichts, sah ihn nur an. Ein Schwindelgefühl hatte sie ergriffen. Eugen fiel auf die Knie.

„Elsa, ich liebe Sie!"

Er streckte ihr seine Rechte entgegen und sie nahm sie in beide Hände und drückte sie.

„Ich liebe Sie auch", sagte sie und wunderte sich, wie selbstverständlich ihr diese Worte über die Lippen kamen.

Mit einem Jauchzen sprang der Lieutenant auf die Füße. „Darf ich Sie küssen?", fragte er.

Sie nickte, dann schloss sie die Augen und im nächsten Moment fühlte sie seine weichen Lippen auf den ihren, spürte, wie seine Zunge an ihrem Mundwinkel spielte und Einlass begehrte. Einen Augenblick lang befiel sie eine Panik. Was tat sie hier? Das war nicht recht. Und vor allem durfte es nicht so schnell gehen. Sie fühlte den Impuls, Eugen wegzuschieben, ihm zu sagen, dass er sich beherrschen solle. Doch da war auch dieser andere, stärkere Drang, der ihr zuschrie, zuzulassen, wovon sie träumte, seitdem sie dem Lieutenant zum ersten Mal begegnet war. Sie öffnete ihre Lippen, ließ seine Zunge herein, umspielte sie sanft mit ihrer eigenen und versank in einem Strudel der Leidenschaft.

KAPITEL 24

Samstag, 22. Februar 1896

„Isolde?"

Sie zuckte zusammen. Antonies schrille Stimme fuhr ihr durch Mark und Bein.

„Ja, was gibt es?"

„Die Abzüge für Fräulein Fuchs sind fertig. Du sollst sie ausliefern."

Isolde atmete tief durch. Ein Botengang war genau das Richtige für sie. So konnte sie wenigstens Antonie für eine Weile entkommen. Diese gab sich zwar in Gegenwart von Sophia und Anita zuckersüß, aber wenn sie mit ihr alleine war, warf sie Isolde Blicke zu, vor denen ihr Angst und Bang wurde. Seit Wochen zerbrach sie sich den Kopf, was sie nur getan haben konnte, um ihre Kollegin zu verstimmen. Doch sie kam nicht darauf.

Sie nahm die in Seidenpapier eingeschlagenen Abzüge der Fotografien und packte sie in ein flaches Körbchen. Zum Schutz vor Regen legte sie ein Wachstuch darüber. Dann zog sie sich ihren Mantel an und griff nach dem Regenschirm.

„Aber beeil dich, heute stehen noch viele Termine an", sagte Antonie zum Abschied.

Fröhlich summend stieg Isolde das Treppenhaus hinab und trat hinaus ins Freie. Ein feiner Sprühregen fiel von einem bleigrauen Himmel. Es war kalt und Isolde zog den Mantel enger. Auf den Straßen von Schwabing herrschte ein reger Verkehr. Am Nikolaiplatz war Wochenmarkt und als sie an den Ständen vorbeikam, wehte ihr der Geruch nach Kohl, nach Rüben und nach gebratenen Maronen in die Nase.

Isolde blieb stehen und betrachtete die Szene. Sie bedauerte, dass sie ihre Kamera nicht dabeihatte, um das Treiben auf dem Markt einzufangen. So sehr sie es inzwischen genoss, im Atelier zu fotografieren, war ihr doch stets bewusst, dass dies nichts mit dem echten Leben gemein hatte. Zwar konnte sie, wenn ihr ein Bild gut gelang, zum inneren Kern der Persönlichkeit ihres Modells vorstoßen. Aber manchmal kam ihr der Gedanke, dass es noch intimer und reizvoller wäre, Menschen in ihrer natürlichen Umgebung, in ihren Wohnungen, ihren Gärten, bei ihrer Arbeit oder sogar hier beim Einkauf auf einem Markt abzulichten.

Denn hier fand das Leben statt. Hier bewegten sich alle frei und unverkrampft. Hier musste niemand künstliche Posen halten und sekundenlang stillstehen, nur damit die Aufnahme nicht verwackelte. Vielleicht sollte sie sich am Sonntag, ihrem freien Tag, endlich einmal mit ihrer Kamera auf den Weg machen und Szenen aus dem Stadtleben einfangen. Der Gedanke zauberte ein Lächeln auf ihr Gesicht. Sie ging weiter. Ein Mann rempelte sie an, murmelte eine Entschuldigung und wankte von dannen. Er hinterließ eine nach billigem Fusel stinkende Wolke.

Isolde bemerkte, dass das Wachstuch verrutscht war. Sie hielt inne, um es wieder über die Bilder zu legen, als ihr Blick auf die oberste Fotografie fiel. Ein großer Mann in Uniform starrte sie mit unter riesigen, buschigen Augenbrauen verborgenen Äuglein an. Das war doch nicht Fräulein Fuchs. Ihr wurde heiß und kalt. Sie hatte die falschen Abzüge dabei. Wie hatte das passieren können? Die Antwort kam ihr, während sie sich die Frage stellte. Natürlich. Das war Antonies Werks. Sie hatte die Bilder vertauscht, in der Hoffnung, dass Isolde sich bei der als zänkisch bekannten Kundin eine Abfuhr holen werde und – wenn diese sich wiederum bei Sophia über sie beschweren sollte – auch noch von der Chefin in Senkel gestellt werden würde.

Sie eilte zurück zum Atelier. Vorsichtig öffnete sie die Tür und spähte hinein. Der Empfang war nicht besetzt. Wahrscheinlich musste Antonie gerade im Studio aushelfen. Sie ging hinter den Tresen und entdeckte dort ein kleines, in Seidenpapier geschlagenes Päckchen liegen. Sie schob die Verpackung beiseite und sah ihren Verdacht bestätigt. Es waren die Bilder von Fräulein Fuchs.

Sie tauschte die Fotografien aus und eilte dann wieder hinaus, um ihren Auftrag zu erledigen. Familie Fuchs wohnte in der Siegesstraße und als Isolde an die Tür klopfte, öffnete ein Dienstmädchen. Sie bat sie, einzutreten, und ließ sie im Flur warten. Kurz darauf erschien die Herrin des Hauses. „Ah, sind die Bilder endlich fertig", sagte sie in unwirschem Ton. Isolde fiel ein Stein vom Herzen bei dem Gedanken, welche Wendung diese Situation wohl genommen hätte, wenn Frau Fuchs anstelle der Fotografien ihrer Tochter die Porträts eines alten Soldaten ausgepackt hätte.

Ganz offenbar war sie von Sophias Arbeit mehr als angetan, denn sie gab Isolde eine Mark Trinkgeld und war beim Abschied viel freundlicher als zuvor. Beschwingt vor sich hinsummend schlenderte Isolde durch den Regen zurück zum Atelier. Als sie den Wartebereich betrat, stand Sophia bei Antonie am Empfangstresen. Die beiden Frauen wandten sich ihr zu.

„Oje, du siehst aus wie ein begossener Pudel", sagte Sophia.

„Der Schirm hält leider nur die Nässe von oben ab", sagte Isolde.

„Du hast Frau Fuchs die Fotos gebracht? War sie zufrieden?"

Isolde lächelte. „Mehr als zufrieden. Sie war voll des Lobes."

Während sie dies sagte, warf sie Antonie einen verstohlenen Seitenblick zu. Täuschte sie sich oder wurde das Gesicht ihrer Kollegin eine Spur bleicher? Ganz sicher jedoch verzog sie den Mund und kniff die Lippen zusammen. Und dann verriet sie sich. Ihre Augen zuckten nach rechts zu der Stelle, wo das vertauschte Päckchen lag.

„Das freut mich, Frau Fuchs ist eine ... eine anspruchsvolle Kundin", sagte Sophia. Sie ging wieder in Richtung Atelier davon.

Als sich die Tür hinter ihr geschlossen hatte, sah Isolde Antonie an. „Warum hast du die Bilder vertauscht?", fragte sie mit ruhiger Stimme.

„Ich habe sie nicht vertauscht", stieß Antonie zwischen zusammengebissenen Zähnen hervor.

„Wie sonst sollten die falschen Fotografien in den Korb gekommen sein?"

Antonie zuckte mit den Achseln. „Sag du es mir. Du bist doch so gescheit, du Beinahe-Lehrerin."

Sie ließ Isolde stehen und stelzte in Richtung Lager davon. Isolde sah ihr nach. Ein mulmiges Gefühl breitete sich in ihrem Bauch aus. Sie musste auf der Hut sein, so rasch würde Antonie nicht Ruhe geben.

***

Elsa fühlte sich schrecklich. Und dann wieder großartig. Das Dumme war nur, dass diese Gefühle sich im Sekundentakt abzuwechseln schienen. Wenn sie an die Abende dachte, an die verstohlene Stunden, die sie mit Eugen in kleinen Salons, in Nebenzimmern oder einmal auch in der Besenkammer des Gasthofs verbracht hatte, in dem der Kehraus-Ball stattgefunden hatte, an seine Liebesschwüre, seine Küsse, seine Berührungen, seine ... Dann wurde ihr heiß und ein Gefühl der Wonne und Seligkeit überströmte sie. Wenn sie dagegen an den vernichtenden Blick von Frau Keyserling dachte, mit dem diese sie gemustert hatte, als sie am Faschingsdienstag mit zerzausten Haaren in den Ballsaal zurückgekehrt war, und sich die inquisitorischen Fragen in Erinnerung rief, die ihre Anstandsdame auf dem Heimweg ohne Unterlass gestellt hatte, schnürte es ihr die Kehle zu. Die Male zuvor war es ihr und Eugens Freunden immer gelungen, die alte Frau abzulenken. Nie hatte sie Elsas Verschwinden bemerkt. Bis zum letzten Ball.

Natürlich hatte sie auch dem Onkel brühwarm erzählt, dass Elsa eine Stunde lang von der Bildfläche verschwunden gewesen war. Glücklicherweise war der nicht so streng, wie ihr Vater gewesen wäre. Er verbot ihr nur den Besuch des nächsten Balls, was sie verschmerzen konnte, da in der Fastenzeit ohnehin keine Tanzveranstaltungen stattfinden würden. Vom Empfang von Briefen hatte er nichts gesagt. Das Problem war nur, dass seit Tagen keine Post mehr eingetroffen war. Nicht einmal ein kleines Billett, ein simpler Zettel, auf dem ein paar erlösende Worte von Eugen gestanden hätten. Nichts.

Gut, das musste nichts heißen. Er war ein viel beschäftigter Mann. Es war möglich, dass seine mannigfaltigen Pflichten im Regiment nicht zuließen, dass er schrieb. Und doch nagten die Zweifel an Elsa. Wenn er Zeit fand, auf einem Dutzend Bällen zu tanzen, sollte er ihr wenigstens ein paar Zeilen schreiben können. Nach dem, was zwischen ihnen vorgefallen war, wäre dies das Mindeste gewesen.

Zenzi betrat den Salon. Sie warf Elsa einen mitleidigen Blick zu und sagte: „Bevor das Fräulein fragt: Nein, es ist kein Brief gekommen.“

Elsa seufzte.

Die Haushälterin schickte sich an, wieder hinauszugehen, hielt dann jedoch inne. „Es steht mir sicher nicht zu, Ihr da einen Ratschlag zu erteilen. Aber vielleicht wäre es besser, selbst zu handeln, als nur da zu sitzen und auf etwas zu warten, was wahrscheinlich nie geschieht.“

Elsas Augen weiteten sich. Was für eine Impertinenz! Sie mochte Zenzi zwar inzwischen ganz gerne, aber manchmal nahm sie sich dann doch zu viel heraus. Sie wollte schon zu einer vernichtenden Replik ansetzen, als ihr klar wurde, dass die Bemerkung der Haushälterin etwas auf den Punkt gebracht hatte, was Elsa schon seit Längerem beschäftigte.

„Danke", sagte sie und sah wieder zum Fenster hinaus. Doch als Zenzi den Raum verlassen hatte, sprang sie auf, lief in den Flur, zog ihren Mantel an und eilte hinaus. Es regnete in Strömen. Sie spannte ihren Schirm auf, der jedoch die Nässe kaum abhielt. Aber das war ihr gleichgültig.

Vor dem Tor der neuen Isarkaserne sprach sie den wachhabenden Soldaten an. Er verweigerte ihr den Eintritt. Sie beschwor und bekniete ihn mit allen Schmeicheleien, die ihr einfielen, bis er sich bereit erklärte, einen Burschen mit einer Nachricht an den Herrn Lieutenant zu schicken.

Elsa wartete und wartete. Die Minuten zogen sich in die Länge. Endlich kam der Bote zurück.

„Der Herr Lieutenant ist nicht im Dienst. Er hat Urlaub."

Es war wie ein Schlag in ihr Gesicht. Er hatte frei? Warum schrieb er ihr dann nicht? Und warum besuchte er sie nicht?

„Mit Verlaub", schaltete der wachhabende Soldat sich ein. „Sie finden den Herrn Lieutenant dann wohl ihm Haus seiner Eltern. In der Türkenstraße."

Elsa bedankte sich und machte sich auf den Weg. Sie musste die ganze Stadt durchqueren und als sie endlich in der Türkenstraße ankam, war sie bis auf die Knochen durchnässt. Bestimmt würde sie sich schlimm erkälten. Aber das war ihr gleichgültig. Sie klopfte an die mit Messing beschlagene Eichentür. Ein Butler im Frack öffnete.

„Guten Tag, mein Name ist Elsa Hartmann. Ich möchte den Herrn Lieutenant von Lampeck sprechen“, sagte sie.

Der Butler musterte sie mit einem abschätzigen Blick.

„Und warum sollte der junge Herr sich mit einem durchnässten Geschöpf wie Ihnen abgeben wollen?“, fragte er.

Elsa kämpfte gegen das Gefühl der Demütigung an, das sich als heiße Welle in ihrem Bauch auszubreiten begann und übelkeitserregend von ihrem Magen in Richtung Kopf zu drängen drohte.

„Richten Sie ihm bitte aus, dass Elsa Hartmann ihn sehen möchte. Er erwartet mich.“

Der Butler schloss die Tür. Elsa lehnte sich erschöpft an das Geländer der Vordertreppe. Würde der Mann überhaupt zu Eugen gehen? Würde er sie hier stehen lassen, während ihr Geliebter nur Meter von ihr entfernt, nicht von ihrer Gegenwart wusste? Ein hoffnungsvollerer Teil ihres Denkens beruhigte sie und redete ihr zu, dass alles gut würde, dass er gleich zur Tür eilen, sie hereinbitten und ihr alles erklären würde.

Schließlich öffnete sich die Tür. Der Butler sah sie mit regungsloser Miene an. Seine Worte waren kalt und schneidend:

„Der junge Herr sagt, dass er eine Elsa Hartmann nicht kenne und dass er auch nicht bereit sei, sie kennenzulernen. Auf Wiedersehen.“

KAPITEL 25

Samstag, 29. Februar 1896

„Du musst mit höchster Sorgfalt arbeiten", sagte Sophia. Sie saß vor dem Retuschiertisch, auf dem ein einzelnes, entwickeltes Glasplattennegativ eingespannt war. Durch das Fenster hinter der Halterung fiel diffuses Tageslicht, sodass das Bild gut zu erkennen war. Es zeigte einen Knaben in mittelalterlicher Kleidung, der auf einer künstlichen Waldlichtung posierte. In der rechten Hand hielt er eine Flöte, die er wie ein Zepter auf einem Felsblock aus Pappmaché abstützte, seine Linke winkte mit einem Hütchen hoch über seinem Kopf.

„Das ist Hanna Borchers", sagte Sophia und Isolde musste noch einmal genau hinsehen, um sich davon zu überzeugen, dass es sich nicht um einen Knaben, sondern um ein junges Mädchen handelte.

„Ich habe sie als Hirtenmädchen aus dem Tannhäuser fotografiert. Kannst du erkennen, warum ich das Bild retuschieren muss?"

Isolde zeigte ohne zu zögern auf einen kleinen, schwarzen Punkt auf der Wange des Mädchens. „Ein Pickel", sagte sie.

Sophia nickte. Sie setzte den Griffel mit der scharfen Spitze auf die Oberfläche der Platte. „Die Kunst besteht darin, das Glas nicht zu zerkratzen", erklärte sie. „Die

Bewegungen müssen sanft sein, wie wenn du an einem Meeresstrand mit deinen Zehen Sand hin und her schiebst."

Isolde versuchte, sich vorzustellen, wie sich das wohl anfühlte. Sie war noch nie am Meer gewesen. Der Vater hatte die Sommerfrische am liebsten in den Bergen verbracht und am Hallstätter See hatte es nur einen Kiesstrand gegeben.

Die Griffelspitze bewegte sich kaum merklich und als Sophia die Hand wegnahm, sah Isolde, dass der Furunkel verschwunden war.

„Prima", sagte die Fotografin. „Und jetzt werden wir zweihundert Abzüge davon herstellen. Solange sie im Hoftheater den Tannhäuser geben, können wir damit gut Geld verdienen."

„Müssen wir dem Mädchen einen Anteil davon abtreten?"

Sophia schüttelte den Kopf. „Nein, die Glasplatten und auch das Recht, die Bilder zu vervielfältigen, bleiben in meinem Besitz. Aber die meisten Sängerinnen begrüßen es, wenn ihre Fotografien in Umlauf kommen. Es ist kostenlose Reklame, gerade für junge Künstlerinnen. Noch besser verdienen wir nur an Porträts der königlichen Familie oder anderer Angehöriger des Hochadels."

Isolde sah sie erstaunt an. „Aber die müssen doch nicht für sich werben, oder?"

„Ganz im Gegenteil", erwiderte Sophia. „Wobei der Begriff ‚Reklame' hier streng genommen nicht korrekt ist. ‚Repräsentation' wäre wohl angemessener. Warum, glaubst du, hängt in jeder Amtsstube in Bayern ein Porträt des Prinzregenten?"

„Damit die Leute wissen, wie er aussieht?“

Sophia lachte. „Das wahrscheinlich auch. Aber der wichtigere Grund ist, dass die Leute wissen sollen, dass er über sie wacht. Neben diesen offiziellen Porträts gibt es dann noch die privaten Bilder von kleinen Prinzessinnen und Prinzen. Die sollen den Bürgern zeigen, dass ihre Herrscher Menschen wie sie sind. Dass sie ihre Familie lieben. Und sie sollen Macht und Pracht ausstrahlen. Das beeindruckt die Leute.“

„Sind viele Adlige unter unseren Kunden?“

„Ja, sowohl aus dem Hause Wittelsbach als auch aus anderen Ländern. Erst im Sommer habe ich die Herzogin Marie Gabriele von Bayern fotografiert. Leider hat der Prinzregent uns bislang noch nicht beehrt, hoffentlich wird das in nicht allzu ferner Zukunft geschehen. Aber nun haben wir genug geplauscht. Versuch es selbst!“

Sie spannte eine neue Fotoplatte ein, auf der eine Frau in Isoldes Alter zu sehen war. Ihr Gesichtsausdruck wirkte angespannt.

„Worin liegt hier das Problem, was meinst du?“, fragte Sophia.

Isolde fuhr sich mit der Zungenspitze über die Rückseite der Schneidezähne. Prüfungssituationen mochte sie gar nicht. Sie sah genauer hin. Die Lippen waren ein wenig zusammengekniffen und die Augen standen weit offen, aber das war von Vorteil, weil sie dadurch besser zur Geltung kamen. Dann sah sie es. „Sie runzelt die Stirn. Die sollte glatt sein.“

„Sehr schön“, sagte Sophia. „Du hast den Blick fürs Wesentliche.“ Sie zeigte auf zwei Stellen über den Augenbrauen. „Nimm hier einen Hauch weg.“

Isolde atmete tief durch. Ihre Finger zitterten ein wenig, doch sie zwang sich zur Ruhe. *Wie Sand hin- und herschieben*, sagte sie zu sich. Sie setzte den Griffel an und bewegte ihn minimal nach links. Die eine Hälfte der Stirn sah glatt aus. Nun widmete sie sich der anderen Seite. Sie wollte gerade die Bewegung ausführen, als es laut an der Tür klopfte. Isolde fuhr zusammen. Sie hörte das quietschende Geräusch, als der Griffel über das Glas kratze. Und dann sah sie zu ihrem großen Schrecken, dass sich im linken Teil der Stirn ein großes Loch befand. „Was ist denn?", fragte Sophia. Sie klang gereizt.

Es war Antonie, die den Kopf hereinsteckte. „Da möchte jemand das Fräulein Hartmann sprechen."

Isolde sah Sophia an. „Es tut mir leid, ich wollte das Foto nicht zerstören. Ich ..." begann sie.

Sophia winkte ab. „Das war eine Gelegenheitsaufnahme, die ich zu Übungszwecken angefertigt habe. Beim nächsten Mal hängen wir das ,Bitte-nicht-stören!'-Schild draußen an die Tür. Und jetzt geh, zu wem auch immer!"

Isolde stand auf. Ihr Herz klopfte wild und ihre Finger zitterten. Das war gerade noch einmal gut gegangen. Sie stieg die Treppe in den Empfangsbereich hinunter. Wer würde sie dort wohl erwarten? Der Gedanke an die erste Person, die ihr einfiel, ließ ihren Mund austrocknen. Hoffentlich hatte Johann von Linden nicht seine Meinung geändert und versuchte, ihr erneut seine Liebe zu gestehen. Dieses Mal in aller Öffentlichkeit.

Doch als sie das Erdgeschoss erreichte, sah sie, dass dort kein Mann auf sie wartete. Eine Frauengestalt war hinter einem Schirm verborgen, den sie lässig hin und her drehte.

„Guten Tag", sagte Isolde und ging auf die Frau zu. Sie wandte sich um und Isolde hielt inne. „Fräulein Winter", sagte sie.

„Sie haben sich meinen Namen gemerkt", erwiderte sie und ein Schmunzeln umspielte ihre kleinen Lippen. „Das spricht entweder dafür, dass Sie ein gutes Namengedächtnis haben oder dass ich einen gewissen Eindruck auf Sie gemacht habe."

Isolde wollte etwas erwidern, doch Fräulein Winter hob die Hand. „Sagen Sie nichts, ich will mir damit schmeicheln, dass die zweite Erklärung zutrifft."

„Was kann ich für Sie tun?", fragte Isolde.

„Nun, ich … wie soll ich beginnen?" Fräulein Winter sog ihre Unterlippe hinter die blendend weißen, oberen Schneidezähne. „Ich habe Ihnen doch gesagt, dass mich das Telefonistinnen-Dasein anödet."

Isolde nickte.

„Und nun wollte ich mich nach Alternativen umsehen. Vielleicht wäre ja das Fotografieren etwas für mich?"

„Möglicherweise", erwiderte Isolde. „Mir macht es Freude."

Fräulein Winter lächelte sie an. „Ich würde gerne mehr darüber erfahren. Und deshalb wollte ich Sie fragen, ob Sie nicht Lust hätten, mir bei einem gemeinsamen Spaziergang im Englischen Garten davon zu erzählen."

Isolde Herz klopfte so stark, dass sie schon befürchtete, dass Fräulein Winter es hören könnte. „Sehr gerne" sagte sie.

Elsa sah an der Hausfassade empor. Sie hatte überhaupt keine Lust, hineinzugehen. Und vor den fetttriefenden Eclairs, die dort serviert würden, graute es sie genauso wie vor den Lebensweisheiten aus Friedas Mund, die sie sich die nächsten zwei Stunden über anhören musste.

Aber die Einladung zum Nachmittagstee war auch eine gute Ablenkung von den düsteren Gedanken, die von ihr Besitz ergriffen hatten, seitdem sie vor dem Haus des Lieutenants eine brutale Abfuhr erhalten hatte. Vielleicht würde ein harmloser Plausch mit Frieda sie aus dem Mahlstrom herausziehen, der sich unablässig in ihrem Innern drehte.

Sie läutete und kurz darauf erschien ein livrierter Diener, der sie in den Teesalon führte. Frieda wartete dort bereits auf sie. Sie trug ein grünes Kleid und neben ihr stand ein weißer Hund, der so klein war wie eine Ratte.

„Mephisto, sitz", sagte sie und hielt dem Tierchen eine Marzipankirsche hin. Der Hund ließ sich auf die Hinterbeine nieder und fixierte die Süßigkeit mit seinen Knopfaugen. Frieda lachte laut und vergnügt auf und steckte sich die Kirsche selbst in den Mund, was dem Hundchen ein herzzerreißendes Wimmern entlockte.

Elsa schluckte. Sie musste mit den Tränen kämpfen. So wie diese jammernde, unglückliche Kreatur fühlte sie sich. Nur, dass der Lieutenant sie an einer ganzen Handvoll köstlicher Kirschen hatte schnuppern lassen, ehe er sie ihr wieder entzogen hatte.

„Elsa", rief Frieda und sprang auf, wodurch Mephisto von ihrem Schoß rutschte und auf den Teppich fiel. Die Freundinnen umarmten sich, dann hielt Frieda sie ein wenig auf Abstand und musterte sie. „Herrje, blass siehst du aus", sagte sie.

„Ich war ein wenig unpässlich, die letzten Tage", sagte Elsa unverbindlich.

„Bei dem Wetter ist das ja kein Wunder. Aber nun erzähl, wie geht es dir? Auf dem Kehrausball hatten wir ja leider keine Gelegenheit, miteinander zu sprechen."

Elsa setzte mit großer Mühe ein Lächeln auf. „Meine Tanzkarte war gut gefüllt. An diesem Abend hatte ich keine Zeit für Konversation."

Frieda schmunzelte. „Ich habe dich nur einmal tanzen sehen. Mit einem Offizier."

Elsa verbreiterte ihr Lächeln und achtete darauf, dass sie auch die Augen mit einbezog. „Ja, das war der Lieutenant von Lampeck von der Schweren Reiterei. Er ist mein Verehrer."

Das Lächeln verschwand von Friedas Gesicht, was Elsa einen Augenblick der Befriedigung verschaffte.

Die Tür wurde geöffnet und ein weiterer livrierter Diener brachte ein Tablett mit Eclairs und Teetassen. Er stellte es auf das Tischchen zwischen Elsa und Frieda und zog sich nach einer Verbeugung diskret zurück.

„Bediene dich", sagte Frieda und Elsa nahm notgedrungen das Gebäckstück, das am wenigstens fett glänzte. Sie roch daran, was sich als Fehler entpuppte, denn der Geruch nach Zucker und Buttercreme verstärkte ihre unterschwellige Übelkeit noch ein bisschen mehr.

„So, dieser Lieutenant ist also dein Verehrer", sagte Frieda. „Wo hast du ihn kennengelernt?"

„Bei einem Atelierbesuch des Prinzregenten", sagte Elsa, froh darüber, den nun anstehenden Biss in das Eclair ein wenig aufschieben zu können. „Ihre Majestät hat meinen Onkel besucht, um Bilder von ihm zu kaufen. Eugen war Teil seiner Entourage. Wir haben uns angesehen und wussten sofort, dass es eine Verbindung zwischen uns gibt. Auf dem Reduitball haben wir uns wiedergesehen und den ganzen Abend getanzt. Ach, es war himmlisch. Er war auch schon bei uns zum Tee und hat mich in die Oper ausgeführt. *Don Giovanni.*" Sie setzte an und sag mit ihrer Sopranstimme: *„Ah, fuggi il traditor."*

Friedas Lippen wurden schmal. „Großartig", sagte sie, es klang allerdings so, als ob sie ‚grauenhaft' gesagt hätte. „Und hat er dir schon einen Antrag gemacht?"

Elsa kämpfte mit aller Macht gegen den wogenden Ozean aus schwarzen Gefühlen an, der in ihrem Inneren tobte. Nichts davon durfte an die Oberfläche gelangen. Sie suchte nach einer schönen Erinnerung. Bilder vom Heiligen Abend stiegen in ihre auf. Der festlich beleuchtete Baum, der leckere Karpfen. Und das Kleid, das sie von ihrem Onkel bekommen hatte. Das Lächeln, das auf ihrem Gesicht erschien, war echt, es strahlte über die Augen und mit großer Befriedigung sah Elsa, dass Friedas Mund immer verkniffener wurde.

„Nein, noch nicht. Aber das kann nicht mehr lange dauern. Ich vermute, er wartet die Fastenzeit ab. Eine Verlobung an Ostern ist geschmackvoller. Und wie sieht es bei dir mit Verehrern aus?", fragte Elsa, die das Gebäckstück weiterhin in der Hand hielt.

Frieda winkte ab. „Ich lasse mir noch ein wenig Zeit. Bislang war kein Interessanter dabei. Und ich will ja auch nicht, dass es mir so ergeht wie der armen Dorothea Wennerloh."

„Was ist mit Dorothea?", fragte Elsa, die sich entfernt an das scheue Mädchen aus ihrem gemeinsamen Tanzkurs erinnerte.

„Nun, wie sagt man so schön?", sagte Frieda, ein maliziöses Lächeln auf den Lippen. „Sie ist guter Hoffnung. Der Vater soll ein Offizier des dritten Dragonerregiments sein, da sie aber mehrere Verehrer hatte, weigert er sich, die Vaterschaft anzuerkennen."

Elsas Übelkeit verstärkte sich weiter. Sie legte das Eclair auf den Teller zurück. „Ist dir nicht gut?", fragte Frieda mit einer Stimme, die wohl besorgt klingen sollte, sich aber eher gleichgültig anhörte.

„Ich muss nur ein wenig auf meine Linie achten, damit mein Kleid mir noch passt, wenn der Lieutenant mich heute Abend wieder in die Oper ausführt." Sie schaute demonstrativ zu der Uhr im anderen Eck des Zimmers. „Herrje, schon so spät. Ich muss los."

Sie erhob sich, verabschiedete sich rasch von Frieda und eilte aus dem Haus, ohne auf den Diener zu warten, der sie hätte hinausführen sollen. Sie rannte mit wehendem Rock in Richtung des Englischen Gartens davon, und als sie den Park betrat, kniete sie sich hinter den nächstbesten Busch und erbrach sich.

Kapitel 26

Donnerstag, 12. März 1896

Isolde kaute auf ihrer Unterlippe herum. Sie sah sich um. Im Hintergrund erhob sich der Chinesische Turm. Der Anblick erinnerte sie an Johann und sein Liebesgeständnis. Sie verspannte sich. Die Erinnerung peinigte sie. Sie hätte ihm so gerne gesagt, dass sie seine Gefühle erwiderte. Aber dem war nicht so. Es war notwendig gewesen, ihm die Wahrheit zu vermitteln, aber es hatte sie enorme Überwindung gekostet. Sie wischte die trüben Gedanken beiseite und hielt Ausschau nach Emily Winter.

Endlich entdeckte Isolde sie. Emily hatte den großen Schirm aufgespannt, den sie schon bei ihrem letzten Besuch im Atelier bei sich gehabt hatte. Es regnete nicht, weswegen sie den Stock über die Schulter gelegt hatte. Mit der rechten Hand drehte sie den Griff, sodass der Schirm rotierte wie eine Schiffsschraube. Sie trug die dunkelbraunen Locken offen und auf ihren Wangen lag eine lebendige Röte.

Isolde hielt den Atem an. Der Anblick verzauberte und lähmt sie zugleich. Sie verstand nicht, was sie zu Emily hinzog. Und doch war dieser Sog das stärkste Gefühl, das sie jemals erlebt hatte, wenn sie von der Trauer um ihren Vater absah.

Fräulein Winter hatte Isolde ebenfalls erblickt. Sie hob die freie linke Hand und winkte ihr zu. Ihr kleiner Mund weitete sich zu einem strahlenden Lächeln aus. „Guten Tag, Fräulein Hartmann", rief sie.

Sie begrüßten sich mit einem Handschlag. Emily packte so fest zu, dass Isolde es in ihren Fingergelenken knacken hörte. Als sie vor ihr stand, wurde Isolde bewusst, dass sie die Telefonistin beinahe um einen Kopf überragte.

„Wollen wir vielleicht auf die Förmlichkeiten verzichten?", fragte Emily. „Die Nachnamen, meine ich. Wir sind beide noch so jung – Sie jünger als ich –dass wir uns doch nicht anreden müssen wie zwei alte Weiber. Ich bin die Emily."

„Und ich bin die Isolde."

Emily kniff die Augen zusammen, hob die Schultern und stieß ein leises Glucksen aus wie ein Kind, das eben ein wunderbares Weihnachtsgeschenk ausgepackt hat.

„Prima", sagte sie. „Wollen wir ein paar Schritte gehen, während ich dich über die Freuden deiner Ausbildung löchere?"

Sie gingen in Richtung Isar und Isolde begann, von sich zu erzählen. Es fiel ihr erstaunlich leicht, sich Emily zu öffnen. Sie war eine gute Zuhörerin und ihr wacher Blick und die vielen kleinen Gesten, mit denen Sie Isoldes Worte begleitete, gaben ihr das Gefühl, dass die junge Frau ein ehrliches und tiefes Interesse an ihrer Geschichte hatte.

„Du musstest also mit ansehen, wie dein Vater starb? Das muss furchtbar gewesen sein."

Isolde grub die Schneidezähne so tief in ihre Unterlippe, dass es schmerzte. Ihre Augen füllten sich mit Tränen. Sie blieb stehen. Da spürte sie eine sanfte Berührung an ihrem Arm. Emily hatte ihre Hand daraufgelegt.

„Es ist in Ordnung traurig zu sein", sagte sie. „Und es ist in Ordnung, zu weinen."

Da brachen all die Dämme, die die Flut aus Trauer und Schuld bislang zurückgehalten hatten. Isolde schluchzte und weinte hemmungslos. Emily trat zu ihr und zog sanft ihren Kopf an ihre Schulter. So standen sie eine ganze Weile da und Isolde fühlte sich so geborgen wie noch nie in ihrem Leben. Als schließlich die Tränen versiegten, blickte sie auf.

„Danke", sagte sie.

„Wofür?"

„Dafür, dass ich endlich meinen Vater beweinen konnte."

Emily lächelte ihr zu. „Gern geschehen", sagte sie. „Wollen wir auf deine Ausbildung zurückkommen?"

Isolde erzählte ihr von der geplatzten Hochzeit, ihrer Zeit im Seminar, ihrem Wunsch, zu lernen und zu reisen, dem Besuch der Fotoausstellung und dem Ratschlag Johann von Lindens.

„Und dann habe ich mich bei Sophia und Anita vorgestellt und sie haben mich als Lehrling angenommen."

Emily stellte ihr viele Fragen zu den Details der Ausbildung. Und Isolde freute sich, ihr alle ausführlich zu beantworten. Schließlich drehte sie den Spieß jedoch um: „Und als Telefonistin? Wie ist es damit?"

Emily rollte mit den Augen. „Es ist fordernd und anstrengend. Ich sitze den ganzen Tag vor dem großen Schaltrelais mit den tausenden von Klinken und einem

Dutzend Lämpchen, nehme Anrufe entgegen, versuche in Sekunden, die Gegenstelle zu erreichen, muss beide Leitungen offenhalten und die Verbindung dann umstecken und dabei darf ich die Farbe der Klinkenstecker nicht verwechseln. Oft gibt es Störungen und viele Anrufer sind unfreundlich, ich muss aber immer höflich und korrekt bleiben und am besten eine passende Frage-Antwort-Formel aus dem Fernsprech-Dialog-Lexikon anwenden, auch wenn ich manchmal sehr unschöne Worte auf der Zunge habe."

„Das kann ich mir vorstellen", sagte Isolde. „Wie lange arbeitest du schon als Telefonistin?"

„Seit etwas mehr als einem Jahr. Ich bin Anfang 1895 nach München gekommen. Aufgewachsen bin ich in Memmingen. Mein Vater betreibt dort einen Gasthof. Er wollte, dass ich bei ihm bediene und vielleicht einmal einen Kerl heirate, der sein Nachfolger werden könnte, da ich das einzige Kind der Familie bin. Aber beides wollte ich nicht."

„Warum?", fragte Isolde.

„Ich wusste schon von klein auf, dass ich nicht zur Wirtin geboren bin. Ich schlafe gerne lang, ich hasse es, zu kochen, und ich lese lieber, als mich mit Menschen abzugeben."

Isolde lachte. „Mir geht es ganz genau so."

„Und heiraten wollte ich nicht, weil ich nicht glaube, dass mir jemals der Mann fürs Leben über den Weg laufen wird."

Isolde wollte gerade fragen, warum sie das glaubte, doch Emily war schneller.

„Wie sieht es bei dir aus? Hast du Verehrer."

Isolde spürte, wie ihr Gesicht heiß wurde. Bestimmt war sie knallrot angelaufen. „Ja, ich hatte einen. Aber … ich weiß nicht. Ich habe seine Gefühle nicht erwidert."

Emily nickte. „Das kenne ich. Ich habe einmal einen Jungen geküsst und das fand ich eklig."

„Ja, so ging es mir auch."

Im Lauf der letzten Minute waren sie aneinandergerückt und standen nun ganz dicht zusammen.

„Aber dich zu küssen, stelle ich mir wunderbar vor", flüsterte Emily.

Sie hob ihren Kopf und Isolde beugte sich hinab. Ihre Lippen berührten sich, und als ein Feuerwerk herrlicher Gefühle in ihrem Bauch explodierte, wusste sie, dass es richtig war.

***

Elsa hatte mehr als die übliche Sorgfalt auf ihre Kleidung und ihre Toilette verwendet. Seit Tagen schon hatte sie auf diesen Abend hingefiebert. Der Jour der Freifrau von Schacky auf Schönfeld wäre die beste Gelegenheit, Eugen zu treffen und ihn zur Rede zu stellen.

Elsa war sich sicher, dass es sich bei der Angelegenheit um ein großes Missverständnis handeln musste. Am ehesten war es wohl so, dass Eugen von seinen Pflichten beim Regiment so sehr in Anspruch genommen worden war, dass er sie nicht hatte empfangen können. Vielleicht war an jenem Tag, als der Butler der von Lampecks sie abgewiesen hatte, der Regimentskommandeur bei ihm zu Besuch gewesen und Eugen hatte sich gezwungen gesehen, die Verbindung vor ihm zu verheimlichen. So war er nun einmal, der Ehrenkodex der Offiziere.

Heute würde sie herausfinden, was all das zu bedeuten hatte. Der Freiherr von Schacky auf Schönfeld war der Kommandeur von Eugens Regiment und gemeinsam mit seiner Frau war er Stammgast der Empfänge von Elsas Vater gewesen, so auch an jenem verhängnisvollen letzten Abend, als Papa der Schlag getroffen hatte. Die Freifrau war damals nicht müde geworden, sie zu ihren Jours einzuladen. Wahrscheinlich plagte sie ein schlechtes Gewissen, schließlich hatte ihr Mann die Hiobsbotschaft überbracht, die Papas Herzanfall ausgelöst hatte. Doch nach dem Skandal um Isoldes Hochzeit waren keine Einladungskarten mehr bei ihr eingegangen.

Als die Droschke sie dann vor dem Palais des Freiherrn ausspie, waren der Elan und der gute Mut, den sie den ganzen Tag über verspürt hatte, jedoch dahin. Würde die Baronin sie überhaupt empfangen?

Ein Diener öffnete die Tür. Sie reichte ihm ihre Karte und er führte sie in ein Vorzimmer, ehe er hinter einer weiteren Tür verschwand. Elsa hörte ein gedämpftes Stimmengewirr und das Klirren von Gläsern. Die Gesellschaft war schon versammelt. Der Bedienstete würde der Gastgeberin ihre Karte bringen und diese würde entscheiden, ob er Elsa einlassen oder sie wieder wegschicken sollte.

Bei dem Gedanken an die mögliche Demütigung lief es ihr eiskalt über den Rücken. Wenigstens würden die anwesenden Gäste nichts davon mitbekommen. Der Diener erschien wieder.

„Die gnädige Frau bittet Sie, einzutreten", sagte er und öffnete den Türflügel weit. Eine Welle der Erleichterung flutete durch Elsas Körper. Sie trat in den großen Salon des Palais und sofort spürte sie, dass sie hierhin gehörte. Ein Dutzend stilvoll und teuer gekleideter Damen, Honoratioren in Fräcken und gestärkten weißen Hemden und eine Gruppe von Offizieren in Galauniformen standen in Dreier- oder Vierergrüppchen zusammen und unterhielten sich. Die Sektkelche in den Händen der Gäste funkelten und blitzten im Schein des elektrischen Kronleuchters.

Die Freifrau trat auf sie zu. „Fräulein Hartmann", rief sie und einige der Anwesenden drehten ihr den Kopf zu. „Welch eine Freude, Sie bei mir begrüßen zu dürfen." Sie hielt sich die Hand vor den Mund. „Herrje, ich habe Ihnen noch gar nicht mein Beileid ausgesprochen zum Tode Ihres Herrn Vaters. Was für eine schreckliche Tragödie!"

„Vielen Dank", sagte Elsa und knickste. „Ja, das war ein großer Einschnitt für meine Schwester und mich."

„Kommen Sie mit!" Die Freifrau fasste Elsa bei den Händen und zog sie zu einer Gruppe von Damen, die neben einem hoch lodernden Kaminfeuer standen. „Darf ich Ihnen einen Punsch anbieten?"

„Aber sehr gerne", erwiderte Elsa.

Die Gastgeberin gab entsprechende Anweisungen und stellte sie den Anwesenden vor, allesamt von Adel. Zwei der drei Gesichter kannte sie von früheren Empfängen her.

„Und Sie leben nun bei Ihrem Onkel, habe ich gehört?", fragte die Freifrau. „Er ist Kunstmaler, nicht wahr?"

Elsa nickte. „Ja, erst vor Kurzem war Ihre Majestät, der Prinzregent bei uns und hat zwei Bilder erworben. Die Offiziere des Regiments Ihres Mannes haben ihn begleitet."

„Zwei Bilder auf einmal? Ich glaube, ich sollte Ihrem Onkel auch einmal einen Besuch abstatten", sagte sie. Elsa lächelte ihr zu und nippte an dem dampfenden Punsch, den ein Diener ihr gebracht hatte. Leider war die Gräfin nicht auf den Punkt mit den Offizieren eingegangen. Das Gespräch drehte sich um eine Depesche, die der Kaiser Anfang des Jahres an einen Burenführer geschickt hatte und die nun offenbar große diplomatische Verstimmungen mit England hervorgerufen hatte. Da Elsa keinerlei Interesse an der Politik hatte und auch nicht mehr im Mittelpunkt der Aufmerksamkeit stand, ließ sie ihren Blick zu der kleinen Gruppe von Offizieren hinübergleiten, die über einem Billardtisch lehnten und Zigarren rauchten. Ihr Herz schlug schneller, als sie Eugens Freund Hartmut von Waisen erkannte.

Sie entschuldigte sie bei den Damen und schlenderte scheinbar zufällig auf die Offiziere zu. Wenn Eugen schon nicht da war, wollte sie wenigstens seinen Kumpanen zur Rede stellen. Er sah sie, als sie den Raum halb durchquert hatte. Sein Gesicht nahm einen wachsamen Ausdruck an. Er ließ den Blick zur Eingangstür wandern, wahrscheinlich um abzuschätzen, wie rasch er fliehen konnte. Er würde ihr nicht entkommen. Sie hatte die Gruppe beinahe erreicht, als sie neben sich eine Stimme hörte:

„Fräulein Hartmann, was für eine schöne Überraschung."

Sie wandte sich dem Sprecher zu. Es war Frau Keyeserling. Während sie deren Fragen nach ihrem Befinden so knapp beantwortete, wie die Höflichkeit es zuließ, sah sie mit zunehmender Verzweiflung, wie von Waisen sich aus der Gruppe seiner Offizierskollegen löste und sich in Richtung der Tür davonstahl. Er durfte ihr nicht entfliehen. In diesem Moment kündigte der Diener den Freiherrn an, der Augenblicke später eintrat. Er hatte eine Hand auf den Griff des Säbels gelegt, der an seiner Seite hing. Mit der anderen fuhr er sich immer wieder durch seinen dichten Backenbart. In seinem Gefolge waren zwei Soldaten und einer davon war Eugen.

Elsas Herz setzte einen Schlag aus. Er sah sie beinahe sofort und seine Kiefermuskeln traten hervor. Der Freiherr ging auf seine Gattin zu, die ihn und seine Begleitung begrüßte. Das Gefolge löste sich daraufhin auf und Elsa sah ihre Chance. Sie ging auf Eugen zu und sagte: „Schön, Sie zu sehen, Herr von Lampeck.“

Er nickte ihr zu, seine Miene blieb jedoch starr.

„Ich hatte gehofft, von Ihnen zu hören. Nach dem, was wir geteilt haben.“

Er sah sie an und sein Blick war kalt. „Ich bedauere, dass meine Pflichten im Regiment es mir nicht mehr ermöglichen, private Verhältnisse zu pflegen. Und ich möchte Sie bitten, jegliche Art der Kontaktaufnahme zu unterlassen. Ich habe Ihnen nichts mehr zu sagen und ich kann mir nicht vorstellen, dass es Ihnen anders geht.“ Er nickte ihr zu und ging davon, um sich zu seinen Offizierskollegen zu gesellen.

Elsa sah ihm fassungslos nach.

KAPITEL 27

Mittwoch, 18. März 1896

Isolde langweilte sich. Sie versah nach längerer Zeit wieder einmal den Empfangsdienst, da Sophia ihrer Kollegin, deren Lehrzeit sich dem Ende zuneigte, noch einige Dinge zeigen wollte. Antonie war mit einem triumphierenden Blick abgezogen und im Studio verschwunden. Isolde hatte nicht einmal mit der Achsel gezuckt und sich hinter den Tresen gestellt.

An diesem Morgen war nur wenig los und so wanderten ihre Gedanken immer wieder zu jenem Abend im Englischen Garten zurück. Sie sah die dunklen, leuchtenden Augen von Emily näherkommen, spürte ihre weichen Lippen auf den ihren und genoss die kribbelnde Unruhe, die sich in ihrem Bauch breitmachte.

„Ich soll dir von Frau Goudstikker ausrichten, dass du noch die neuen Fotoplatten einräumen und in die Bestandslisten eintragen sollst", hörte sie eine Stimme sagen. Sie schreckte auf und sah Antonie vor sich. Mit einem spöttischen Lächeln auf den blutleeren Lippen deutete sie auf einen Stapel von aufeinandergestellten Kartons hinter der Theke. „Aber nicht wieder fallen lassen."

Isolde biss die Zähne zusammen, hob einen der Kartons auf und trug ihn in Richtung Lager davon.

Isolde öffnete mit dem Ellbogen die Tür. Sie knipste die Glühbirne an, die den Raum in ein dumpfes, schwaches Licht hüllte und stellte die Kiste auf den Boden. Sie war mit Fotoplatten gefüllt, die einzeln in dickes, schwarzes Papier verpackt waren, das gegen vorzeitige Belichtung schützen sollte. Isolde begann, das Regal aufzufüllen. Immer, wenn sie zehn Platten eingeräumt hatte, machte sie einen Strich auf der Inventarliste.

Eine halbe Stunde später sah sie zufrieden auf die langen Reihen von Fotoplatten, die ordentlich aneinandergereiht auf ihren Einsatz warteten. Sie nahm das Inventar und zählte die Markierungen zusammen. 276 Stück. Sie wollte die Liste gerade beiseitelegen, als ihr Blick auf das unterste Regal fiel, das mit den Restbeständen gefüllt war. Die Reihe wirkte kürzer aus als die, die sei eingeräumt hatte. Aber das konnte nicht sein, da die Regalfächer alle gleich breit waren. Sie zählte die Platten in der untersten Reihe durch und kam auf 57. Da fehlten drei. Sie schaute auf die Inventarliste, konnte aber keine Entnahme erkennen. Einer Idee folgend, erfasste sie den gesamten Bestand. Als sie damit fertig war, hatten sich die Falten auf ihrer Stirn vertieft. Im Inventar waren 276 Platten aufgeführt. Gezählt hatte sie aber nur 261. Das waren fünfzehn zu wenig. Da sie befürchtete, sich geirrt zu haben, zählte sie alle noch einmal durch. Erneut fehlten fünfzehn Stück.

Sophie Goudstikker stand im Studio und schraubte an einer Kamera herum. Sie murmelte leise vor sich hin. Isolde vermutete, dass sie in ihrem plattdeutschen Dialekt fluchte, weil sie die Worte nicht verstand.

„Frau Goudstikker", sagte sie.

Sophia wandte sich um. Ihr Gesicht war rot und eine blonde Strähne klebte an ihrer Stirn. „Kaputt", sagte sie. „Schau mal."

Isolde trat näher und ihr Blick folgte Sophias ausgestrecktem Zeigefinger. Sie sah den Schaden sofort. Ein Schräubchen zur Einstellung der Blende war abgebrochen. Der Metallrahmen daneben war verbogen.

„Die Kamera muss umgefallen sein", sagte Isolde.

Sophia legte den Kopf schief. „Ich habe sie nicht umgeworfen. Und ich denke, dass Anita mir gesagt hätte, wenn ihr ein Missgeschick unterlaufen wäre."

Sie sah Isolde forschend an. Diese hielt dem Blick ihrer Chefin stand.

„Ich war es nicht", sagte sie.

„Nun, dann werde ich einmal mit Antonie sprechen müssen", murmelte Sophia. „Aber was führt dich zu mir?"

Isolde holte tief Luft. „Mir ist etwas aufgefallen."

Sophia sah sie auffordernd an, und so begann sie, ihr von den fehlenden Fotoplatten zu berichten. Die Falten auf der Stirn der Chefin vertieften sich.

„Du bist dir sicher, dass fünfzehn Stück fehlen?", fragte sie.

Isolde nickte. „Deshalb bin ich ja zu Ihnen gekommen. Wäre es … wäre es vielleicht möglich, dass Sie oder Frau Augspurg die Platten benutzt und dann vergessen haben, sie aus dem Inventar zu streichen?"

Sophie kratze sich an der Stirn. „Grundsätzlich wäre das schon möglich", sagte sie. „Wir sind ja auch nur Menschen. Sehr gut aussehende und schlaue Menschen, aber eben nur Menschen." Sie zwinkerte ihr zu. „Aber da wir so schlau sind, haben wir für Fälle wie diesen eine Sicherung eingebaut. Komm mit!"

Sie führte sie aus dem Studio zur Dunkelkammer. In einem Nebenraum lagerten die entwickelten Fotos und warteten auf ihre Auslieferung. Sophie zog aus einem Regal eine dicht beschriebene Liste.

„Das hier ist eine genau Auflistung der Platten, die wir entwickelt haben. Neben dem Datum haben wir vermerkt, wenn eine oder mehrere Platten kaputt oder unbrauchbar waren."

Isoldes Herz schlug rascher, als sie begriff.

„Wenn ich die beiden Listen abgleiche, könnte ich feststellen, ob die fünfzehn Platten wirklich fehlen, oder ob Sie und Frau Augspurg vergessen haben, sie auszutragen."

„Schlaues Mädchen", sagte Sophia und zwinkerte ihr zu.

„Dann mach das mal und komm danach zu mir. Wenn wir tatsächlich so unachtsam waren, muss ich mal ein ernstes Wörtchen mit Anita sprechen."

Und wenn nicht, musste sie sich Antonie zur Brust nehmen, dachte Isolde. Ihre Kollegin war die einzige Person, die außer ihr und den Chefinnen Zugang zum Lager hatte. Sie nahm die Liste mit und verglich sie mit den Beständen. Sie stimmten überein. Isolde pfiff leise durch die Zähne. Sie hatte richtig gelegen mit ihrem Verdacht. Jemand hatte fünfzehn Platten entwendet.

Sie ging zur Buchhalterin, die in einem kleinen Büro im ersten Stock saß und Rechnungen sortierte. Als Isolde ihr ihr Anliegen geschildert hatte, zog sie zielsicher die Belege für den Ankauf der Fotoplatten heraus. Eine halbe Stunde später war Isolde sich sicher, dass hier ein Diebstahl vorliegen musste. Die Sollzahlen und die tatsächlichen Bestände hatten vor etwa drei Monaten zu divergieren begonnen. Sie trug das Auftreten der Differenzen in einen Kalender ein und stellte fest, dass in insgesamt fünf Wochen jeweils zwei oder drei Platten verschwunden waren. Als sie genauer hinsah, bemerkte sie, dass die Sonntage vor diesen Wochen immer mit dem Wort „Abwesend" bezeichnet worden waren, was bedeutete, dass Anita und Sophia nicht im Atelier gewesen waren. Die Zahnräder in ihrem Kopf, die auf Hochtouren gearbeitet hatten, rasteten mit einem Mal ein und sie ahnte, was hier vor sich ging.

***

Elsas Magen revoltierte. Das Spiegelei, das glänzend und dampfend auf dem Teller vor ihr lag und nach Fett und Röstaromen roch, löste eine Welle der Übelkeit in ihr aus.

Sie schloss die Augen und atmete tief ein und aus. Es half nichts. Sie klingelte. Kurz darauf betrat Zenzi den Raum.

„Gnädiges Fräulein?"

Elsa deutete auf das Spiegelei. „Das ist verdorben. Ich will mir damit nicht den Magen verstimmen. Bringen Sie es bitte raus!"

Zenzi trat zu dem Tischchen, besah sich das Ei mit ihren Krötenaugen unter den schwer herunterhängenden Tränensäcken und sagte dann: „Das ist frisch gelegt worden. Heute Morgen. Das kann nicht verdorben sein."

„Es ist verdorben", rief Elsa. „Und ich werde es ganz bestimmt nicht essen. Bringen Sie es raus!"

Zenzi musterte sie. Elsa stellte sich auf weiteren Widerspruch ein, doch die Haushälterin folgte dem Befehl und trug den Teller mit dem Spiegelei ab. Als sich die Tür hinter ihr schloss, eilte Elsa an das Fenster und riss es auf. Die kalte Luft war eine Wohltat. Sie atmete sie tief ein und spürte, wie die Übelkeit einem flauen Gefühl wich.

In den letzten Tagen war ihr öfter einmal schlecht geworden. Aber das war kein Wunder. Sie hatte nächtelang darüber nachgegrübelt, wie sie sich an dem Lieutenant rächen könnte. Sie hatte sich vorgestellt, wie sie seinen guten Ruf und seine Karriere beim Militär zerstören würde. Das hatte sich großartig angefühlt, war aber doch nur eine Fantasie geblieben.

Sie hatte keine Ahnung, wie sie konkret Vergeltung üben könnte. Wer sollte ihr denn glauben, dass Eugen sie verführt und danach sitzen gelassen hatte? Lächerlich, einem adeligen Ehrenmann so etwas zu unterstellen. Wenn er es abstritt, stand sie als Lügnerin da, da konnte sie die Wahrheit ihrer Worte beteuern, so viel sie wollte. Zeugen gab es keine. Und seine Freunde würden Stein auf Bein schwören, dass an jenen Abenden nichts geschehen war.

Der Gedanke trieb ihr die Tränen in die Augen. Es war eine maßlose Ungerechtigkeit. Sie war zur Untätigkeit verdammt, weil sie dem „schwachen Geschlecht" angehörte. Dabei fühlte sie sich keineswegs schwach. Sie besaß ihre Schönheit und auf den Kopf gefallen war sie auch nicht. Beides verlieh ihr Macht. Sie musste nur die Gelegenheit bekommen, sie auszuüben.

Es klopfte an der Türe und ohne ein einladendes Wort abzuwarten, betrat Zenzi den Raum. Sie trug einen Stapel weißer Leinenbinden.

„Für das Fräulein. Es wird wohl Zeit dafür sein", sagte sie und mied Elsas Blick.

Sie sah erschrocken den Wäscheberg an. Daran hatte sie ja gar nicht mehr gedacht. Zenzi wollte schon hinausgehen, als Elsa sagte: „Woher wissen Sie ... ich meine ... dass es Zeit ist?"

„Ich mache jeden Tag die Wäsche. Aber es ist schon eine ganze Weile her, dass ich das letzte Mal die Binden des Fräuleins gewaschen habe", sagte sie. „Zehn Wochen", setzte sie tonlos hinzu.

Elsa wurde es heiß und kalt. Waren seit ihrer letzten Blutung schon zehn Wochen vergangen? Das konnte nicht sein. Oder doch? Sie kümmerte sich nicht um diese lästigen Details. Isolde führte genau Buch darüber, das wusste sie, weil sie ihr Journal gelesen hatte.

„Vielleicht sollte das junge Fräulein sich einmal von einem Arzt untersuchen lassen", sagte Zenzi, und als Elsa ansetzte, etwas zu erwidern, setzte sie hinzu: „Es steht mir nicht an, das zu sagen, ich weiß. Aber in solchen Fällen ist Eile geboten. Ich weiß einen Arzt, der keine Fragen stellen wird. Das Fräulein möchte sicher nicht, dass der Onkel es mitbekommt."

Elsa stand da wie vom Donner gerührt. Die panische Angst vor den Konsequenzen von dem, worüber Zenzi hier so ganz selbstverständlich sprach, lähmte sie. Mit einer enormen Kraftanstrengung schaffte sie es, den Kopf zu schütteln.

„Gut, ich kümmere mich darum und gebe dem Fräulein Bescheid."

Elsa sah zu Boden. „Ich … es ist nicht so, wie Sie denken."

Zenzi sah sie aufmerksam an. „Ich denke mir gar nix", erwiderte sie.

Elsa hob den Kopf. „Natürlich denken Sie sich etwas. Das tun doch alle. Jeder, der von meiner Lage erfährt, wird seine Schlüsse ziehen. Dass ich ein leichtes Mädchen bin, das es mit den Offizieren treibt. Und doch war es ganz anders."

„Wie war es denn?"

Elsas Augen weiteten sich, die Frage war impertinent. Aber in diese Richtung war sie von Zenzi ja schon einiges gewöhnt. Sie wollte die Haushälterin zurechtweisen, doch dann strömten andere Worte aus ihr hervor. Sie erzählte alles – von der ersten Begegnung mit Eugen bis zu jenen rauschenden Ballabenden und dem bösen Erwachen danach.

„Und er leugnet, das Fräulein zu kennen?"

Elsa nickte.

Zenzi schüttelte den Kopf. „Diese Adelsbuben sind auch nicht besser als die gemeinen Tagelöhner", brummte sie. „Wir wollen den Teufel nicht gleich an die Wand malen, aber es kann schon sein, dass das Fräulein guter Hoffnung ist."

Elsa spürte, wie die Übelkeit in ihren Eingeweiden brodelte. „Was soll ich tun?", stieß sie hervor.

Zenzi trat auf sie zu und nahm ihre Hand. Die Haut der Dienstbotin fühlte sich rau und kalt an, doch die Berührung tat ihr gut. „Zuerst müssen wir in Erfahrung bringen, ob das Fräulein wirklich ein Kind erwartet. Wir gehen zu einem Arzt."

„Und wenn ich tatsächlich schwanger sein sollte?"

Zenzi sah sie lange an. Schließlich sagte sie: „Dann sehen wir weiter."

KAPITEL 28

Freitag, 20. März 1896

Als Isolde am Morgen das Atelier betrat, spürte sie, dass etwas anders war. Sie konnte die Quelle dieser Empfindung nicht bestimmen und das ärgerte sie. Sie bevorzugte es, Phänomenen auf den Grund zu gehen und bei Gefühlen oder auch nur einfachen Stimmungen fiel ihr das ungeheuer schwer. Doch darum handelte es sich in diesem Fall. Ein Bauchgefühl. Und zwar eines der unangenehmen Sorte.

Sie hängte den Mantel in ihren Spind und trat ins Studio, dessen Türen weit offenstanden. Zu ihrem Erstaunen sah sie, dass sich die gesamte Belegschaft hier versammelt hatte. Sophia lehnte an der rückwärtigen Wand, die normalerweise als Hintergrund für die Aufnahmen diente. Die Angestellten hatten sich in einem Halbkreis um sie aufgestellt. Ganz links die Retuscheurin, daneben Fanny Weißgerber, die Buchhalterin. Sie kaute an ihren ohnehin schon viel zu kurzen Fingernägeln. Die beiden Damen aus dem Labor schlossen sich an. Auf der rechten Seite komplettierte Antonie die Reihe. Sie hatte eine gelangweilte Miene aufgesetzt. Isolde stellte sich in die Lücke zwischen der Auszubildenden und den Labordamen.

„Nun, dann sind wir ja alle komplett“, sagte Sophia. Ihr Mund war klein und leicht gespitzt. Isolde kannte diesen Ausdruck an ihr und er gefiel ihr gar nicht. Den setzte sie nur auf, wenn sie wütend war.

„Ich will gleich zum Punkt kommen“, fuhr sie fort. Im Raum war es vollkommen still. Isolde konnte nicht einmal die Atemzüge der Anwesenden hören. Ob sie ebenso die Luft anhielten wie sie selbst?

„Aus der Kasse wurde Geld entwendet. Es fehlen vierzig Mark.“

Isolde hielt den Atem an. Sie sah sich verstohlen um. Personen von außerhalb hatten keine Möglichkeit, in die Kasse zu greifen. Die Schuldige musste sich als hier im Raum befinden.

„Ich fordere die Diebin – denn mir fällt keine andere Bezeichnung ein – auf, vorzutreten und das Geld herauszugeben.“

Niemand meldete sich. Sophia ließ ihren Blick über die Anwesenden schweifen. Ihre Augen waren klein und die Stirn darüber in tiefe Falten gelegt. Isolde wollte nicht in der Haut der Kollegin stecken, die den Zorn abbekam, der sich hinter diesen Augenbrauen zusammenbraute.

„Gut, wenn es keine freiwilligen Geständnisse gibt, muss ich zum Äußersten greifen. Ich werde die Spinde durchsuchen.“

Isolde hörte, wie die Laborantin neben ihr erschrocken die Luft einsog. Die Buchhalterin und die Retuscheurin wechselten erstaunte Blicke.

„Sie werden sich alle im Wartebereich versammeln und ich werde der Reihe nach die Schränke inspizieren“, präzisierte Sophia ihre Ankündigung.

Isolde wandte sich um und ging voran. Antonie folgte ihr dichtauf. Dahinter schlossen die Kolleginnen sich an. Sie nutzte ihren Spind nur, um ihren Mantel und ihre Brotzeit darin zu verstauen. Deshalb steckte der Schlüssel in der Tür. Sie hatte es nie für nötig gehalten, abzusperren.

„Nicht alle auf einmal", sagte Sophia und schob sich an Isolde vorbei.

„Ich werde Sie der Reihe nach hereinrufen. Sie werden Ihren Schrank vollständig ausräumen, sodass ich den Inhalt inspizieren kann"

Isolde seufzte. Das würde eine Ewigkeit dauern. Sie war eine der letzten, da ihr Spind im hinteren Bereich des Raumes lag. Nacheinander verschwanden die beiden Laborantinnen kreidebleich im Nebenraum, um Minuten später mit roten Köpfen herauszukommen. Dann tat die Buchhalterin es ihnen nach. Sie war nur wenige Augenblicke bei Sophia, da sie ihren Schrank nicht nutzte. Bei Antonie dauerte es dagegen mehr als zehn Minuten und Isolde ertappte sich bei dem Gedanken, dass es eine glückliche Fügung des Schicksals wäre, wenn das Geld bei ihr gefunden würde. Sie schalt sich dafür und spürte den Stich eines schlechten Gewissens, zugleich konnte sie die angenehmen Gefühle nur schwer unterdrücken, die bei der Vorstellung in ihr entstanden, dass Antonie das Atelier verlassen musste.

„Du bist die nächste", sagte sie zu Isolde, als sie in den Wartebereich zurückkehrte.

Isolde trat in die kleine Kammer hinter dem Empfangstresen. Sophia saß auf einem Stuhl und deutete auf den Spind.

„Der Schlüssel steckt ja schon. Öffne ihn bitte und lege deine Sachen auf den Boden. Ich glaube zwar nicht, dass ich das Geld ausgerechnet bei dir finde, aber ich muss alle gleich behandeln."

Isolde trat zu dem Schrank und öffnete ihn. Sie räumte ihren Mantel heraus und legte ihn auf den Boden. Dann drehte sie sich um, um nachzusehen, ob sich noch etwas im Spind befand. Sie erstarrte. Auf dem Schrankboden lagen mehrere Geldscheine und Münzen.

„Was ist?", fragte Sophia. Wortlos nahm Isolde das Geld auf, drehte sich um und hielt es Sophia hin. Die Chefin starrte das Geld an. Dann hob sie den Blick und sah Isolde an. Ihr wurde schwindelig und schwarze Punkte begannen, vor ihren Augen zu tanzen.

Ich war das nicht, wollte sie sagen, doch sie brachte keinen Ton heraus, da ihre Kehle zugeschnürt war.

„Nun, Fräulein Hartmann", sagte Sophia. „Ich glaube, wir haben da ein Problem."

***

„Es wird Zeit."

Elsa hob den Kopf. Sie lag auf ihrem Bett und fühlte sich schwer wie ein Block Carraramarmor. Zenzi klopfte an die Tür und steckte den Kopf herein. Sie hatte sich ausgehfertig gemacht und ein keckes Hütchen auf ihre krausen, mausgrauen Haare drapiert. Durch den Nebel aus Verzweiflung und Müdigkeit bemerkte sie, dass es der Haushälterin gut stand. Elsa fühlte sich unendlich schwer. Sie versuchte, sich aufzuraffen, sackte dann jedoch wieder in die Laken zurück. Wenn sie doch einschlafen und nie mehr aufwachen könnte!

„Kommen's, stehen's auf. Bringen wir's hinter uns."

Zenzi trat zu Elsa, packte ihren Arm und zog daran. Elsa war zu schwach, um zu protestieren. Sie ließ sich zu ihrer Waschschüssel führen und schaffte es, ihr Gesicht mit Wasser zu benetzen, während die Haushälterin ihr die Kleidung zurechtlegte.

Eine Viertelstunde später waren die beiden Frauen unterwegs. Zenzi bewegte sich sicher durch das Labyrinth von Gässchen, die das alte Schwabing durchzogen. Viele waren noch nicht gepflastert worden und sie mussten immer wieder Pfützen und kleinen Schlammtümpeln ausweichen. Elsa war es gleichgültig, ob ihr Kleid Spritzer abbekam oder ihre Schuhe nass wurden und wenn Zenzi sie nicht geführt hätte, wäre sie wohl irgendwo verloren gegangen.

Sie hielten vor einem dreistöckigen Gebäude, das schon bessere Zeiten gesehen hatte. Der ehemals weiße Putz war von grauen Schlieren durchzogen und an mehreren Stellen abgebröckelt. Die Fenster waren blind und von der Haustüre blätterten grüne Farbfragmente ab. Neben dem Eingang hing ein Schild an der Wand: *Dr. Werner Draimer, Arzt.*

Elsa sah Zenzi fragend an: „Ich hatte gedacht, wir gehen zu einem der Doktoren in der Maxvorstadt", sagte sie.

Zenzi zog eine Augenbraue nach oben. „Damit das Fräulein dort Bekannte aus den besseren Kreisen trifft?"

Elsa schluckte. Ihr graute vor der Vorstellung, im Wartezimmer eines Arztes auf Frieda oder andere

Freundinnen von früher zu treffen. Was sollte sie denen antworten, wenn sie fragten, warum Elsa die Sprechstunde aufsuchte, woran sie litt? Sie sah noch einmal an der Fassade des Hauses empor. Nun, eines war sicher, hier würde sich ganz bestimmt keine ihrer Bekannten behandeln lassen.

„Ist das denn ein richtiger Arzt?", fragte sie.

Zenzi stieß ein schnaubendes Lachen aus. „Und was für einer. Der ist sich nicht zu fein, einen halb erfrorenen Bettler abzuhören, wo andere sich nicht ihre Finger schmutzig machen wollen."

Elsa nickte. Sie hatte gehört, dass es Ärzte gab, die sich ganz bewusst in Stadtteilen niederließen, in denen ärmere Münchener wohnten. Da kam ihr ein Gedanke, der sie erschreckt zusammenzucken ließ. „Wie bezahlen wir denn? Ich habe gar kein Geld bei mir."

Zenzi schüttelte den Kopf. „Darum kümmere ich mich."

Elsa schluckte. „Ich will nicht, dass Sie für mich bezahlen."

„Die Herrschaft kann es mir ja wieder geben, wenn Sie selbst über Geld verfügt", erwiderte Zenzi ungerührt. „Und der Herr Doktor verlangt nicht viel für seine Untersuchung."

Sie öffnete die Tür und hielt sie auf. Mit der freien Hand bedeutete sie Elsa, einzutreten. Im Flur roch es nach Feuchtigkeit und Schimmel. Sie stiegen eine Treppe hinauf in den ersten Stock. Die Stufen knarrten und oben konnte sie zunächst kaum etwas erkennen, weil es so dunkel war. Durch eines der blinden Fenster fiel ein wenig Licht. Es beleuchtete eine Tür, auf der noch einmal *Dr. Werner Draimer, Arzt* stand.

Elsa öffnete sie und zuckte zurück. Wahrscheinlich handelte es sich um ein Wartezimmer, doch für sie sah es eher aus wie der Vorhof zur Hölle. Auf einem halben Dutzend Stühlen saßen zerlumpte und schmutzige Gestalten. Ein Kerl von höchstens zwanzig Jahren hustetet Blut in ein mit rotbraunen Flecken verkrustetes Taschentuch. Neben ihm kauerte eine Greisin auf dem Boden, die ihre Knie umfasst hielt, hin und her schaukelte und leise wimmerte. Ein durchdringender Geruch nach ungewaschenen Körpern und Krankheit drängte sich in Elsas Nase. Sie wandte sich um.

„Sollen wir es doch in der Maxvorstadt probieren?", fragte sie, aber ihr war klar, dass das eine rhetorische Frage war. Sie würde sich ganz bestimmt nicht der Gefahr aussetzen, dort erkannt zu werden.

In der Ecke des Raumes sah sie einen Schemel stehen, der gut einen Meter von der nächsten Patientin entfernt war, einer zerlumpten Gestalt, die ein schreiendes Baby in den Armen wiegte. Sie steuerte darauf zu und ließ sich nieder.

Das Warten war eine Qual. Nach einer halben Stunde, in der die Ausdünstungen der Anwesenden ihr eine Übelkeitsattacke nach der anderen beschert hatten, hatte sie Zenzi gebeten, bei dem Arzt zu erwirken, dass sie vorgezogen wurde. Doch die Haushälterin hatte sich geweigert und sie darauf hingewiesen, dass hier jeder ausharren musste, bis er an die Reihe kam und dass Dr. Draimer keine Ausnahmen machte. Elsa hatte sich in ihr Schicksal ergeben und weitere fünfundvierzig Minuten durchgestanden, bis der Arzt sie endlich hereinrief. Zenzi begleitete sie in das Behandlungszimmer.

Dr. Draimer war ein korpulenter Mann mit einem struppigen Bart. Seine wachen Äuglein musterten sie eingehend.

„Sie sind in Sorge, guter Hoffnung zu sein“, begann er ohne Umschweife.

Elsa riss ihre Augen auf. „Wie kommen Sie …“

Er hob die Hand. „An Ihrem Kleid sehe ich, dass Sie üblicherweise Kollegen konsultieren, die Sie zu Hause aufsuchen. Wenn junge Damen Ihres Standes sich in meine Praxis bemühen, haben Sie entweder die Sorge, schwindsüchtig zu sein oder ein Kind zu erwarten. Da Sie weder husten noch ausgezehrt sind, schließe ich auf das Letztere.“

Elsa atmete tief durch. „Da liegen Sie richtig“, sagte sie.

„Gut, dann werde ich Sie untersuchen.“

Die nächsten zehn Minuten gehörten zu den peinlichsten Erfahrungen in Elsas Leben. Der Arzt wollte genau wissen, wann und wie oft sie mit Eugen verkehrt hatte. Danach hatte er ihren nackten Bauch abgetastet und zwischen ihre Beine gesehen. Schließlich hatte er sie gebeten, sich wieder anzuziehen, und war zu seinem Schreibtisch zurückgekehrt.

„Es ist noch früh in der Schwangerschaft, aber der Uterus ist vergrößert. Sie erwarten ein Kind. Im November dürfte es so weit sein.“

Elsa schloss die Augen, als die Verzweiflung über sie hereinbrach.

KAPITEL 29

Samstag, 21. März 1896

Isolde war ungewöhnlich lange im Bett geblieben. Als sie aufgewacht war, hatte sie an die Decke gestarrt. Dort hatte sich wie in einer Camera obscura immer wieder dieselbe Szene abgespielt. Wie sie ihren Spind leer räumte. Wie sie die Scheine und die Münzen entdeckte. Wie sie Sophia das Geld zeigte. Wie diese es musterte, dann den Blick auf Isolde richtete und ihr befahl, sofort ihre Sachen zu packen und zu verschwinden. Aber das war nicht das Schlimmste. Am furchtbarsten war der Weg durch das Spalier der wartenden Belegschaft gewesen, an dessen Ende Antonie gestanden hatte, ein triumphierendes Lächeln auf dem Gesicht.

Antonie. Bei dem Gedanken an ihre Widersacherin ballte Isolde die Fäuste. Sie steckte hinter der Geschichte mit den fehlenden Fotoplatten. Da war sie sich sicher. Das Geld hatte sie in ihrem Spind platziert, damit Sophia es fand und Isolde bestrafte. Wie hatte sie auch nur so dämlich sein können, ihren Schlüssel stecken zu lassen! Wenn sie doch nur eine Chance gehabt hätte, Sophia von ihrem Verdacht zu berichten. Aber die hatte ihr keine Möglichkeit mehr gegeben, sich zu rechtfertigen. Tränen traten in ihre Augenwinkel. Tränen der Verzweiflung, Tränen der

Trauer um diesen wunderbaren Arbeitsplatz, aber auch Tränen der Wut auf Antonie und ihre Intrige.

Ihre Kehle war ausgetrocknet. Isolde warf sich ihren Morgenrock über, schlüpfte in ihre Pantoffeln und stieg langsam die Treppe hinunter. Im Haus war es noch kalt, obwohl draußen ein weiterer, herrlicher Frühlingstag angebrochen war.

Sie ging in die Küche. Zenzi war nirgendwo zu sehen. Über einem Samowar hing eine metallene Kaffeekanne. Sie nahm sich eine Tasse und goss sich einen Schwall des braunen Getränks ein. Dann fischte sie die Zuckerdose vom Regal und gab zwei Löffel dazu. Mit dem dampfenden Gefäß in der Hand ging sie in Richtung Salon. Sie öffnete die Tür und sah, dass die Récamiere bereits besetzt war.

„Elsa", sagte sie. „Guten Morgen."

Ihre Schwester hob langsam den Kopf. Isolde erschrak. Sie sah aus wie ein Geist. Die rot geweinten Augen lagen in tiefen, beinahe schwarzen Höhlen. Ihr Gesicht war bleich, die Haare zerzaust. Der Blick wirkte glasig, so als ob sie durch sie hindurchsehen würde.

„Was ist los mit dir?" Sie stellte den Becher auf den Tisch, nahm Elsas Hand zwischen ihre und erschauderte. Die Haut war eisig.

„Es ist nichts", sagte Elsa leise. „Mir ist nur kalt."

Isolde sah zu dem Kamin, in dem ein Feuer loderte. „Na, dann hoffe ich einmal, dass du dich hier ein bisschen aufwärmen kannst."

„Warum bist du nicht beim Arbeiten?", fragte Elsa.

Isolde seufzte. „Ich habe meine Ausbildungsstelle verloren."

Elsas Augen weiteten sich ein wenig. „Warum das?"

Isolde zögerte. Sie hatte keine Lust, von den Ereignissen des Vortags zu berichten. Aber Elsa sah sie mit echtem Interesse an und so gab sie sich einen Ruck und erzählte ihr alles, was vorgefallen war.

„So eine falsche Schlange", sagte ihre Schwester, als sie den Bericht zu Ende gehört hatte. „Diese Antonie meine ich. Wie willst du es ihr heimzahlen?"

„Heimzahlen?", fragte Isolde irritiert. „Warum sollte ich es ihr heimzahlen wollen?"

„Weil sie nichts anderes verdient hat!" Elsas Wangen hatten sich gerötet und ihre Augen blitzten und funkelten. „Weil Lügnern und Betrügern das Handwerk gelegt werden muss."

„Ich weiß nicht, wie ich das anfangen sollte. Und ich weiß auch nicht, was es nützen könnte. Sophia wird mir ohnehin nicht glauben."

Elsa seufzte. „Du bist zu gut für diese Welt. Oder zu naiv."

Isolde legte den Kopf schief. „Nun, so naiv, dass ich nicht sehen würde, wie schlecht es dir geht, bin ich aber doch nicht. Was ist los?"

Das Funkeln verschwand aus Elsas Augen. „Ich … ich kann nicht."

„Was kannst du nicht?"

Elsa schluckte. Ihr ganzer Körper zitterte. Es sah aus, als ob sie gegen eine überwältigende Übelkeit anzukämpfen hätte.

„Du wirst mich verurteilen", stieß sie schließlich hervor.

„Warum sollte ich dich verurteilen? Ich bin deine Schwester. Und auch wenn wir nicht das engste oder freundschaftlichste Verhältnis zueinander haben, bin ich auf deiner Seite, gleichgültig, was kommt. Als deine Anwältin. Nicht als deine Richterin."

„Ich habe etwas moralisch Verwerfliches getan", flüsterte Elsa. Isoldes Mund wurde trocken. Was würde sie ihr offenbaren? Welches Geheimnis machte ihr so zu schaffen?

„Nun, was immer du getan hast, was daran kann so schlimm sein, dass du es vor mir verbergen müsstest."

Elsa schloss wieder die Augen. Ihre Worte waren kaum hörbar, als sie sagte: „Ich erwarte ein Kind."

Isolde fühlte sich, als ob der Boden unter ihren Füßen weggezogen würde. Ihr erster Impuls, war nachzufragen, ob Elsa es noch einmal wiederholen könnte, weil sie es womöglich falsch verstanden hatte. Dann folgte die Wut. Wut auf Elsas verantwortungsloses Verhalten, ihre Unfähigkeit, sich dem Leben zu stellen. Und schließlich erfüllte sie Sorge. Anstatt etwas zu erwidern, kniete sie sich neben sie und nahm sie in ihre Arme. Sie spürte, wie der Körper ihrer Schwester bei der Berührung erbebte und dann benetzten Tränen ihre Wange. Isolde streichelte Elsa über das Haar und flüsterte ihr ins Ohr, dass alles gut werde, dass sie für sie da sei und dass sie das gemeinsam durchstehen würden.

Schließlich hob Elsa den Kopf. „Ich habe mich entschlossen, das Kind wegmachen zu lassen."

Isolde hielt sich eine Hand vor den Mund und starrte ihre Schwester mit weit aufgerissenen Augen an.

„Zenzi kennt eine Frau, die das kann."

„Hast ... hast du dir das gut überlegt?", fragte Isolde.

„Ich brauche keine Ratschläge, was zu tun ist. Ich weiß, dass ich kein Kind austragen kann von einem

Mann, der nichts mit mir zu tun haben will", rief sie. „Wenn ich das Kind bekomme, ist meine Zukunft besiegelt. Ich werde immer eine Ausgestoßene sein. Und das will ich nicht. Das kannst du schrecklich finden oder moralisch verwerflich. Aber es ist meine Entscheidung und dazu stehe ich."

Isolde sah Elsa lange an. Dann sagte sie: „Es geht nicht darum, was ich darüber denke. Ich bin deine Schwester. Und wenn du mich brauchst, bin ich für dich da."

Wieder traten die Tränen in Elsas Augen und die beiden fielen sich in die Arme.

***

Es klopfte an der Tür und Zenzi kam herein. Die Haushälterin hielt inne und sah Isolde zögernd an.

„Kommen Sie", sagte sie. „Elsa hat mich ins Bild gesetzt."

Langsam kam Zenzi näher. „Ich habe doch nur helfen wollen", sagte sie leise.

„Und das hast du getan. Dafür danke ich dir. Du warst für meine Schwester da und hast dich um sie gekümmert. Das wäre meine Aufgabe gewesen."

Die Haushälterin schwieg.

„Diese Frau", sagte Isolde. „Versteht sie ihr Handwerk?"

„Sie ist eine Hebamme. Hat meinen Sohn zur Welt gebracht, den Wiggerl, der nach Amerika ausgewandert ist." Sie hielt kurz inne und fuhr dann fort. „Sie hat mir das zweite Kind weggemacht. Wir waren arm damals, mein Mann und ich, haben kaum den Wiggerl durchgebracht. Und dann ist mein Mann schwer krank geworden und ich war guter Hoffnung."

Sie strich sich über die Augen.

„Das... das muss furchtbar für dich gewesen sein", sagte Isolde. Ihre Kehle fühlte sich ganz eng an.

„Das war es. Es ist nicht recht, ein Ungeborenes wegmachen zu lassen. Es ist gegen das Gesetz. Und auch gegen die Kirche. Aber ich hab mir nicht anders zu helfen gewusst. So wie Ihr Fräulein Schwester."

„Ich habe mit Elsa gesprochen", sagte Isolde. „Sie ist bereit. Ich werde sie begleiten."

Zenzi sah sie mit großen Augen an. „Aber dann sind Sie mit im Schlamassel drin, wenn das öffentlich wird."

Isolde zuckte mit den Achseln. „Dann soll es so sein. Meine Schwester braucht mich, das ist wichtiger."

Sie fühlte, wie Elsa ihre Hand drückte. „Lass uns aufbrechen", sagte sie mit zitternder Stimme.

Es hatte zu regnen begonnen und ein kalter Wind blies durch die Gässchen. Zenzi führte sie in eine Ecke von Schwabing, in der Isolde noch nie gewesen war. Hier standen windschiefe Häuschen, vor denen Misthaufen vor sich hin gärten. Es sah aus wie in einem Dorf im hintersten Niederbayern.

Die Hebamme wohnte in einem Holzhaus am Rand eines Wäldchens. Aus dem Kamin stieg eine dünne Rauchfahne auf, die der kräftige Wind rasch auseinandertrieb. Zenzi klopfte.

Die Hebamme, eine einfach aber sauber gekleidete alte Frau mit gichtgekrümmten Fingern, bat die Besucherinnen herein und führte sie in ein Zimmer im hinteren Teil der Hütte. Dort lag eine Strohmatratze auf dem Boden. Im Eck, auf einem kleinen

Holzkohleofen, stand ein Kessel, in dem das Wasser sprudelte und Blasen warf. Daneben hing eine Petroleumlampe an der Wand, unter der eine Reihe von Nadeln in verschiedenen Stärken und Längen lag. Isolde durchfuhr es eiskalt, als sie begriff, dass diese Instrumente der Frau dazu dienen würden, das Kind aus Elsas Leib zu entfernen.

„Wie lange ist die letzte Blutung her?", fragte die Hebamme Elsa. Diese wechselte einen Blick mit Zenzi, dann sagte sie:

„Elf Wochen."

Die Engelmacherin nickte. „Gut, dann können wir es machen. Die Leibesfrucht ist noch nicht zu groß. Nach dem dritten Monat ist es aussichtslos."

Elsa war kreidebleich geworden. „Wie wird es ablaufen?", fragte sie. „Geben Sie mir einen Trank oder eine Arznei?"

Die Hebamme schüttelte den Kopf. „Es gibt zwar Kräuter, die vorzeitige Wehen und Abgänge auslösen können, aber das ist keine sichere Methode. Ich muss die Leibesfrucht auf mechanischem Wege herausholen."

Elsa schloss die Augen. Ein Zittern durchlief ihren Körper.

„Und wie machen Sie das?"

Die Hebamme deutete auf die Nadeln neben der Lampe. „Ich werde zunächst die Gegebenheiten untersuchen und entscheiden, welche Nadelstärke ich benötige. Dann halte ich die Nadel ins Feuer und biege ihre Spitze, sodass ich die Gebärmutter auskratzen kann."

„Ist das schmerzhaft?", fragte Elsa.

Die Hebamme zuckte mit den Achseln. „Angenehm ist es nicht. Und natürlich kann es sich entzünden. Das Kinderkriegen und Loswerden ist gleichermaßen ein gefährliches Unterfangen."

„Haben Sie keine Angst, dass Ihr Handwerk auffliegen könnte?", fragte Isolde.

Wieder zuckte die Frau mit den Achseln. „Das kann immer passieren. Mit dieser Angst lebe ich seit Jahren. Aber jemand muss diese Aufgabe nun einmal übernehmen. Die Herren Ärzte waschen ihre Hände in Unschuld. Wollen wir anfangen?"

Elsa schluckte und nickte. Die Hebamme hieß sie, sich auf die Strohmatratze zu legen, auf der sie ein weißes Leintuch ausgebreitet hatte. Dann schob die Frau ihr den Rock nach oben und legte den umgeschlagenen Stoff auf ihren Bauch. Elsa fühlte tastende Finger zwischen ihren Beinen und ihr Gesicht brannte vor Scham, als sie spürte, wie die Frau sie auch innerlich untersuchte. Dann zog sie sich zurück.

„Ich werde eine dünne Nadel nehmen müssen", sagte sie. „Der Muttermund ist verkrampft. Da muss ich vorsichtig sein, damit ich nichts verletze."

„Was geschieht, wenn Sie etwas verletzen?", fragte Isolde.

„Wie gesagt, im schlimmsten Fall entzündet sich das Gewebe. Das kann dazu führen, dass das Fraulein keine Kinder mehr bekommen kann. Oder, dass es stirbt."

Elsa hielt den Atem an. Beides war furchtbar. Aber wahrscheinlich wäre zu sterben, noch die gnädigere Option. Welcher Mann würde schon mit einer unfruchtbaren Gattin glücklich werden. Sie spürte, wie eine unbändige Wut in ihre aufbrandete. *Eugen!* Er hatte ihr das eingebrockt. Seinetwegen lag sie hier auf dem Rücken, die Beine gespreizt wie ein Hund und ließ sich von einer fremden Frau befingern. Seinetwegen würde gleich eine Nadel in sie eingeführt werden, die sie verstümmeln oder gar töten konnte. Er wusste nichts davon, wollte nichts damit zu tun haben. Wie sehr sie ihn dafür hasste! So einfach durfte er nicht davonkommen.

„Nein!", rief sie. Die Hebamme, aber auch Zenzi und Isolde sahen sie verblüfft an.

„Was nein?", fragte ihre Schwester.

„Ich habe mich anders entschieden", sagte Elsa. Sie warf den Rock über ihre Knie und rappelte sich auf. „Ich werde das Kind bekommen. Und ich werde Eugen zwingen, die Vaterschaft anzuerkennen."

KAPITEL 30

Sonntag, 22. März 1896

Die Schwestern saßen auf dem Sofa im Salon. Im Kamin brannte ein Feuer und Isolde sah den Flammen dabei zu, wie sie an den Holzscheiten entlang züngelten. Ab und zu knallte es.

„Sag mal, diese fehlenden Fotoplatten", begann Elsa. Isolde versteifte sich. Es war ihr unangenehm, über dieses Thema zu reden.

„Was ist damit?", fragte sie.

„Glaubst du, diese Antonie hat sie entwendet und dir den Diebstahl des Geldes angehängt, als du dahintergekommen bist?"

Isolde sog die Unterlippe zwischen ihre Vorderzähne. Diese Frage hatte sie sich auch schon gestellt.

„Mal angenommen, dass Antonie die Platten gestohlen hat. Wie hätte sie vermuten könnten, dass ich einen Verdacht gegen sie hege? Die Stückzahlen waren klein und es war ein Zufall, dass mir das aufgefallen ist."

Elsa runzelte die Stirn. „Sind diese Fotoplatten wertvoll?"

Isolde zuckte mit den Achseln. „Na ja, billig sind sie nicht, aber ich wüsste nicht, wie Antonie sie zu Geld machen will. Es ist mir schleierhaft, was sie mit den Platten anstellt. Aber es ist eh gleichgültig. Ich habe meine Stelle verloren und Sophia würde nicht mehr auf mich hören. Antonie hat gewonnen."

Elsa schüttelte den Kopf. „Du kannst doch jetzt nicht aufgeben."

Es klopfte an der Tür und Zenzi sah herein. „Da ist ein Besuch für das ältere Fräulein Hartmann. Eine Dame", sagte sie. Isolde strich sich mit der Zungenspitze über die Unterlippe. Wer konnte das sein? War es vielleicht Sophia? War sie Antonie auf die Schliche gekommen? Hatte sie ihren Fehler eingesehen? Würde sie Isolde wieder als Auszubildende aufnehmen?

„Führen Sie sie herein", sagte Isolde und erhob sich.

Beim Anblick ihrer Besucherin setzte ihr Herz für einen Schlag aus. „Emily", rief sie. „Wie schön!"

Ihre Freundin lächelte sie an. „Die Freude ist ganz auf meiner Seite."

Isolde machte Emily und Elsa bekannt.

„Ich habe gehört, dass du deine Ausbildungsstelle verloren hast", sagte Emily.

Isolde nickte. Die Telefonistin sah sie auffordernd an und so begann sie, die Geschichte zu erzählen. „Wenn ich dich richtig verstehe, müsstest du diese Antonie des Diebstahls von Fotoplatten überführen, um deine Ausbildung wieder aufnehmen zu können?"

Isolde seufzte. „Ich weiß nicht, wie ich das anstellen sollte. Sophia wird mich nicht mehr anhören."

Elsa rollte mit den Augen. „Jetzt wirf doch nicht gleich die Flinte ins Korn. Wenn du nicht handelst, wirst du auch nichts erreichen können. Da geben Sie mir doch Recht, Fräulein Winter?"

„Ja, natürlich. Dieser Antonie gehört das Handwerk gelegt."

„Und wie?", fragte Isolde.

Emily lächelte sie an. „Was für ein Glück, dass ich so gerne Detektivromane lese."

„Es ist mir ernst damit. Mach bitte keine Späße. Antonie hat etwas gegen mich. Sie hat mich schon mehrmals in Situationen gebracht, die mich beinahe meine Lehrstelle gekostet hätten. Ich will ihr nichts Böses, aber wenn ich meinen Ausbildungsplatz zurückhaben möchte, muss ich sie des Diebstahls überführen."

Elsa zog ihre Unterlippe ein. Dann ließ sie sie wieder los und sagte: „Du hast es mit einer Intrigantin zu tun. Nun, damit habe ich Erfahrung. Dann lass uns doch einmal überlegen, welche Beweise wir dafür benötigen, um diese Antonie überführen zu können. Hast du dir darüber schon Gedanken gemacht?"

Isolde zog die Nase kraus. „Vielleicht sollte ich zunächst einmal in Erfahrung bringen, was Antonie mit diesen Platten anstellt."

Emily schüttelte den Kopf. „Das ist grundsätzlich zwar richtig, aber du bist schon viel zu weit in der Zukunft. Du musst mehr über diese Antonie herausfinden. Wie lebt sie? Mit wem hat sie Kontakt? Hat sie vielleicht finanzielle Schwierigkeiten? Hat sie einen Liebhaber, der die Fotoplatten nutzen könnte?"

Isolde kratzte sich an der Stirn. „Und wenn ich diese ganzen Informationen gesammelt habe, stelle ich was genau damit an?"

Elsa lächelte nachsichtig. „Jeder Mensch hat seine Schwächen. Jeder Mensch hat seinen wunden Punkt. Der besteht bei dieser Antonie nicht darin, dass sie stiehlt, auch wenn man das vielleicht meinen könnte.

Er besteht darin, dass sie einen Grund zum Stehlen hat. Irgendetwas zwingt sie dazu. Irgendeinen Vorteil muss sie davon haben. Diesen Vorteil musst du ergründen. Und wenn du ihn kennst, hast du die Stelle gefunden, in die du den Finger legen kannst. Es ist wie bei Siegfried. Er ist doch an der Ferse verwundbar. Und dieser Hagen kann ihn töten, weil er es in Erfahrung gebracht hat."

Isolde verzichtete darauf, ihre Schwester darauf hinzuweisen, dass es nicht die Ferse, sondern eine Stelle zwischen den Schulterblättern gewesen war, an der Siegfried verwundbar war. Es war gleichgültig, denn Elsa und Emily hatten ihr einen Weg aufgezeigt, wie sie Antonie gegenübertreten konnte.

„Und wie finde ich das heraus?", fragte sie. „Ich kann ihr doch schlecht folgen. Sie würde mich erkennen. Wahrscheinlich ist sie ohnehin schon auf der Hut."

Emily zwinkerte ihr zu. „Das könnte ich übernehmen. Ich muss ihr abends nur einmal nachgehen, um herauszufinden, wo sie wohnt. Und dann kann ich in der Nachbarschaft Erkundigungen über sie einziehen."

Elsa klatschte in die Hände. „Oh, das klingt spannend. Ich bin auch dabei."

Isolde sah ihre Schwester an. Der verzweifelte Ausdruck, der am Morgen noch bleiern auf ihrem Gesicht gelegen hatte, war einer fieberhaften Begeisterung gewichen. Ihre Wangen waren gerötet und ihre Augen glänzten. Sie sah aus wie die alte Elsa, die daraufhin fieberte, einen Ball zu besuchen oder eine Abendgesellschaft mit ihrer Gegenwart zu beglücken. Auch Emily wirkte aufgekratzt. Isolde spürte einen Kloß im Hals. Da waren zwei Menschen, die sich um sie

kümmerten, die sie unterstützten und die zu ihr
standen, was immer auch kam. Ein ihr unbekanntes
Gefühl der Geborgenheit erfüllte sie.

„Gut", sagte sie. „Dann packen wir es an."

***

Es war seltsam gewesen, mitzuerleben, wie die beiden
Frauen miteinander umgingen. Sie wirkten so vertraut,
so innig, so liebevoll, dass Elsa beinahe versucht
gewesen wäre, sie für ein Liebespaar zu halten. Aber
das konnte ja nicht sein, schließlich war Emily kein
Mann, sondern eine – zugegebenermaßen – sehr
attraktive, intelligente und zu allem Übermaß auch
noch witzige Frau.

Ihre Schwester und deren Freundin zu beobachten,
hatte in Elsa ein bohrendes Gefühl der Traurigkeit
geweckt. Die Art des Umgangs, den die beiden
miteinander pflegten, hätte sie sich mit Eugen
gewünscht. Selbst Müller war sorgsamer mit ihr
verfahren als der hochnäsige Kavallerielieutenant. Sie
spürte, wie sich die bleierne Verzweiflung immer mehr
in eine heiß kochende Wut verwandelte. Eugen würde
büßen. Sie musste nur einen Weg finden, wie sie seinen
Hochmut brechen konnte.

Isolde kam zurück. Ihr Gesicht leuchtete. In ihren
Augen tanzte ein Funkeln, ihre Wangen waren gerötet
und ihren Mund umspielte ein seliges Lächeln, das Elsa
so noch nie an ihrer Schwester gesehen hatte. Sie sah
aus, als ob ein Dutzend von Amors Pfeilen sie auf
einmal durchbohrt hätte. Sollte sich Isolde tatsächlich
in eine andere Frau verguckt haben? Nun, möglich

wäre es, davon hatte sie schon gehört. Aber irgendwie war das auch widernatürlich.

„So, jetzt haben wir eine Lösung für mein Problem auf den Weg gebracht. Aber wie verfahren wir mit dir?“, fragte Isolde.

Elsa seufzte. „Wir müssen einen Weg finden, dass Eugen die Vaterschaft des ungeborenen Kindes anerkennt.“

„Du bist also weiterhin entschlossen, diesen Weg zu gehen?“

Elsa nickte mit einer Vehemenz, die sie selbst überraschte.

„Ja, du hast die Zustände bei dieser Hebamme gesehen. Ich könnte es nie über mich bringen, mir von dieser Frau Nadeln in den Unterleib stechen zu lassen. Nein, das Kind werde ich bekommen.“

Isolde legte den Kopf schief. „Das Kind zu bekommen und Eugen von Lampeck zur Anerkennung der Vaterschaft zu bewegen, sind aber zwei verschiedenen Dinge. Du könntest auch ein paar Monate im Ausland verbringen und das Kind nach der Niederkunft zur Adoption freigeben.“

Elsa nickte. „Ja, darüber habe ich nachgedacht. Man munkelt, dass Adelheid Hecker, die Nichte des Brauereibesitzers, sich für diese Möglichkeit entschieden hat. Sie wurde immer dicker und plötzlich war sie weg. Ich habe gehört, dass sie vier Monate in einem Badeort in Italien verbracht hat. Als sie zurückkkam, war sie wieder schlank und rank wie zuvor.“

„Wie denkst du darüber?“

Elsa hielt inne. Sie hatte diese Alternative erwogen, doch recht schnell war ihr klar geworden, dass sie das nicht wollte. „Nein, das ist kein Weg, den ich beschreiten will", sagte sie.

Isolde setzte sich auf den Stuhl ihr gegenüber. Ein Holzscheit im Kamin knackte. „Warum?", fragte sie.

Elsa seufzte. „Weil es sich anfühlen würde, als ob ich davonlaufen würde. Wenn ich mich dafür entscheide, das Kind zu bekommen, muss ich mich allen Konsequenzen stellen. Das Gleiche kann ich aber auch vom Kindsvater erwarten. Natürlich könnte ich das Kind irgendwo zur Welt bringen und es dann weggeben. Das wäre der einfachste Weg. Ich wäre unbelastet und könnte heiraten, wen ich wollte. Mein zukünftiger Gemahl müsste nie von meinem kleinen Geheimnis erfahren. Aber Eugen wäre eben auch entlastet. Er müsste sich seiner Verantwortung gar nicht mehr stellen. Es wäre bequem für ihn. Und nach ein paar Monaten würde er die ganze Geschichte vergessen und wenn der nächste Fasching kommt, würde er sich eine neue Gespielin suchen."

Elsa schüttelte den Kopf. „Nein, das kann ich ihm nicht durchgehen lassen. Er hat Schuld auf sich geladen, er hat sich mir gegenüber nicht ehrenhaft benommen. Ich werde ihn zwingen, dass er dafür geradesteht. Er muss die Vaterschaft anerkennen. Von mir aus kann er das Kind zu sich nehmen. Wenn es ein Junge ist, ist es wohl besser, dass er bei seinem Vater aufwächst. Aber auch wenn er das nicht will, muss er Alimente bezahlen. Das ist das Mindeste."

Isolde nickte. „Das sehe ich genauso. Ehrlich gesagt bin ich ein wenig erstaunt darüber, wie reif du die ganze Geschichte angehst. Ich hätte dir das nicht zugetraut."

Elsas Stirn legte sich in Falten. Was sollte den das bedeuten? Offenbar erkannte Isolde, dass sie ihrer Schwester ein wenig nahegetreten war, denn sie fügte rasch hinzu: „Das sollte jetzt keine Beleidigung sein. Aber bis vor Kurzem schien es mir, als ob du dich hauptsächlich mit der Frage beschäftigen würdest, welche Garderobe du beim nächsten Ball anlegen sollst."

Elsa schüttelte den Kopf. „Das mag dir so erschienen sein und oberflächlich gesehen war es wohl auch so. Aber bei all dem Aufwand, den ich um meine Toilette und mein Erscheinungsbild getrieben habe, war mein einziger Wunsch, meine Zukunft zu sichern. Was hatte ich denn nach Vaters Tod außer meiner Schönheit? Du hast deine Klugheit, deine Neugier. Mir fehlt beides. Deswegen musste ich mit dem Pfund wuchern, das mir zu eigen war. Und auch jetzt geht es um meine Zukunft. Nur sind die Bedingungen andere."

„Gut. Wie willst du vorgehen? Hast du einen Plan?"

Elsa atmete tief durch, dann sagte sie: „Da sich Eugen einer direkten Kontaktaufnahme verschließt, werde ich es über Hartmut von Waisen und Woldemar von und zu Horn versuchen, seine Freunde beim Regiment. Vielleicht können Sie entsprechend auf ihn einwirken. Ich will ihn zur Rede stellen, er darf sich mir nicht verweigern."

Isolde verschränkte die Arme unter der Brust. „Und wie willst du sicherstellen, dass seine Kumpane dich nicht ebenfalls abweisen."

Elsa lächelte. „Nun, da kommst du ins Spiel."

Isolde runzelte die Stirn. „Inwiefern?"

„Du bist doch gut bekannt mit Johann von Linden."

Elsa sah, dass Isolde sich verspannte und ihre Lippen so fest zusammenkniff, dass alle Farbe aus ihnen entwich. Die Erwähnung des Namens schien ihr unangenehm zu sein. Doch sie fuhr fort: „Maximilian von Schacky zu Schönfeld, der Regimentskommandeur, ist sein Taufpate. Es dürfte Herrn von Linden keine Schwierigkeiten bereiten, mir ein Treffen mit Eugens Kumpanen zu ermöglichen. Und deshalb möchte ich dich bitten, in dieser Angelegenheit bei ihm vorzusprechen."

KAPITEL 31

Samstag, 28. März 1896

Isolde betrat das Hauptgebäude der Universität. Ihr Herz klopfte so stark, dass sie das Pochen an ihrem Hals spürte. Der gewaltige Bau in der Ludwigstraße hatte ihr schon immer ein Gefühl der Ehrfurcht eingeflößt. Hier war der Hort des Wissens und der Gelehrsamkeit, der ihr verschlossen blieb, weil sie dem falschen Geschlecht angehörte. Sie beobachtete die Studenten, die zwischen den Kolonnaden wandelten und sich in ihren Gesprächen über hochinteressante Themen austauschten. Wie viel sie dafür geben würde, Teil dieses großen Ganzen zu sein. Wahrscheinlich ahnten viele dieser Burschen hier nicht einmal, wie gut sie es hatten, weil sie sich keine Gedanken darüber machen mussten, ob ihnen ein Studium oder ein späterer Beruf zugestanden würde. Es war ihnen mit in die Wiege gelegt worden, war ein Privileg ihres Geschlechts, nicht ihres scharfen Verstandes oder anderer persönlicher Verdienste.

Isolde war sich bewusst, dass sie ihren eigenen Weg finden musste. Und sie würde ihn beschreiten. Viele der Männer hier würden angesehene bürgerliche Existenzen führen als Anwälte, Direktoren oder Beamte. Aber wollte sie das? Warum sollte sie studieren, falls es ihr irgendwann doch einmal erlaubt

werden sollte, wenn sie später in einer Amtsstube
verstaubte. Nein, sie musste hinaus in die Welt, mit
eigenen Augen sehen, mit eigenen Ohren hören, mit
eigenen Händen greifen.

Der Gedanke beflügelte sie. Mit einem Mal spürte sie
so etwas wie Mitleid für die Studenten, die hier so eifrig
lernten. Nur ein Bruchteil von ihnen würde ein
spannendes Leben nach ihren Maßstäben führen. Und
sie benötigte dafür nicht einmal ein Studium.

Sie fragte einen Pedell, der ihr entgegenkam, nach
den Räumlichkeiten des Archäologischen Instituts. Er
wies ihr den Weg. Sie stieg ein Treppenhaus hinauf und
gelangte in einen langen Gang. Die Glocke der
Theatinerkirche schlug Mittag. Eine Tür öffnete sich
und ein Schwall Studenten drängte heraus. Sie trat zur
Seite und ließ die jungen Männer passieren. Einer von
ihnen stellte sich ihr in den Weg. Sie sah auf und
erkannte Johann.

„Fräulein Hartmann", sagte er und sah sie mit weit
aufgerissenen Augen an. „Was machen Sie denn hier?"

„Ich habe Sie gesucht", erwiderte sie. „Können wir
miteinander reden?"

Er nickte. „Aber nicht hier. Lassen Sie uns doch ins
Tambosi gehen und einen Punsch trinken."

Sie nahm die Einladung gerne an und folgte ihm in
das Kaffeehaus am Eingang zum Hofgarten. Sie setzten
sich an einen Tisch, von dem man einen guten Blick auf
das Treiben auf dem Odeonsplatz hatte. Der Kellner
brachte ihnen zwei Tassen Punsch. Isolde nippte an
dem dampfenden Getränk und fühlte sich von der
Wärme sofort belebt, durch den Alkohol aber auch ein
wenig benebelt.

„Gut, was darf ich für Sie tun?", fragte er.

Sie biss sich auf die Unterlippe. Nun kam der schwierige Teil. Zum einen war sie nicht gut darin, jemandem um einen Gefallen zu bitten. Sie hatte schon von klein auf immer zuerst versucht, Probleme allein zu lösen und nur, wenn es gar keinen Ausweg gab, um Hilfe gebeten. Abgesehen davon handelte es sich um eine heikle Angelegenheit. Sie konnte nicht einschätzen, wie Johann von Linden auf ihr Ansinnen reagieren würde. Von empörter Ablehnung bis begeisterter Unterstützung war alles vorstellbar. Sie entschloss sich, gleich zum Punkt zu kommen.

„Meine Schwester Elsa erwartet ein Kind", sagte sie.

Er legte die Handflächen zusammen und stützte das Kinn so darin ab, dass sein Mund hinter seinen Fingern verborgen blieb. Da er nichts erwiderte, fuhr sie fort.

„Der Kindsvater weigert sich, die Vaterschaft anzuerkennen."

In seinen Augen blitzte es kurz auf. „Das ist schändlich", sagte er.

„In der Tat. Meine Schwester möchte den betreffenden Herrn zur Rede stellen und ihm die Situation erklären, er hat sie jedoch abweisen lassen."

„Das ist noch schändlicher. Aber wie kann ich Ihnen diesbezüglich weiterhelfen?"

Isolde atmete tief durch. Nun kamen sie an den wahrhaft heiklen Punkt. „Der Kindsvater ist Lieutenant im Regiment des Freiherrn von Schacky zu Schönfeld. Er hat dort zwei Freunde, die auf ihn einwirken könnten. Meine Schwester möchte mit diesen sprechen, sieht sich aber außerstande, Kontakt zu ihnen herzustellen."

„Der Freiherr ist mein Taufpate. Wenn Sie mir die Namen der beiden Offiziere geben, werde ich ein Treffen arrangieren", sagte er wie selbstverständlich.

Isolde sah ihn mit weit aufgerissenen Augen an. Sie hatte nicht damit gerechnet, dass die Angelegenheit so unkompliziert verlaufen würde.

„Danke", sagte sie.

„Gerne", erwiderte er und lächelte sie an. „Ein Mann hat zu seiner Verantwortung zu stehen, besonders ein Offizier. Ich hoffe, dass ich einen kleinen Teil dazu beitragen kann, die missliche Lage Ihrer Schwester zu mildern."

„Sie wären uns eine große Hilfe."

„Betrachten Sie es als erledigt." Er nahm einen Schluck von seinem Punsch. Dann sagte er: „Was macht Ihre Ausbildung? Sind Sie schon eifrig dabei, Porträts zu fotografieren?"

Isolde sah auf den Tisch. In ihrer Tasse drehte sich ein Schaumkrönchen. „Ich ... die Ausbildung ist beendet", sagte sie.

Sie hörte, wie er die Luft einsog. „Ach? Aber warum?"

„Es gab Probleme mit einer Kollegin. Es ging einfach nicht mehr."

„Werden Sie die Lehre in einem anderen Atelier fortsetzen?", fragte er.

„Ich weiß es nicht", gab sie zu. „Das Fotografieren habe ich inzwischen gelernt. Ich habe sogar schon eine Fotokamera. Wahrscheinlich könnte ich mich selbstständig machen. Oder auf Reisen gehen, wie ich es ursprünglich vorhatte."

„Was hindert Sie daran?", fragte er.

Sie zuckte mit den Achseln. „Die Lage meiner Schwester? Vielleicht fehlt mir aber einfach auch nur der Mut.“

„Oder die Gelegenheit“, murmelte Johann.

„Wie bitte?“, fragte Isolde.

Er winkte ab. „Ach, das war nur so dahingesagt.“ Er trank seinen Punsch aus. „Ich muss leider wieder zur Universität zurück“, sagte er. „Sie bekommen Bescheid von mir, sobald ich beim Freiherrn etwas bewirkt habe.“

Er schüttelte ihre Hand und ging davon. Isolde sah ihm nach, wie er federnden Schritts über den Odeonsplatz schlenderte. Sie mochte ihn, sie fühlte sich wohl in seiner Gegenwart. Und doch war es kein Vergleich zu den Gefühlen, die Emilys Nähe in ihr auslöste.

***

Elsa saß auf der Récamiere und las in der Zeitung. Ihre Augen wanderten über die klein gedruckten Wörter. Das erforderte ein hohes Maß an Konzentration, woran Elsa nicht gewöhnt war. Sie ermüdete schnell. Gähnend legte sie die Zeitung weg und trank einen Schluck aus der kleinen Mokkatasse, die Zenzi ihr samt Samowar neben den Salontisch gestellt hatte.

Die Tür öffnete sich und Isolde trat ein, gefolgt von Emily. Ihre Schwester hatte erneut dieses selige Strahlen auf dem Gesicht und nun war Elsa sich fast sicher, dass Isolde in Emily verliebt war. Ob diese ihre Gefühle wohl erwiderte? Das ließ sich schwer sagen, denn die Miene der Telefonistin konnte sie weit weniger gut lesen.

Sie begrüßten sich und die beiden nahmen Platz.

„Emily hat einiges herausgefunden", sagte Isolde.

„Ich glaube, dass Antonie heimlich selbst Porträts fotografiert und deshalb die Fotoplatten entwendet hat", sagte Emily. „Möglicherweise nutzt sie sogar das Atelier *Elvira*, wenn die Chefinnen nicht da sind."

„Wie kommen Sie darauf?"

„Ich bin ihr gefolgt. Vorgestern Abend habe ich vor dem Atelier auf sie gewartet. Ich habe ein wenig Abstand gehalten, damit sie mich nicht gleich entdeckt und wiedererkennt. Zu meinem Glück schlug Antonie kein allzu hohes Tempo an. Sie schlenderte gemächlich dahin. Ich hielt mich auf dem linken Gehsteig, stets auf der Suche nach Hauseingängen, in denen ich diskret verschwinden konnte, wenn sie sich einmal umdrehen sollte. Doch das war nicht der Fall. Sie ging zielstrebig geradeaus und bog schließlich in einen Hofeingang ein." Sie machte eine kurze Pause, welche die Spannung steigerte. „Ich zögerte kurz, ob ich ihr folgen sollte. Der Hof war von der Straße her nicht zu übersehen und deshalb würde ich in der Falle sitzen, wenn sie mich bemerkte. Doch mir blieb nichts anderes übrig. Ich atmete tief ein und folgte ihr in den dunklen Durchgang. Ich fand mich im schäbigen Innenhof eines noch nicht allzu alten, aber dafür ziemlich heruntergekommenen, fünfstöckigen Gebäudes wieder. Antonies Mantel verschwand in einer Haustür zu meiner Rechten.

Ich wartete kurz und folgte ihr dann zur Tür. Auf den Briefkastenschlitzen an der Wand daneben standen insgesamt fünfzehn Namen. Mit fieberhafter Aufregung überflog ich die Beschriftungen, bis ich auf den Namen *Hacker* stieß. Das war – wie ich von Isolde wusste – Antonies Nachname. Davor stand ein *Fr.*, das wahrscheinlich Fräulein bedeuten sollte, denn Männernamen wie Fritz oder Friedrich hätte man einfach mit einem F abgekürzt. Antonie lebt also alleine hier."

Elsa wie auch Isolde hingen gebannt an den Lippen von Emily, die mittlerweile zu ihrer Erzählung mit den Händen gestikulierte.

„Ich überlegte gerade, was ich nun als Nächstes tun sollte, als sich die Tür öffnete. Ich hielt den Atem an. Was, wenn gleich Antonie vor mir stand und mich fragte, was ich hier zu suchen habe? Gab es überhaupt eine nachvollziehbare und gleichzeitig unverdächtige Antwort darauf? Doch ich wurde der Notwendigkeit enthoben, mich mit diesem Problem weiter zu beschäftigen, denn vor mir stand eine alte Frau, die mich misstrauisch musterte.

„Was wollen Sie denn hier?", fragte sie.

„Ich wollte nur etwas für Frau Hacker abgeben", erwiderte ich.

„So, zum Fräulein Hacker wollen Sie. Wollen wohl auch ein Porträt von sich anfertigen lassen. Ich hab gehört, dass sie das ganz gut macht. Kaum zu glauben, so unfreundlich, wie die ist."

Ich spürte, wie mein Herzschlag sich beschleunigte. „Nein, ich muss nur einen Brief abgeben. Fotografiert die Frau Hacker hier in ihrer Wohnung?"

Die alte Frau schüttelte den Kopf. „Nein, was man hört, hat das Fräulein ein Atelier in der Stadt. Aber irgendwie ist es seltsam. Wenn sie ein eigenes Geschäft hätte, warum sollte sie dann noch in so einem Drecksloch hausen. Da passt doch etwas nicht zusammen.“

Ich hatte alles erfahren, was mir wichtig schien, und zog mich wieder zurück.“

„Du hast ein echtes Erzähltalent“, sagte Isolde beeindruckt.

Emily lächelte.

„Nun, man mag darüber denken, was man will, aber das klingt bewundernswert zielstrebig von Antonie“, sagte Elsa.

Isolde verzog das Gesicht. „Ich finde es kriminell und den Chefinnen gegenüber undankbar und illoyal.“

„Natürlich ist es das. Aber kann man nicht von der Tat abgestoßen sein und trotzdem das Vorgehen bewundern? Ein Einbrecher, der die ausgeklügeltsten Sicherheitsmaßnahmen überwindet, ist er nicht ein Künstler seines Fachs, auch wenn er kriminell ist?“

„Das mag sein. Ganz unabhängig davon möchte ich aber die Verbrecherin überführen. Am besten wäre es, wenn die Chefinnen sie auf frischer Tat ertappen würden.“

Elsa nickte. „Dafür müsstest du aber wissen, wann und wo der nächste Fototermin stattfindet.“

Isolde seufzte. „Ich weiß nicht einmal, wie Antonie an ihre Kunden kommt.“

„Nun, vielleicht habe ich etwas gefunden, was dieses Rätsel lösen könnte.“ Elsa griff nach der Zeitung neben ihr und schlug sie auf. Die entsprechende Stelle hatte sie mit einem Griffel markiert. Es handelte sich um eine sehr kleine Anzeige, die ihr beinahe entwischt wäre.

„Sie meinen, dass Antonie ihre Kunden über die Zeitung findet?", fragte Emily.

Elsa nickte.

„Ja, das klingt sinnvoll", sagte Isolde. „Die Fotos fertigt sie im Atelier an. Deshalb war die Kamera beschädigt. Wahrscheinlich nutzt sie die Räume sonntags, wenn Sophia und Anita nicht da sind."

Elsa klatschte in die Hände. „Na also, dann müssen wir uns doch nur sonntags auf die Lauer legen und warten, bis Kundschaft kommt."

„Da können wir lange warten", sagte Isolde. „Da ich nicht mehr im Atelier arbeite, weiß ich auch nicht, wann Sophia und Anita abwesend sind."

„Wir müssen das ganz anders angehen", sagte Emily.

„Und wie?", fragte die Schwestern beinahe unisono.

Emily deutete auf die Zeitung. „Die Anzeige ist der Schlüssel. Und ich habe auch schon eine Idee, wie wir sie nutzen könnten."

KAPITEL 32

Sonntag, 29. März 1896

Isolde lehnte an dem Baum im Englischen Garten, unter dem Emily und sie sich zum ersten Mal geküsst hatten. Zum ersten und zum einzigen Mal, denn so schön es auch gewesen war, waren sie sich danach nie wieder so nahegekommen. Isolde fragte sich, woran das wohl liegen mochte. Es hatte sich so natürlich angefühlt und sie wünschte sich, sie noch einmal zu küssen. Als sie Emily auf sich zukommen sah, spürte sie, wie ihr Herz schneller schlug. Die Freundin lächelte ihr zu und winkte dabei mit einem Umschlag.

„Wir haben eine Antwort," rief sie.

Sie reichte Isolde den Brief. Sie öffnete ihn und holte ein gefaltetes Blatt heraus. Es war eine kurze Notiz, die vorschlug, sich um acht Uhr am heutigen Abend im Gasthaus *Zum Schwanen* zu treffen, um über mögliche Porträtaufnahmen zu sprechen. Die Nachricht war nicht unterschrieben.

„Der Fisch ist am Haken", sagte Isolde.

„Dann musst du nur noch jemanden finden, der sich an deiner statt mit Antonie trifft", sagte Emily. Isolde sah ihre Freundin fragend an, doch Emily schüttelte den Kopf.

„Ich fürchte, sie hat uns schon einmal zusammen gesehen."

Isolde seufzte. „Dann werde ich wohl meine Schwester fragen müssen."

***

„Ich soll diese Antonie in die Falle locken?" Elsa klatschte in die Hände. „Aber natürlich. Das wird ein Spaß! Was muss ich tun?"

Isolde und Emily legten ihr ihren Plan dar.

„Gut, das sollte machbar sein", sagte sie. „Dann brauchen wir nur noch eine passende Garderobe für mich."

Isolde rollte mit den Augen, Emily kicherte amüsiert.

„Die Garderobe ist das Wichtigste", betonte Elsa. „Ich muss so wirken, als ob ich mir die Aufnahmen im Atelier nicht leisten kann und deshalb nach einer günstigeren Möglichkeit suche. Kommt mit, ihr müsst mich beraten."

Isolde und Emily folgten ihr in den ersten Stock. Eine halbe Stunde später stand Elsa vor ihnen, gekleidet in einen einfachen grauen Rock, eine weiße Bluse und eine blassblaue Jacke. Auf dem Kopf trug sie ein schmuckloses Filzhütchen, in der Hand hielt sie einen Schirm.

„Na, wie sehe ich aus?"

„Perfekt", sagte Emily.

Um halb acht verließen sie das Haus.

„Und denk daran, es handelt sich um eine Frau in meinem Alter, die eine Reiherfeder auf ihrem Hut trägt und einen gelben Schal um den Hals geschlungen hat. Geh auf jeden ihrer Vorschläge ein", sagte Isolde, als sie nur noch zwei Straßen vom Gasthaus *Zum Schwanen* entfernt waren.

„Und was ist, wenn sie Geld verlangt?"

Isolde schlug sich mit der flachen Hand gegen die Stirn. Dann griff sie in ihre Tasche und holte einen kleinen Geldbeutel heraus.

„Gib ihr fünf Mark als Anzahlung. Alles andere wäre Wucher."

„Und was, wenn sie mehr will?"

Isolde lächelte. „Das wird sie nicht, vertrau mir!"

Sie blieb gemeinsam mit Emily in einer Nebenstraße zurück, während Elsa das Lokal betrat. Aufgeregt ging Isolde auf und ab, rieb sich die eiskalten Hände, während die nahe Kirchturmuhr erst sieben Uhr und dann viertel nach schlug.

„Es wird schon klappen", sagte Emily und lächelte ihr aufmunternd zu. Isolde erwiderte das Lächeln, doch es fiel ihr schwer, die Mundwinkel hochzuziehen, so angespannt war sie.

Es verstrichen noch einige Minuten und Isolde wurde zunehmend nervöser. War etwas schiefgelaufen? Hatte Antonie das Spiel durchschaut? Sie wollte gerade aufbrechen, um durch ein Fenster der Gaststätte zu spähen, als sie Elsa um die Ecke biegen sah. Wie vereinbart ließen sie zunächst ihre Schwester passieren und folgten ihr für einige Minuten, ehe sie und Emily zu ihr aufschlossen.

„Wie war es?", fragte sie atemlos.

Elsa zuckte mit den Schultern. „Ich hätte mich fast verplappert. Diese Antonie habe ich gleich gefunden. Sie saß an einem Tisch in der Ecke. Ich habe dann ‚Grüß Gott' gesagt und mich zu ihr gesetzt. Sie hat mich erst so komisch angesehen und ich habe schon befürchtet, dass sie irgendeine nicht vorhandene Ähnlichkeit zwischen uns beiden entdeckt hätte, aber glücklicherweise hat sie mich dann gefragt, ob ich die Fotos von mir oder von jemand anderem machen lassen will. Da habe ich ihr dann deine Geschichte von den vier Freundinnen aufgetischt, die sich noch einmal zusammen fotografieren lassen wollen, ehe sie heiraten. Sie hat mich gefragt, wie meine Freundinnen heißen, und da hätte ich beinahe Isolde, Emily und Zenzi gesagt."

Isolde hielt sich vor Schreck die Hand vor dem Mund.

„Ich habe mir rechtzeitig auf die Zunge gebissen. Stattdessen habe ich die Namen Fanny, Hilde und Kreszentia genannt. Dann hat sie zwei Mark Anzahlung verlangt und mir einen Termin vorgeschlagen. Am Sonntag um zehn Uhr vormittags im Fotostudio *Elvira*. Ich habe ihr das Geld gegeben und sie war zufrieden. Sie ist gleich aufgestanden und gegangen. Ich habe noch extra zehn Minuten gewartet, bis ich aufgebrochen bin, damit sie keinen Verdacht schöpft. War das gut so?"

Isolde lächelte. „Es war nicht nur gut, Elsa, es war ausgezeichnet! Morgen gehe ich aufs Postamt und wenn alles so läuft wie geplant, kann die Falle zuschnappen."

***

Elsa stand unschlüssig vor dem Eingang der neuen Isar-Kaserne. Ein einzelner Soldat stand vor einem Holzhäuschen, das in den Farben weiß und blau bemalt war. Er sah aus wie der tapfere Zinnsoldat aus dem Märchen, das Elsa früher so gerne gehört hatte.

Würde er sie aufhalten? Sie hatte keine Ahnung. Sie hatte noch nie eine Kaserne von innen gesehen. Warum auch? Offiziere waren in ihrer Vorstellung bisher vor allem Menschen gewesen, die ihre Zeit entweder auf Paraden oder auf Galabällen verbrachten, in schicke Uniformen gekleidet und mit blitzenden Säbeln an der Seite. Natürlich wusste sie, dass das Leben dieser Fabelwesen aus ihren Träumen auch so etwas wie einen Alltag umfasste, aber der hatte sie nie interessiert.

Die Kaserne, vor der sie nun stand, war ein klobiger Zweckbau. Der Anblick ernüchterte sie. Sie konnte kaum glauben, dass dieses schmucklose Gebäude Offiziere beherbergen sollte, die angesichts ihres Ranges und ihrer Erscheinung in einem Schloss residieren sollten.

Sie trat auf den wachhabenden Soldaten zu und sagte: „Guten Tag, mein Name ist Elsa Hartmann. Ich bin in einer dringenden Angelegenheit hier und muss Lieutenant von Waisen sprechen. Er erwartet mich."

Der Mann verzog keine Miene. Als er sprach, bewegten sich nur seine Lippen.

„Sprechen Sie an der Pforte vor."

Die Pforte entpuppte sich als ein kleines Häuschen gleich hinter dem Kasernentor. Die Tür stand offen. Im Innern brannte ein Kohlenfeuer und offenbar war das Brennmaterial ein wenig feucht gewesen, denn der ganze Raum war verraucht. Sie hustete und ihre Augen begannen zu tränen.

„Junges Fräulein, was kann ich für Sie tun?", hörte sie eine nicht unfreundlich, aber ein wenig erstaunt klingende Stimme fragen. Sie sah durch den dicken Qualm und entdeckte einen kleinen Mann, der in einer viel zu großen Uniform steckte. Sie stellte sich noch einmal vor und wiederholte ihr Anliegen.

„Darf ich fragen, in welcher Angelegenheit Sie den Herrn Lieutenant sprechen möchten?"

„Nein, das ist privat. Er erwartet mich", erwiderte Elsa genervt. Sie hatte keine Lust, sich weiter mit Untergebenen abgeben zu müssen. Das Männchen nickte, bat Elsa um Geduld und verschwand durch eine Hintertür. Sie beschloss, wieder hinaus ins Freie zu treten, weil ihr in dem verrauchten Raum übel wurde.

Auf dem Hof exerzierten ein gutes Dutzend Soldaten. Ein Offizier brüllte Befehle und die jungen Kerle, offenbar Rekruten niederen Rangs, mühten sich ab, Schrittfolgen und Bewegungen nachzuahmen.

„Fräulein Hartmann?"

Sie wandte sich um. Im Türrahmen der Pforte stand Hartmut von Waisen. Seine Schnurrbartspitzen waren mit feinen Regentröpfchen überzogen und seine ansonsten bleiche Gesichtsfarbe war rosig und frisch.

„Herr Lieutenant", sagte sie und streckte ihm die Hand entgegen, auf die dieser einen Kuss andeutete. „Schön, Sie zu sehen."

„Die Freude ist ganz auf meiner Seite. Der Freiherr hat mir Ihren Besuch bereits angekündigt", erwiderte der Lieutenant, ohne dabei durch eine Veränderung seiner Mimik anzudeuten, dass er tatsächlich so etwas wie Freude bei ihrem Anblick empfand.

„Was kann ich für Sie tun?"

Der Ton, in dem diese Frage gestellt war, ein wenig drängend, ein wenig ungeduldig, gefiel Elsa gar nicht.

„Nun, ich habe eine Angelegenheit mit Ihnen zu besprechen und es wäre mir recht, wenn das nicht vor aller Augen geschehen müsste.“

Sie deutete auf die Rekruten, die mit klappernden Schritten über den Hof marschierten.

„Kommen Sie mit!“

Er führte sie über den Hof in ein Nebengebäude. Als er die Tür öffnete, sah sie einen großen Saal mit langen Tischen vor sich.

„Der Speisesaal“, erklärte er. „Hier sind wir ungestört.“

Elsa atmete tief durch, dann sagte sie: „Ich erwarte ein Kind. Von Lieutenant von Lampeck.“

Von Waisen verzog keine Miene. „Und warum sagen Sie mir das? Was habe ich damit zu schaffen. Das ist die Privatangelegenheit des Herrn von Lampeck.“

„Weil Ihr lieber Herr Freund jeden meiner Versuche abgeblockt hat, ihn diesbezüglich zu sprechen. Sie werden sicher verstehen, dass eine Frau in meiner Lage ein Interesse daran hat, mit dem Vater ihres ungeborenen Kindes einige Dinge zu regeln. Das ist aber unmöglich, wenn eben dieser sich beständig verleugnen lässt.“

Die Schnurrbartspitzen des Lieutenants begannen zu vibrieren. „Nun, vielleicht möchte sich Herr von Lampeck nicht mit einer Hochstaplerin abgeben, die ihm ein Kuckuckskind unterschieben will. Das würde sein Verhalten mehr als rechtfertigen, finden Sie nicht?“

Elsas Unterkiefer klappte herab. „Sie unterstehen sich …“

„Ich unterstehe mich gar nichts“, unterbrach sie der Lieutenant. „Sie haben die Frechheit, hier hereinzuschneien und meinen Freund, dessen Ehre über jeden Zweifel erhaben ist, einer beispiellosen Sauerei zu beschuldigen. Ich habe ihm gesagt, es sei ein Fehler, sich mit einem leichten Mädchen wie Ihnen abzugeben und sei es auch nur für eine kleine Tändelei. Das hat er nun davon. Ich werde seinem Beispiel folgen und keine weitere Minute mehr mit Ihrer Gegenwart verschwenden. Verschwinden Sie von hier oder ich lasse Sie vom diensthabenden Wachsoldaten auf die Straße prügeln.“

Elsa verließ die Kammer hoch erhobenen Hauptes und kehrte zur Pforte zurück. Sie fragte nach Woldemar von und zu Horn, doch der war nicht in der Kaserne. Mit zusammengebissen Zähnen verließ sie die Kaserne. Sie kämpfte mit den Tränen und fluchte leise vor sich hin. Als sie zu Hause ankam, erwartete Zenzi sie bereits im Hausflur. „Da ist ein Offizier, um Sie zu sprechen.“

Elsas Herz schlug schneller. Hatte Eugen sich am Riemen gerissen? War er endlich zu ihr gekommen, um sich ihren Fragen zu stellen? Sie gab der Haushälterin den Mantel und trat in den Salon.

Woldemar stand vor dem Kamin. Als er sie eintreten hörte, wandte er sich ruckartig um. Sie sah seinen Adamsapfel nervös auf und ab hüpfen. Elsa reichte ihm die Hand zum Kuss und er kam dieser Aufforderung nach. Sie bot ihm Platz auf dem Sofa an und setzte sich selbst auf die Récamiere.

„Was führt Sie zu mir?“, begann sie in einem kühlen, sachlichen Ton, um ihre Enttäuschung zu verbergen, dass es nicht Eugen war, der sie aufsuchte.

Er holte tief Luft, sein enormer Bauch hob sich und seine Schnurrbartspitzen vibrierten heftig. „Ich komme im Auftrag des Herrn von Lampeck“, sagte er.

„Warum kommt er nicht selbst, Ihr Freund?“ Ihre Replik war ein wenig schärfer ausgefallen, als sie vorgehabt hatte. Doch die Wirkung entschädigte sie für diesen kleinen Kontrollverlust. Das Gesicht des Offiziers lief knallrot an. „Er ist dienstlich verhindert“, murmelte Woldemar.

Elsa lachte ein freudloses Lachen. „Er scheint seit Wochen dienstlich verhindert zu sein. Wie kommt es, dass Sie sich freimachen konnten?“

Ein Ruck ging durch den Offizier. Er nahm Haltung an. „Das tut nichts zur Sache“, sagte er mit etwas festerer Stimme. „Herr von Lampeck hat mich gebeten, Ihnen ein Angebot zu unterbreiten.“

„Ich höre.“

Der Lieutenant holte tief Luft, dann sagte er: „Herr von Lampeck ist bereit, Ihnen einen längeren Auslandsaufenthalt zu bezahlen. In Italien oder auch in Frankreich. Sie sollten München mindestens ein Jahr lang fernbleiben und in jedem Fall alleine zurückkehren. Er wird für alle Unkosten – auch die medizinischen – aufkommen. Allerdings stellt er eine Bedingung: Sie dürfen nie wieder Kontakt zu ihm aufnehmen und nie über diese Angelegenheit sprechen.“

Elsa legte den Kopf schief. Sie hatte mit einem derartig großzügigen Angebot gerechnet. Es war ein gängiges Arrangement in diesen Kreisen. Sie war geneigt, es rundheraus abzulehnen, aber nun, da es ausgesprochen war, zögerte sie. Vielleicht wäre es doch das Beste, das Kind wegzugeben. Es wäre ein Neuanfang für sie.

Da kam ihr eine Idee. „Auch ich habe eine Bedingung", sagte sie.

„Und die wäre?"

„Ich möchte mit Eugen sprechen, ehe ich sein Angebot annehme."

KAPITEL 33

Freitag, 3. April 1896

Isolde sah auf die Uhr. Es war kurz vor zehn an diesem sonnigen Sonntagmorgen. Die Falle war gelegt und nun musste sie nur noch zuschnappen.

„Glaubst du wirklich, dass Antonie so dreist ist?", fragte Isoldes Begleiterin, deren Gesicht von der breiten Krempe ihres Hutes und einem fein gewobenen Schleier verborgen war.

„Ich konnte es mir zunächst auch nicht vorstellen", erwiderte Isolde. „Aber die Tatsachen sprechen für sich. Die Differenzen im Bestand traten immer zwischen Samstag und Montag auf. Das heißt, die Platten mussten irgendwann in diesem Zeitraum entfernt worden sein. Und zwar ausschließlich an Wochenenden, an denen das Atelier nicht genutzt wurde."

„Das heißt, der Diebstahl musste an dem Tag selbst erfolgt sein, an dem Sophia nicht hier war. Und deshalb stehen wir nun hier und warten darauf, dass heute etwas geschieht? Ich könnte mir meinen Sonntag viel schöner vorstellen."

Isolde seufzte. „Ich mir auch. Aber wenn wir den Täter auf frischer Tat ertappen wollen, müssen wir den Tag opfern. Die Umstände sind günstig, nachdem Sophia heute die Filiale in Augsburg besuchen will."

„Sie hätten auch bei der Polizei anheuern können. Nun, in einer anderen Welt natürlich, in der die Regierung weibliche Detektivinnen zum Dienst zulässt."

Isolde errötete. „Das wird eines Tages geschehen, da bin ich mir sicher."

„Nun, auch ich bin mir sicher, dass das eines Tages geschehen wird. Aber ob wir das noch erleben werden, steht auf einem ganz anderen Blatt. Ich denke ..."

Ein Geräusch vom Eingang des Ateliers her ließ sie verstummen. Isolde wechselte einen Blick mit Elsa, die ihr aufmunternd zunickte. Emily, die neben ihrer Schwester stand, schenkte ihr ein strahlendes Lächeln, ehe sie ihr Gesicht ebenfalls mit einem Schleier verhüllte. Die Türe wurde entriegelt und Antonies spitze Nase erschien im Türrahmen. Sie entdeckte die Wartenden und winkte Elsa zu. Diese gab ihren Begleiterinnen ein Zeichen und gemeinsam gingen sie über die Straße.

„Wir haben eine Stunde Zeit", sagte Antonie. „Ich kann fünf Bilder anfertigen."

„Das ist ja großartig", rief Elsa und klatschte dabei in die Hände. „Dann können Sie jede von uns einzeln fotografieren und dann noch ein Gruppenbild machen."

Isolde spürte den forschenden Blick ihrer ehemaligen Kollegin auf ihrem Gesicht. Sie hoffte, dass der feine Stoff ihre Züge gut genug verbarg.

„Warum haben sich Ihre Begleiterinnen so verhüllt?", fragte sie Elsa.

Isolde leckte sich mit der Zungenspitze über die Unterlippe. Das war ein kritischer Moment. Ihre

Schwester kicherte. „Meine Freundinnen sind von der schüchternen Sorte. Sie befürchten, dass einer ihrer Verlobten zufällig des Weges kommen und sich an unserem Vorhaben stören könnte."

„Nun, dann treten Sie schnell ein", sagte Antonie und führte sie in den Empfangsbereich. „Nehmen Sie bitte noch einen Augenblick Platz", sagte sie in ihrer zuckersüßesten Stimme. „Ich bereite das Studio vor, wir können in wenigen Minuten mit den Aufnahmen beginnen."

„Diese falsche Schlange", hörte Isolde ihre Begleiterin flüstern.

Antonie verschwand im Lager. Kurz darauf kehrte sie mit einem Paket Fotoplatten zurück, das sie ins Studio trug. „So, dann kommen Sie mal mit", sagte sie.

Sie erhoben sich und gingen durch das stille Atelier. Ein breiter Lichtstreifen fiel durch das Oberlicht auf die Wand, vor der die Kunden normalerweise platziert wurden. Es wäre Antonies Aufgabe gewesen, den Vorhang vorzuschieben, sodass der direkte Lichteinfall verhindert wurde, doch stattdessen zeigte sie auf die Stelle und sagte: „Wer möchte anfangen? Es ist alles bereit."

Isolde wechselte einen Blick mit ihrer Begleiterin. „So eine blutige Anfängerin", stieß diese zwischen zusammengebissenen Zähnen hervor.

„Ich", sagte Elsa.

Antonie bedeutete ihr, sich mitten in den von der Sonne beleuchteten Fleck zu stellen. Das Licht fiel ihr direkt in die Augen und Isolde sah, dass ihre Schwester die Lider ein wenig zukneifen musste. Dadurch erschienen Fältchen an ihrer Stirn und den

Augenwinkeln, die nur schwer wegzuretuschieren sein würden.

„Ich stelle Ihnen noch ein Tischchen her, dann können Sie sich anlehnen. Das entspannt Ihre Körperhaltung", schlug Antonie vor.

Sie holte eines der Beistelltischchen aus dem Fundus und stellte es neben Elsa, die eine Hand darauf abstützte. Doch es war zu niedrig und sie musste sich ein wenig vorbeugen, wodurch sie aussah wie die Riesenschildkröte, die Isolde bei ihrem letzten Zoobesuch bewundert hatte.

Isoldes Begleiterin schnaubte und Antonie wandte ihr kurz den Kopf zu, doch dann sah sie wieder Elsa an und sagte: „Sehr gut und jetzt bitte recht freundlich!"

Sie nahm die Abdeckung von der Linse und Isolde sah, dass sich ihre Lippen bewegten.

„Gut, wer möchte als Nächste?", fragte Antonie, nachdem sie das Objektiv wieder abgedeckt hatte. Sie wechselte die Fotoplatte, während Isoldes Begleiterin den Platz mit Elsa tauschte. Nun war er da, der große Augenblick, auf den sie tagelang hingefiebert hatte. Sie hielt den Atem an.

„Legen Sie bitte den Schleier ab?", bat Antonie die Frau.

„Mit Vergnügen", erwiderte diese mit ihrer tiefen, volltönenden Stimme.

Isolde sah, dass Antonie sie sofort erkannt hatte, denn sie versteifte sich und ihr Gesicht wurde bleich. Als Anita Augspurg ihre Verhüllung ablegte und sie mit einem zornfunkelnden Blick bedachte, sah die Auszubildende so aus, als ob sie gleich in Ohnmacht fallen würde.

„Frau Augspurg …", stammelte sie.

„Spar dir die Höflichkeiten", herrschte die Chefin sie an. „Ich bin schockiert. Du bist nicht nur eine Diebin und eine Betrügerin, was an sich schon schlimm genug wäre. Aber dass du in beinahe drei Jahren Ausbildung nicht gelernt hast, wie man ein Porträt fotografiert, das ist unverzeihlich. Verschwinde! Ich will dich hier nie wieder sehen."

***

Elsa blickte sich nervös um. Keine Menschenseele weit und breit. Das war gut. Sie durfte Eugen nicht verschrecken. Sie hatte nur diese eine Gelegenheit, mit ihm zu sprechen. Seit Tagen hatte sie sich immer wieder ausgemalt, was geschehen würde. Ein kleiner Teil von ihr hoffte, dass er doch noch einlenkte, dass er vor ihr auf die Knie fiel, ihr erklärte, dass das alles ein furchtbares Missverständnis sei, dass er sie liebe, dass er sie heiraten und gemeinsam mit ihr viele Kinder großziehen wolle.

Doch eine weit lautere, kältere Stimme in ihr sagte ihr, dass sie sich nichts vormachen solle, dass Eugen ihre Unerfahrenheit ausgenutzt hatte und dass sie ihn dafür büßen lassen musste. Sie setzte sich auf die Bank unter der ausladenden Eiche, hinter der ein immergrünes Gebüsch wuchs. Wie nebenbei blickte sie sich um. Außer dichtem Blattwerk war nichts zu erkennen. Sehr gut.

Dann sah sie ihn. Eugen kam mit raschen, sicheren Schritten auf sie zu. Ihr Herz setzte einen Schlag aus, als Dutzende Gefühle gleichzeitig in ihr Bewusstsein drängten. Es war eine wilde Mischung aus wunderbaren Erinnerungen, Sehnsucht, Zuneigung, Verzweiflung, Traurigkeit und Wut. Sie zwang sich, sitzen zu bleiben und ihrem Impuls zu widerstehen, auf Eugen zuzulaufen und sich ihm entweder in die Arme zu werfen oder ihn zu ohrfeigen. Stattdessen legte sie ihre Hände auf den Knauf des Schirms und rammte dessen Spitze vor sich in den Kies. Ihre Knöchel traten weiß hervor, doch das tat gut. Sie fühlte wie die unbändige Energie, die die Wut in ihr freisetzte, in sichere Bahnen umgelenkt wurde.

Eugen hielt etwa zwei Meter vor ihr an. Er nickte ihr kurz zu, machte aber keine Anstalten näher zu kommen. Elsa unterdrückte ein Schmunzeln. Das lief ja besser als gedacht. Sie blieb sitzen.

„Sie haben um ein Treffen gebeten?", begann Eugen. Seine Stimme klang frostig. Er musterte sie mit einem kalten, abschätzigen Blick.

„Ja, ich wollte mit Ihnen über das Kind sprechen, das ich von Ihnen erwarte."

„Davon weiß ich nichts", sagte Eugen. Seine Zähne waren zusammengebissen, seine Kiefer verkrampft.

„Ach, das ist seltsam. Warum hat der gute Woldemar mir dann Ihr Angebot unterbreitet, das Kind im Ausland zur Welt zu bringen und es am besten gleich dort zu lassen?"

„Natürlich weiß ich davon", blaffte er sie an. „Ich glaube Ihnen, dass Sie ein Kind erwarten, aber, dass es von mir ist, bezweifle ich."

Elsa spürte, wie ihre Hände zu zittern begannen. Sie verschränkte die Finger ineinander und zwang sich zu einem Lächeln. „Es kann von niemand anderem sein", sagte sie. „Ich hatte nur Umgang mit Ihnen. Und das wissen Sie."

Er stieß ein freudloses Lachen aus. „Was weiß ich? Sie haben sich mir an den Hals geworfen wie eine läufige Hündin. Da ist es doch naheliegend, dass ich nicht der Einzige war, mit dem Sie Schäferstündchen verbracht haben."

Tränen drängten in ihre Augen. Und das konnte sie gar nicht gebrauchen. Sie versuchte, zu der unbändigen Wut in ihrem Inneren Verbindung aufzunehmen, und als ihr das schließlich gelang, strömte eine ungekannte Stärke durch ihren Körper.

„Sie ehrloses, widerliches Geschöpf", sagte sie. Ihre Stimme war leise, doch es lag ein drohender Unterton darin.

„Unterstehen Sie sich, mich ehrlos zu nennen. Sie Dirne!"

Elsa lachte. Es war ein metallisches, freudloses Lachen.

„Es sind Männer, die Frauen zu Dirnen machen. Wie viele Mädchen haben Sie auf dieselbe Art und Weise um den Finger gewickelt? Wie vielen haben Sie die wahre Liebe vorgegaukelt, um Sie in Ihr Bett zu ziehen?"

„Ich bin ein Mann. Ein Soldat. Und als solcher habe ich Bedürfnisse. Ich wüsste nicht, warum ich mich deswegen vor Ihnen rechtfertigen sollte."

Elsa rollte mit den Augen. „Weil aus diesen Bedürfnissen eine Schwangerschaft entstanden ist. Es ist Ihr Kind, das in meinem Leib wächst. Ich habe mit keinem anderen verkehrt."

Eugen schien seine bisherige Strategie des Leugnens zu überdenken, denn er sagte: „Nun gut, nehmen wir einmal an, Sie sagen die Wahrheit. Was wollen Sie von mir? Ich habe Ihnen bereits ein großzügiges Angebot unterbreitet.“

„Was ich will? Ich will, dass Sie zu Ihrer Verantwortung stehen und das Kind anerkennen.“

Er stieß ein bellendes Lachen aus. „Versetzen Sie sich doch einmal einen Moment in meine Lage“, sagte er. „Was sollte mir ein Bastard nützen? Ich habe eine mehr als gute Partie in Aussicht, die Tochter des Fürsten von Schwarzenberg. Wir stehen kurz davor, die Verlobung bekannt zu geben. Nun kommen Sie daher und wollen mir einen Bankert unterjubeln. Gut, ich gebe zu, dass es mein Kind sein könnte. So verschossen, wie Sie in mich waren und so Wagner-begeistert, wie Sie sind, haben Sie wahrscheinlich Ihrer Namenspatronin nachgeeifert und sich für die reine, treue Jungfrau gehalten. Aber ich bin nicht Ihr Lohengrin. Ich bin nicht ausgesandt worden, um Sie zu retten. Ich habe Besseres zu tun. Deshalb erneuere ich mein Angebot: Reisen Sie für ein Jahr ins Ausland. Suchen Sie sich einen schönen Ort aus. Erledigen Sie die Angelegenheit dort. Und dann kehren Sie zurück und sind frei. Genauso wie ich.“

Seine Worte waren ein Schlag ins Gesicht gewesen. Sie brannte darauf, ihn anzuschreien, ihm mit ihren Fingernägeln die Augen auszukratzen. Und gleichzeitig erkannte sie, dass er ihr eine Möglichkeit zu einer viel befriedigenderen, kälteren und vor allem auch tiefgreifenderen Rache gegeben hatte.

Sie atmete tief durch und sagte: „Ich werde darüber nachdenken. Sie bekommen Nachricht von mir.“

Er neigte den Kopf und zog eine Augenbraue nach oben. „Es freut mich, dass Sie zur Vernunft zu kommen scheinen. Dann empfehle ich mich.“

Er nickte ihr zu und ging davon. Sie sah ihm nach, die Fäuste geballt, schwer atmend und doch lächelnd. Als er außer Sichtweite war, wandte sie sich zu dem immergrünen Busch um. Zwei Gestalten traten zwischen den Blättern hervor.

„Habt ihr alles gehört?“, fragte sie.

„Laut und deutlich“, sagte Isolde.

Und Johann von Linden ergänzte: „Das ist schändlich. Und es wird Konsequenzen für den Herrn Lieutenant haben, das verspreche ich Ihnen.“

KAPITEL 34

Dienstag, 7. April 1896

Isolde trat durch die Tür des Ateliers Elvira in den Empfangsraum. Wie gewohnt glitt ihr Blick zum Tresen, doch dahinter wartete keine Antonie auf Kundschaft. Antonie mit ihrem bösartigen Lächeln und ihren Intrigen würde dieses Haus nie mehr betreten.

Aus der geöffneten Tür des Studios kam ihr Sophia entgegen. Sie lächelte ihr zu. „Guten Morgen, Isolde", sagte sie. „Ich muss dich um Verzeihung bitten. Es tut mir leid, dass ich dich fälschlicherweise beschuldigt habe, das Geld gestohlen haben."

Sie reichte ihr die Hand und Isolde schlug ein.

„Danke", sagte sie. „Das ist schon in Ordnung. An Ihrer Stelle hätte ich mich auch verdächtigt. Die Beweislage schien eindeutig zu sein."

Sophia legte den Kopf schief. „Ich hätte mir mehr Zeit mit meiner Entscheidung lassen müssen. Und vielleicht hätte ich mir auch einmal die Frage stellen müssen, warum ausgerechnet du, die mich auf das Fehlen der Platten aufmerksam gemacht hat, in die Kasse gegriffen haben solltest. Wie auch immer, du hast die Wahrheit aufgedeckt und dafür bin ich dir sehr dankbar. Ich habe auch eine kleine Überraschung für dich vorbereitet."

Isolde sah sie mit großen Augen an. Eine Überraschung? Sophia führte sie in das Studio. Das Studio war gut gefüllt. Alle Angestellten waren versammelt. In der Mitte des Raumes war ein Tischchen aufgestellt worden, auf dem eine Torte stand. Daneben warteten Anita Augspurg und Emily.

„Wir haben beim Blick in deine Personalakte festgestellt, dass du heute Geburtstag hast", sagte Anita. „Und deshalb möchte ich dir meine und unsere herzlichen Glückwünsche aussprechen. Schön, dass du bei uns bist."

Die Anwesenden klatschten. Isolde hatte einen Kloß im Hals. Die Tränen standen ihr in den Augen. Sie ließ den Blick über die kleine Versammlung schweifen. Es schnürte ihr die Kehle zu. Nun erst wurde ihr bewusst, wie sehr sie das Atelier vermisst hatte und wie wohl sie sich hier fühlte. Anita trat auf sie zu und umarmte sie. Dann tat es ihr Sophia nach. Und schließlich war Emily an der Reihe.

„Herzlichen Glückwunsch zum Geburtstag", sagte sie leise und schloss Isolde in ihre Arme. Sie drückten sich fest aneinander und Isolde spürte den warmen Körper ihrer Freundin so eng an ihrem eigenen. Sie wünschte sich, dass dieser schöne Moment ewig verweilen würde.

„So, und jetzt schneiden wir die Torte an", sagte Sophia und zückte ein langes Messer.

Es war eine wunderbare kleine Feier. Sie lachten viel und der Kuchen – eine der neuartigen Prinzregententorten, die erst vor ein paar Jahren zu Ehren des Herrschers von einem Münchener Konditor kreiert worden war – schmeckte himmlisch.

Schließlich klatschte Sophia in die Hände und sagte:

„So, nun aber wieder an die Arbeit. Bald kommen die ersten Kunden. Isolde, du hilfst mir heute bitte im Studio.“

Isolde spürte, wie ihr das Herz aufging. Sie lächelte Emily zu.

„Ich bringe dich noch zur Tür“, sagte sie.

Als sie wieder im Empfangsraum waren, sah sie sich verstohlen um. Keine Menschenseele war in Sicht. Sie raffte all ihren Mut zusammen, trat zu Emily, nahm sie in die Arme und küsste sie auf den Mund. Ihre Freundin schien erst überrascht zu sein, doch dann erwiderte sie den Kuss. Ihre Lippen waren weich und warm und schmeckten nach Erdbeeren.

Plötzlich schellte die Klingel der Eingangstür. Die beiden Frauen fuhren auseinander, als ob ein Blitz neben ihnen eingeschlagen hätte. Ein Mann erschien im Türrahmen. Ob er gesehen hatte, was zwischen ihnen vorgefallen war? Zu ihrem Schrecken erkannte sie Johann von Linden. Er lächelte ihr zu und grüßte auch Emily ganz höflich.

„Guten Morgen, Fräulein Hartmann“, sagte er. „Ich habe gehört, dass Sie wieder im Atelier *Elvira* arbeiten, und ich wollte Ihnen gerne dazu gratulieren.“

„Dankeschön“, sagte Isolde. „Es ist aufmerksam von Ihnen, dass Sie extra deswegen vorbeikommen.“

Er schmunzelte. „Nun, ich bin nicht nur aus diesem Grund vorbeigekommen, wenn ich ehrlich sein soll.“

Isolde sah ihn fragend an.

„Ich gehe dann mal“, sagte Emily in einem schnippischen Ton, der ihr gar nicht gefiel. Sie spürte einen Stich im Herzen. Ohne sie noch einmal anzusehen, eilte ihre Freundin zur Tür. Isolde wäre ihr am liebsten nachgelaufen, aber zuerst musste sie sich mit Johann auseinandersetzen.

„Wie kann ich Ihnen helfen?", fragte sie.

Er atmete tief durch. „Ich werde im Mai zu einer Expedition nach China aufbrechen."

„Und Ihr Studium?"

Er winkte ab. „Das habe ich endgültig aufgegeben. Die größte Entdeckung der letzten hundert Jahre hat Schliemann in Troja gemacht und der hat nie eine Universität von innen gesehen. Ich habe mich entschieden, selbst eine Expedition auszurüsten, und habe bereits zwei erfahrene Grabungsspezialisten und einen Gelehrten gefunden, der das Mandarin beherrscht und chinesische Geschichte lehrt."

„Das ist großartig", sagt Isolde. „Es freut mich für Sie."

Ihre Worte waren nicht vollkommen wahrhaftig, denn sie spürte auch ein Gefühl, das ihr gar nicht gefiel. Es war Neid. Wie einfach es war, die Welt zu erkunden, wenn man dem richtigen Geschlecht angehörte und über die entsprechenden finanziellen Möglichkeiten verfügte!

„Danke", sagte er. „Ich bin schon voller Vorfreude."

„Das kann ich verstehen."

„Ich bin auch ein wenig aufgeregt, weil ich Ihnen eine Frage stellen möchte."

Isolde spürte, wie ihr Mund schlagartig austrocknete. Was sollte das hier werden? Er wollte ihr doch hoffentlich keinen Antrag machen!

„Ich habe Ihnen schon gesagt, dass ich Ihre Gefühle …" begann sie, doch er hob die Hand.

„Und das habe ich verstanden. Darum geht es auch gar nicht. Ich wollte Sie fragen, ob Sie die Expedition als Fotografin begleiten möchten. Ich werde natürlich dafür sorgen, dass Sie mit der modernsten Ausrüstung ausgestattet sind. Und Sie werden immer und überall Ihre Privatsphäre haben. Das verspreche ich Ihnen."

Sie sah ihn mit großen Augen an. „Warum?", war die einzige Antwort, die ihr über die Lippen kommen wollte.

Er lächelte. „Weil Sie neugierig sind, weil Sie danach dürsten, die Welt zu erkunden. Das sind die besten Voraussetzungen dafür, dass Ihre Fotografien der Welt begreiflich machen können, was wir entdecken werden. Und weil Ihre Gesellschaft eine große Bereicherung für unsere Expedition darstellt, ganz besonders für mich."

Isolde fuhr sich mit der Zunge über die Unterlippe. „Das ist ein großzügiges Angebot", sagte sie.

„Überlegen Sie es sich. Wir reisen am 18. April ab. Es reicht, wenn Sie mir eine Woche zuvor Bescheid geben." Er nickte ihr zu. „Dann lasse ich Sie mal wieder Ihre Arbeit tun. Wir haben heute Abend ja noch einen gemeinsamen Termin. Bis dann!"

***

Elsa war ganz still. Sie fühlte sich, als ob sie aus einem Marmorblock aus Carrara gefertigt wäre. Kalt und hart. Es war seltsam, sie konnte sich nicht erklären, wie diese ungewohnte Ruhe sich in ihr ausbreiten konnte. Ihr ganzes bisheriges Leben lang war sie von starken Emotionen beherrscht worden. Jede noch so kleine

Kränkung oder Ungerechtigkeit hatte ihr Tränen der Wut und der Verzweiflung in die Augen getrieben. Manches hatte sie so echauffiert, dass sie richtig krank geworden war. Einmal, nach einem Streit mit ihrem Vater über ein neues Sommerkleid, hatte sie Fieber bekommen und war drei Tage lang im Bett gelegen, bis Papa es ihr gekauft hatte. Danach war es mit ihrer Gesundheit rasch bergauf gegangen.

Doch all das wirkte weit weg, wie hinter einer Glasscheibe verschwunden, die jegliche Gefühlsregung von ihr fernhielt. Zunächst hatte dieser Zustand sie beunruhigt, aber inzwischen hatte sie gelernt, ihn zu genießen. Sie hatte das Gefühl, dass ihr diese innere Ruhe viel mehr Macht verlieh als all die Spielchen, die sie jahrelang mit ihrer Umgebung getrieben hatte. Die hatten oft auch zu dem Ergebnis geführt, das sie sich erhofft hatte, aber der Preis war hoch gewesen. Tränen, Schmerzen, Fieber. Nun hatte sie das großartige Gefühl, alles, was sie sich wünschte, ruhig und besonnen erreichen zu können.

„Verstehe ich Sie recht?" Die Stimme des alten Herrn von Lampeck riss sie aus ihren Gedanken. „Sie behaupten, ein Kind von meinem Sohn zu erwarten?"

An der Schläfe des kahlköpfigen Mannes pulsierte eine Ader und Elsa dachte völlig leidenschaftslos daran, dass sie so etwas Ähnliches bei ihrem Vater gesehen hatte, kurz bevor dieser gestorben war. Ob Eugens alten Herrn auch bald der Schlag oder ein Herzanfall dahinraffen würde?

„Ja, da verstehen Sie mich recht. Ihr Sohn hat mich unter Vorspieglung seiner tiefen Liebe und Zuneigung verführt."

Die Mutter des Lieutenants, eine hagere Frau mit einer hochtoupierten Frisur, die auf ihrem Kopf saß wie ein Krähennest, hielt sich eine Hand vor den Mund und ächzte leise.

„Haben Sie Beweise für diese Behauptung?", fragte der Alte von Lampeck.

„Nun, das Leben, das ich unter dem Herzen trage, sollte Beweis genug sein. Aber fragen Sie Ihren Sohn. Wenn er der Ehrenmann ist, der er zu sein behauptet, wird er zu seinem Kind stehen. Sollten Sie jedoch Zweifel an meinen Worten haben, können Sie auch die Herren von Waisen und zu Horn in dieser Sache anhören, die waren Eugens Komplizen. Zudem gibt es Zeugen, die gehört haben, wie Ihr Sohn seine Vaterschaft mir gegenüber zugegeben hat."

Sie deutete auf Johann von Linden, der neben ihr saß.

„Herr von Linden", sagte Eugens Vater. „Ich hoffe, Sie können Licht in diese düstere Angelegenheit bringen. Sie als Angehöriger des alten Adels werden sicher verstehen, wie heikel diese Angelegenheit für uns ist."

Johann nickte. „Das verstehe ich natürlich. Ich kann jedoch nicht anders, als die Anschuldigungen des Fräulein Hartmanns zu bestätigen. Ich wurde Zeuge eines Gesprächs zwischen ihr und Ihrem Sohn. Er hat dabei zugegeben, dass er mit ihr verkehrt hat und dass er es für wahrscheinlich hält, der Kindsvater zu sein."

Herr von Lampeck stieß einen Laut aus, der einem Grunzen glich, dann schrie er: „Eugen! Kommen Sie!"

Die Tür öffnete sich und der Lieutenant stolperte in das Zimmer, so als ob er gelauscht hatte und so rasch aufgestanden war, dass er nun mit dem Gleichgewicht kämpfen musste. Er salutierte vor seinem Vater.

„Dieses Fräulein behauptet, ein Kind von Ihnen zu erwarten. Und Herr von Linden tritt in dieser Sache als ihr Zeuge auf. Stimmt das?"

Die Worte des alten Lampeck waren langsam und leise ausgesprochen worden, doch Elsa entging der drohende Unterton nicht.

Sie sah Eugen an. Ihr kaltes Inneres registrierte seinen Zorn und seine Hilflosigkeit. Er saß in der Falle. Mochte er es auch leugnen, wenigstens einer seiner Freunde würde nicht für ihn lügen, vor allem wenn die Aussage des Patensohns seines Regimentskommandeurs gegen ihn stand.

„Ja, Vater", murmelte er.

Herr von Lampeck schloss kurz die Augen. Dann nickte er und wandte sich an Elsa: „Wären Sie bereit, das Kind im Ausland zur Welt –"

Elsa hob die Hand und Eugens Vater sah sie entgeistert an. So war offenbar noch niemand mit ihm umgegangen, schon gar keine Frau. „Das hat Ihr Sohn mir bereits angeboten und ich habe abgelehnt. Ich werde das Kind behalten und ich werde es hier in München zur Welt bringen."

Der Alte warf Eugen einen wütenden Blick zu. „Gut, dann werden wir dafür sorgen, dass es Ihnen und dem Kind an nichts mangelt. Sie müssen sich allerdings zur Verschwiegenheit verpflichten."

Elsa verschränkte die Arme über der Brust. „Sie wollen mit einer Geldsumme mein Schweigen kaufen, damit die Prinzessin von Schwarzenberg nichts von dem Kind ihres zukünftigen Ehemanns erfährt?"

„Eine jährliche Rente, ja", erwiderte er.

Sie schüttelte den Kopf.

Herrn von Lampecks linke Augenbraue wanderte nach oben. „Wie? Sie lehnen ab?"

„Natürlich lehne ich ab. Ihr Sohn hat mich entehrt. Es gibt nur einen Weg, wie er mir meine Ehre zurückgeben und seine behalten kann. Er muss mich heiraten."

Eugen erbleichte. Sein Vater dagegen wurde rot wie ein Rettich.

„Ausgeschlossen!", rief er. „Sie sind nicht von Stand. Das ist unmöglich."

„Das hat Ihren Sohn nicht daran gehindert, mich zu verführen. Es ist Ihre Entscheidung. Entweder Sie stimmen der Hochzeit zu. Oder ich mache den Skandal öffentlich. Freiherr Schacky von Schönfeld wird schockiert sein, wenn er hört, wie einer seiner glänzendsten jungen Offiziere sich verhalten hat, während er die Galauniform seines Regiments trug."

„Das ist Erpressung!", rief Eugen.

„Das ist Gerechtigkeit", gab Elsa scharf zurück. „Du hast die Wahl: Entweder du heiratest mich oder ich sorge dafür, dass du für alle Zeiten entehrt wirst."

KAPITEL 35

Freitag, 10. April 1896

Isoldes Blick wanderte von ihrem Onkel zu Elsa und wieder zurück. Die beiden saßen auf dem Sofa im Salon und sahen sie erwartungsvoll an. Sie holte tief Luft, dann sagte sie:

„Ich habe beschlossen, meine Ausbildung abzubrechen und Johann von Linden als Fotografin auf seiner China-Expedition zu begleiten."

Die Augenbrauen des Onkels schossen in die Höhe. Elsa hielt sich eine Hand vor den Mund.

„Das ... das kommt überraschend", sagte Anton Würth. Er zwirbelte sich die linke Schnurrbartspitze. Dann schüttelte er den Kopf. „Nein, so überraschend kommt es auch wieder nicht. Es ist das, was du dir immer gewünscht hast."

Isolde nickte. „Es ist eine einmalige Gelegenheit."

Der Onkel sog eine Unterlippe ein. „Ich weiß nicht, wie ich es ausdrücken soll", sagte er langsam. „Aber ist dieses Arrangement mit Herrn von Linden ein ... ein rein Geschäftliches?"

Isolde lachte. „Ja, das kann ich dir versichern. Herr von Linden hat mir zugesichert, sich jeglicher romantischer Avancen zu enthalten. Ich werde ein Mitglied seiner Expedition sein, nicht mehr, aber auch nicht weniger."

Elsa hatte inzwischen ihre Hand wieder sinken lassen. Ihr Mund stand weit offen. „Du … du lässt mich allein?", stieß sie hervor.

Isolde schloss für einen Moment die Augen. Genau diese Reaktion hatte sie befürchtet. „Du bist nicht allein", sagte sie. „Du wirst heiraten."

„Aber du wirst nicht dabei sein." Elsa schluchzte.

„Ja, und das tut mir leid. Ich wäre gerne bei diesen wichtigen Ereignissen dabei gewesen. Aber dass ich nicht körperlich anwesend bin, heißt nicht, dass ich in Gedanken jeden Augenblick bei dir sein werde."

Elsa brach in Tränen aus. Isolde ging zu ihr und nahm sie in die Arme. Ihre Schwester legte den Kopf an ihre Schulter und Isolde spürte, wie sich der Stoff ihres Kleides vollsog. Das Herz wurde ihr schwer.

„Es war keine einfache Entscheidung", sagte sie leise. „So vieles in München hat sich für mich zum Schönen und Guten entwickelt. Die Lehrstelle im Atelier *Elvira*, deine anstehende Verlobung mit Eugen von Lampeck."

Sie hielt inne. Dass Elsa ein Kind erwartete, wollte sie dem Onkel noch nicht offenbaren, ehe die Ehe in trockenen Tüchern wäre. Und die andere positive Entwicklung in ihrem Leben, die Freundschaft zu Emily, behielt sie auch lieber für sich.

„Eben", sagte Elsa und zog die Nase hoch. „Warum willst du dann nach China? Da ist es gefährlich, die Leute sprechen eine Sprache, die keiner versteht, und das Essen ist ungenießbar."

„Genau deswegen zieht es mich dorthin", sagte Isolde und streichelte ihrer Schwester über das Haar. „Ich will nicht mehr nur darüber lesen. Ich will sehen, hören, riechen, schmecken, spüren und begreifen, was China bedeutet."

„Kannst du nicht erst aufbrechen, wenn ich verheiratet bin und ...“

Isolde legte einen Finger auf die Lippen und Elsa hielt abrupt inne. Beinahe hätte sie sich verplappert. Ein rascher Seitenblick zum Onkel verriet Isolde jedoch, dass dieser nichts bemerkt hatte.

„Nein, leider nicht. Die Expedition bricht am 18. April auf. So überstürzt willst du doch nicht heiraten, nehme ich an.“

Elsa schüttelte den Kopf. „Nein, natürlich nicht. Ich heirate schließlich nur einmal im Leben, dann soll es auch schön werden.“

„Es wird ruhiger werden im Haus. Aber auch einsamer“, sagte der Onkel. Seine Augen glänzten.

Isolde suchte seine Hand und drückte sie. „Dass deine Vormundschaft so rasch endet, hättest du dir wohl auch nicht träumen lassen.“

Er schüttelte den Kopf, zog ein Taschentuch hervor und schnäuzte sich ausgiebig. „Ich hatte gerade begonnen, mich damit wohlzufühlen.“

„Ich werde dich und Zenzi besuchen, so oft ich kann“, sagte Elsa.

„Und ich werde alle Kühe in China fotografieren, die mir vor die Linse laufen.“

Die drei brachen in ein heiteres Lachen aus. Und Isolde wurde mit einem Mal ganz leicht ums Herz.

„Oh, ich muss mich umziehen“, rief Elsa und löste sich aus der Umarmung. „Eugen kommt bald.“

***

Elsa stand am Fenster des Salons und blickte hinaus auf die mit Löwenzahnblüten übersäte Wiese im Vorgarten. Die Sonne strahlte von einem wolkenlos blauen Himmel herab. Das Wetter hätte prächtiger kaum sein können und genau so fühlte sie sich auch.

Sie hörte, wie sich die Tür hinter ihr öffnete und drehte sich um. Es war Isolde.

„Gleich kommt er", sagte Elsa und klatschte in die Hände. Ihre Schwester sah sie finster an.

„Ich kann immer noch nicht verstehen, warum du dich in dein Unglück stürzt", sagte sie.

Das Lächeln verschwand von Elsas Gesicht. „Ich habe es dir doch schon hundertmal erklärt. Eine Heirat mit Eugen ist kein Unglück. Es ist alles, was ich mir jemals erträumt habe."

„Du hast dir erträumt, einen Mann, der dich nicht liebt, in die Ehe zu zwingen?"

Elsa zuckte mit den Achseln. „Das mit der Liebe wird schon noch kommen. Wenn wir erst einmal verheiratet sind, wird ihm gar nichts anderes übrig bleiben, als mir seine Aufmerksamkeit zu widmen. Und wenn er erkannt hat, welche Perle er da so unerwartet gefischt hat, wird er schon noch zur Vernunft gelangen."

„Und wenn nicht?"

„Nun, dann habe ich mehr Zeit, mich meinen gesellschaftlichen Verpflichtungen zu widmen. Ich gewinne in jedem Fall. Und das macht mich unbeschreiblich glücklich."

Isolde sah so aus, als ob sie etwas Kritisches erwidern wollte, doch dann schien sie es sich anders überlegt zu haben, denn sie sagte nur: „Ich wünsche nichts mehr auf dieser Welt, als dass du glücklich wirst, Elsa."

Elsa spürte, wie ihr die Tränen in die Augen traten. „München wird so anders sein ohne dich."

Isolde breitete ihre Arme aus und Elsa warf sich hinein. Schluchzend lehnte sie sich an die Schulter ihrer Schwester. Da klopfte es an der Tür. Elsa wandte den Kopf. Es war der Onkel. Er war feierlich gekleidet, trug seinen besten Frack.

Er nickte ihr zu und sie erwiderte seinen Gruß, nachdem sie sich die Tränen aus den Augen gewischt hatte.

„Ein bewegender Tag", sagte er.

Elsa trat auf ihn zu und nahm seine Hände in die ihren.

„Es sind Freudentränen", sagte sie.

Er sah sie lange an. Dann sagte er: „Und du bist dir sicher, dass du den Antrag des Herrn Lieutenants annehmen willst?"

„Du hast ihn doch selbst kennengelernt", erwiderte sie und hielt seinem skeptischen Blick stand. „Er ist ein ganz anderer Mensch als Lieutenant Müller. Ein Mann von Welt, ein Mann von Adel. Ein Mann, der mir verschaffen kann, was mir zusteht."

Der Onkel legte seine Stirn in Falten. „Nun, ich weiß ja nicht genau, was dir zustehen soll und aus welchem Grund. Aber du weißt auch, dass ich deinem Glück nicht im Wege stehen will. Natürlich ist der Herr Lieutenant eine respektable Partie. Dass ein Mann von Adel eine Bürgerliche heiratet, ist nach wie vor eine Seltenheit. Ich hoffe, der Grund dafür ist nicht allein deine reichhaltige Mitgift."

Elsa lachte ein glockenhelles Lachen. „Eugen wird aus dem Militärdienst ausscheiden und in die Bank seines Vaters eintreten. Ich denke nicht, dass die zehntausend Mark für ihn mehr als ein Taschengeld sind. Nein, die Mitgift ist ganz sicher nicht der Grund dafür, dass er mich heiraten wird."

Sie wandte sich wieder dem Fenster zu, um das selbstgefällige Lächeln zu verbergen, das sich bei dem Gedanken an das Gespräch mit Eugens Eltern auf ihr Gesicht geschlichen hatte.

Von der Straße her erklang das Rattern von Rädern.

„Das muss er sein!", rief sie und klatschte in die Hände.

Tatsächlich hielt eine von zwei stattlichen Pferden gezogene Kutsche vor dem Haus. Es war keine Mietdroschke, der Zweispänner trug das Wappen derer von Lampeck und ein livrierter Diener sprang vom hinteren Teil des Wagens, um dem Insassen die Tür zu öffnen. Der Lieutenant war in Zivil gekommen, was Elsa ein wenig wurmte. Sie hatte gehofft, dass er in glänzender Uniform um ihre Hand anhalten würde.

Er trug einen Mantel und einen hohen Zylinder. Beim Aussteigen sagte er etwas zu dem Diener, dann ging er mit raschen Schritten auf das Haus zu. Gleich darauf klopfte es. Am liebsten hätte sie ihm selbst die Tür geöffnet, doch es war wichtig, die Form zu wahren. Deshalb war es auch Zenzi, die wenige Augenblicke später den Besucher meldete. Der Onkel bat sie, ihn hereinzuführen, und stellte sich neben den Kamin. Die Haushälterin tauschte einen Blick mit Elsa und diese nickte ihr lächelnd zu.

Gleich darauf führte Zenzi den Herrn Lieutenant von Lampeck in den Salon. Er stand da und starrte zunächst Elsa, dann ihren Onkel mir regloser Miene an. In dieser stocksteifen Haltung erinnerte er sie ein wenig an Müller, doch sie schob das Bild rasch beiseite. Das hier war ein ganz anderes Kaliber von Mann.

Er nahm seinen Zylinder ab und reichte ihn mitsamt seinen Handschuhen der Haushälterin, die sie hinausbrachte, um sich gleich darauf noch einmal um seinen Mantel zu kümmern.

„Ich grüße Sie, Herr Lieutenant", sagte der Onkel. „Und es freut mich, dass Sie aus einem so schönen Grund zu uns gefunden haben."

Elsa hatte gehofft, dass er wenigstens mitspielen und ein höfliches Lächeln zeigen würde, aber seine Mundwinkel zuckten nicht einmal.

„Es ist mir eine Ehre und eine Freude, bei Ihnen vorzusprechen", sagte er mit tonloser Stimme. Die Stirn des Onkels legte sich wieder in Falten. Elsas Herzschlag legte ein klein wenig zu. Hoffentlich vermasselt er es jetzt nicht und hoffentlich bemerkte der Onkel nicht, dass das Motiv zwar nicht unbedingt ihre Mitgift, aber eben auch nicht gegenseitige Zuneigung war. Doch der Lieutenant fuhr fort: „Ich möchte Sie um die Hand Ihrer Nichte Elsa bitten. Ich verspreche Ihnen, ihr ein guter, fürsorgender und gerechter Ehemann zu sein."

Elsa atmete tief durch. Nun gut, sie hätte sich schon gewünscht, dass bei all diesen Adjektiven, die er aufgezählt hatte, auch das Wort ‚liebender' vorgekommen wäre. Auf dem Gesicht des Onkels erschien ein Lächeln, das ein wenig irritiert wirkte.

Offenbar hatte er auf dasselbe Wort gewartet wie sie. Er wandte sich an Elsa.

„Ich bin zwar dein Vormund, nichtsdestotrotz ist es deine freie Wahl, mit wem du den Rest deines Lebens verbunden sein willst. Deshalb sollst auch du über die Bitte des Herrn Lieutenants entscheiden."

Eine Woge der Erleichterung wusch durch ihren Körper. Sie hatte es geschafft. Sie hatte die Rolle des gedemütigten, betrogenen kleinen Mädchens hinter sich gelassen und gegen die der starken Frau getauscht, in deren Hand nun das Schicksal des Mannes lag, der beinahe ihren Untergang herbeigeführt hätte. Sie ließ sich Zeit und sah dem Lieutenant in die Augen. Ein Muskel an seiner Wange zuckte ein wenig. Sie bemerkte, dass er die Zähne aufeinanderbiss. Nun, er würde schon noch sehen, dass eine Ehe mit Elsa nicht so schrecklich war, wie er sie sich vielleicht jetzt in diesem Zustand der Demütigung ausmalen würde.

„Lieber Herr Lieutenant von Lampeck. Ich fühle mich zutiefst geehrt von Ihrem wunderbaren Antrag. Er berührt mein Herz. In mir tanzt alles vor Freude. Natürlich nehme ich ihn an. Natürlich will ich Ihre Frau werden!"

Sie trat auf ihn zu und streckte ihre Hände aus. Er zögerte einen Moment, dann ergriff er ihre Fingerspitzen, zog ihre rechte Hand an seinen Mund und hauchte einen Kuss darauf.

„Ja wunderbar!", rief der Onkel. „Wenn das einmal kein Grund zum Feiern ist. Zenzi!"

Die Haushälterin betrat so schnell den Raum, dass Elsa sofort klar war, dass sie an der Tür gelauscht haben musste.

„Meine Nichte und der Herr Lieutenant haben sich eben verlobt. Bringen Sie bitte eine Flasche Champagner aus dem Keller. Darauf sollten wir anstoßen.“

***

Isolde hatte Kopfschmerzen. Der Champagner war ihr nicht bekommen. Sie rieb sich die Schläfen und lehnte sich an den kühlen Baumstamm. Ihr graute vor dem Gespräch, das nun noch anstand. Und doch, es musste sein. Sie konnte sich nicht einfach davonstehlen.

Emily Winter hatte ihren Schirm dieses Mal an ihren Unterarm gehängt, wo er fröhlich hin und her baumelte. Sie winkte Isolde schon von Weitem zu.

„Was für ein herrliches Wetter heute“, sagt sie. „Aber warum siehst du aus wie eine Gewitterfront? Ist etwas im Atelier geschehen?“

Isolde kniff die Lippen zusammen und schüttelte den Kopf. „Ich … ich wollte mich von dir verabschieden.“

Emilys Augen weiteten sich. „Verabschieden?“

„Ich werde Johann von Lindens China-Expedition als Fotografin begleiten.“

Emilys Schultern sanken nach unten. Sie sog ihre kleine Unterlippe ein. „Ich verstehe“, sagte sie leise.

„Es ist nicht so, wie du denkst“, sagte Isolde rasch. „Zwischen Johann und mir ist nichts, was über eine Freundschaft hinausgehen würde. Und es wird auch nie etwas da sein.“

„Das weiß ich“, sagte Emily. „Und das meinte ich auch nicht.“

Isolde sah sie irritiert an. „Was meintest du dann?“

347

„Für dich erfüllt sich ein lang gehegter Traum. Etwas, was du dir sehnlichst wünscht, seitdem du deinen ersten Reisebericht gelesen hast. Du tust nun, was ich auch getan habe, indem ich meinem Elternhaus den Rücken gekehrt habe. Es ist deine Berufung, der Weg, den dein Herz dir weist. Du musst ihm folgen oder du wirst unglücklich.“

„Warum bin ich dann nicht glücklich?“, stieß Isolde hervor. „Warum kann ich mich nicht frohen Herzens in Reisevorbereitungen stürzen?“

Auf Emilys Gesicht erschien ein trauriges Lächeln. „Weil dein Herz auch an anderen Dingen hängt. Aber nicht so stark wie an den Reiseträumen. Lass los, Isolde. Brich auf.“

Sie trat auf sie zu und umarmte sie. Dann löste sie sich von ihr, wandte sich um und ging fort.

KAPITEL 36

Dienstag, 28. April 1896

Die Lokomotive stieß einen schrillen Pfiff aus. Eine Dampfwolke zischte aus der Öffnung des Ablassventils. Isolde trat auf den Bahnsteig. Sie sah Johann sofort. Er stand inmitten eines Haufens von Taschen und Koffern und dirigierte ein halbes Dutzend Arbeiter, die die Gepäckstücke einluden. Seine Wangen waren gerötet und sein Schnurrbart hüpfte aufgeregt auf und ab.

Sie ging auf ihn zu. Als er sie sah, breitete sich ein strahlendes Lächeln auf seinem Gesicht aus. „Herzlich willkommen!", rief er. „Nun kann es endlich losgehen."

Sie erwiderte sein Lächeln. Er deutete auf eine Kiste.

„Darin befindet sich die Balgenkamera für die Dokumentation der Ausgrabungen. Für die Reise werden Sie wohl Ihre kleine Kamera verwenden wollen. Das ist –" Er hielt inne und sah sie irritiert an. „Aber wo haben Sie denn Ihr Gepäck gelassen?"

Isolde räusperte sich. „Ich werde nicht mitkommen."

Er riss die Augen auf. „Was ... ich verstehe nicht ..."

„Ich kann nicht weg aus München. Es gibt zu viel, was mich noch hier hält. Meine Schwester erwartet ein Kind, mein Onkel wird immer gebrechlicher. Und meine Lehrstelle ... ich habe noch viel zu lernen."

Johann sah zu Boden. „Das ist eine große Enttäuschung“, murmelte er.

„Es tut mir leid, dass ich so wankelmütig bin. Das Angebot war verlockend! Jahrelang habe ich davon geträumt, mein Glück in der Ferne zu suchen, und nun habe ich es in München gefunden.“

Er nickte. „So schwer es mir fällt, kann ich es doch nachfühlen.“ Er reichte ihr die Hand. „Ich wünsche Ihnen alles Glück dieser Welt.“

Sie schlug ein. „Und ich wünsche Ihnen eine gute Reise und spannende Entdeckungen. Bleiben Sie gesund! Und wenn Sie mir ab und zu schreiben würden, wäre ich sehr glücklich.“

Er lächelte. „Das werde ich tun. Versprochen.“

Isolde nickte ihm zu und verließ den Bahnhof. Sie rief eine Droschke und gab dem Kutscher die Adresse an, zu der er sie fahren sollte. Sie atmete tief durch. Dieser Teil ihres Vorhabens war reibungslos vonstattengegangen. Johann hatte so reagiert, wie sie es erwartet und erhofft hatte. Es schmerzte sie, dass sie ihn hatte enttäuschen müssen. Aber es gab keinen anderen Weg.

Als der Kutscher anhielt, sah Isolde noch einmal auf den Zettel. Die Adresse stimmte. Das Gebäude hatte seine besten Zeiten eindeutig bereits hinter sich. Es war ein großes Haus, das man mit ein wenig Wohlwollen auch als Villa hätte bezeichnen können. Aber an vielen Stellen blätterte der Putz ab. Und das Glas der meisten Fenster war blind.

Sie trat durch einen ungepflegten Vorgarten. Zwischen verdorrten Pflanzen konnte sie die trübe Wasseroberfläche eines Teichs erkennen. War es möglich, dass jemand wie Emily, die vor Lebendigkeit sprühte, an diesem tristen Ort lebte?

Sie ging zur Haustür. Das Holz war grün lackiert. Die Farbe war so grob aufgetragen worden, dass man die Striche des Pinsels nachvollziehen konnte. Sie klopfte. Im Haus ertönte ein Rumpeln und kurz darauf öffnete ein beleibter Mann, der in etwas gekleidet war, das verblüffend der Uniform eines Zirkusdirektors glich.

„Oh, ein junges Fräulein“, sagte er und zwinkerte ihr vergnügt zu. „Was für eine Weide meiner müden alten Augen.“

Er musste erkannt haben, dass Isolde bei seinem Anblick einigermaßen schockiert war, denn er fuhr in sachlicherem Ton fort: „Wie kann ich Ihnen weiterhelfen?“

„Ich möchte zu Emily“, sagte sie.

Auf den Lippen des Mannes erschien ein kleines Lächeln.

„Nun, das kann ich mir vorstellen, dass Sie zu Emily wollen. Die empfängt Sie sicher gerne. Sie sind genau ihr Typ.“

Isolde spürte, wie eine heiße Röte in ihr Gesicht schoss.

„Na, werden Sie mal nicht rot, es ist doch nichts Schlimmes dabei, wenn zwei Frauen sich lieben.“

Er drehte sich um und rief. „Emily, Besuch für dich.“ Dann wandte er sich wieder Isolde zu. „Kommen Sie rein in die gute Stube.“

Der so bezeichnete Raum erwies sich tatsächlich als eine gute und vor allem warme Stube. Er war einfach, aber gemütlich eingerichtet mit einem Diwan, einem Sofa und ganz vielen Kissen, die in einem großen Berg auf dem Boden aufgetürmt waren. In einem Stuhl in der Ecke saß ein Mann in einem Bademantel. Isolde musste zweimal hinsehen, bis sie erkannte, dass tatsächlich ein paar nackte, haarige Waden darunter hervorschaute. Er rauchte eine Meerschaumpfeife und las in einer Zeitung. Kaum hatte er ihr zugenickt, als sein Gesicht auch schon wieder hinter einer Tabakwolke verschwand.

Durch die Tür am gegenüberliegenden Ende des Raumes trat Emily. Sie trug ein gelbes Kleid. Ihre Arme steckten in langen, schwarzen Handschuhen.

„Ah, Fräulein Hartmann", sagte sie zur Begrüßung. Sie wirkte kühl, kam aber auf Isolde zu, umarmte sie und küsste sie rechts und links auf die Wange. Isolde glaubte, dass ihr das Herz stehen bleiben würde.

Emily zog Isolde mit sich durch die Tür in ein kleines, aber gemütlich eingerichtetes Zimmer. In der Ecke stand ein ungemachtes Bett, daneben ein Schrank und daneben ein Bücherregal. Emily bot Isolde einen Platz auf dem einzigen Stuhl an.

„Ich dachte, du würdest heute nach China abreisen", sagte sie.

Sie lehnte sich an den Schrank und sah Isolde forschend an.

„Von Linden ist ohne mich abgereist."

„Warum? War es nicht immer dein Traum, in die Ferne zu reisen?"

Isolde schloss die Augen und atmete tief ein und aus. „Mein Traum war es, mich wohlzufühlen. Glücklich zu sein. Du hast mir gesagt, dass ich meinem Herzen folgen soll. In den letzten Tagen habe ich erkannt, dass ich dafür nicht nach China reisen muss. Das Glück wartet auch vor der Haustür. Mein Herz hat mich heute hierhergeführt.“

Emily legte den Kopf schief. Auf ihren kleinen Lippen erschien ein zaghaftes Lächeln. „Es ist schon ein seltsames Ding, dieses Herz“, sagte sie und kam näher.

Isolde beugte sich zu Emily und küsste sie auf die Lippen, nicht kurz, nicht freundschaftlich, sondern voller Leidenschaft. Und zum ersten Mal in ihrem Leben hatte sie das Gefühl, angekommen zu sein.

KAPITEL 37

Samstag, 16. Mai 1896

„Schön stillhalten", sagte Zenzi und zog mit einer flüssigen Bewegung das Band durch Elsas Haar.

„Aua!", rief sie. „Du sollst meine Frisur verschönern, anstatt mir Strähnen auszureißen."

„Deine Frisur wird schön", sagte Isolde.

Zenzi trat zurück und besah sich ihr Werk. Sie nickte zufrieden.

„So lasse ich das Fräulein vor den Altar treten."

Elsa erhob sich und eilte vor den Spiegel. Sie sah atemberaubend aus! Eine blühende Braut. Nun hatte sie erreicht, was sie sich immer gewünscht hatte. Eine große Hochzeit mit einem adligen Offizier, der Zugang zu den besten Kreisen Münchens, Bälle, Empfänge und schöne Kleider bis an ihr Lebensende.

„Und wer von euch beiden fängt meinen Brautstrauß?", fragte Elsa.

Isoldes Wangen röteten sich. „Ich sicher nicht. Ich habe nicht vor, jemals zu heiraten."

Elsa verzog das Gesicht. „Du weißt nicht, was dir entgeht."

„Du auch nicht."

Zenzi erhob beide Hände. „Jetzt streitet euch doch nicht."

„Ich glaube, ich werde einfach dir meinen Brautstrauß in die Hände drücken, Zenzi", sagte Elsa.

Die Haushälterin lachte. „Das Heiraten ist das letzte, woran ich denke. Ich bin zu alt und runzelig dafür."

Es klopft an der Tür. Der Onkel steckte seinen Kopf herein und sagte: „Die Kutsche ist da."

***

Isolde stieg aus dem Fiaker, der sie hinter der prächtig geschmückten Brautkutsche zur Kirche gebracht hatte. Sie freute sich für Elsa. Doch gleichzeitig war da auch noch ein anderes Gefühl. Sie konnte es sich zwar nur schwer eingestehen, aber in den letzten Tagen und Wochen war sie auch ein wenig neidisch auf ihre Schwester gewesen. In gleichem Maße, wie ihr persönliches Glück sich Tag für Tag vermehrt hatte, wenn sie Zeiten mit Emily verbracht und ihr nahe gewesen war, hatte sie doch erkannt, dass sie nie das mit ihrer Freundin teilen würde, was Elsa und der Lieutenant ab dem heutigen Tag miteinander verband. Die Ehe war nicht für Menschen wie sie geschaffen. Und das stimmte sie traurig.

Sie ließ den Blick über die Menge schweifen, die sich vor der Kirche versammelt hatte, um die Ankunft der Braut zu beobachten. Emilys Lockenpracht stach ihr sofort ins Auge. Sie hatte Elsa nur kurz gemustert und ihren Blick dann mit dem von Isolde verschränkt. Isolde freute sich für ihre Schwester, aber das Schönste an diesem Tag würde die Tatsache sein, dass sie ihn zusammen mit Emily feiern konnte, ohne, dass irgendjemand auf die Idee kam, dass sie mehr mit ihr verband als nur fröhliche Gespräche. Vielleicht würde es auch noch verstohlene Berührungen geben. Und mit ganz viel Glück würde sie den einen oder anderen Kuss erhaschen können. Doch immer würde das Damoklesschwert des Entdecktwerdens über ihnen hängen. Immerhin konnten sie von Glück sagen, dass ihnen keine Gefängnisstrafe drohte, wie den Männern, die miteinander erwischt wurden. Beziehungen zwischen Frauen galten zwar ebenfalls als abartig, wurden jedoch nie geahndet. Und wie das Beispiel von Anita und Sophia zeigte, konnten auch zwei Frauen, die sich liebten, glücklich zusammenleben. Die Aussicht, diese Erfahrung vielleicht einmal mit Emily zu teilen, ließ ihr Herz schneller schlagen.

Die Kirchenglocken begannen zu läuten. Isolde schickte sich an, vor dem Brautzug in die Kirche zu kommen. Sie sah Elsas schlanke Gestalt die Treppe hinter sich hochgehen und sie wünschte sich so sehr, dass ihr Vater diesen Moment hätte miterleben dürfen. Sie spürte noch einmal, wie das alte Gefühl der Schuld anklopfen wollte. Doch es hatte seinen Stachel verloren.

***

Elsa betrat die Kirche am Arm ihres Onkels. Sie trug ein mit Spitzen und delikaten Klöppelarbeiten verziertes Kleid, dessen Seidenstoff im Licht der schräg durch die Kirchenfenster einfallenden Frühlingssonne funkelte und glänzte. Dieses Funkeln und Glänzen entsprach auch dem Gefühl in ihrem Innern. Triumph erfüllte sie, als der Organist die ersten Takte des

Hochzeitsmarsches aus dem ‚Lohengrin' spielte. Ihr Herz klopfte stark und fest in ihrer Brust. Stolz schritt sie voran, während ihre Lippen den Text mitsprachen: *„Siegreicher Mut, Minnegewinn, eint euch in Treue zum seligsten Paar."*

Der Onkel musste einige Mühe aufwenden, um Schritt halten zu können. Vor dem Altar stand Eugen. Er trug seine Galauniform. Sein Schnurrbart war ordentlich gewichst. Er sah tadellos aus. Nur das kleine Zittern der Spitzen verriet, dass er vor Zorn bebte. Das hatte er sich selbst eingebrockt. Aber es würde sich legen, wenn er erst einmal erkannt hatte, welchen Diamanten er sich da zur Ehefrau erkoren hatte.

Elsa ließ ihren Blick über die anwesenden Gäste schweifen. Auf der Seite des Bräutigams saßen seine Angehörigen. Eugens Eltern und seine beiden jüngeren Brüder nahmen die erste Reihe ein. Kein einziger ihrer Köpfe drehte sich nach ihr um. Das war ihr herzlich gleichgültig. Sie war nun bald eine von ihnen, ob es ihnen nun passte oder nicht. Hartmut von Waisen und Woldemar von und zu Horn standen neben Eugen. Von Waisen sah ernst drein, aber auf Woldemars Lippen sah sie die Andeutung eines Schmunzelns. Ja, sie konnte sich vorstellen, dass ihm das hier gefiel. Zu ihrer Linken hatten sich ihre Gäste versammelt. Isolde stand in der ersten Reihe. Ihre ältere Schwester lächelte ihr zu und sie erwiderte das Lächeln. Seit ein paar Tagen war Isolde wie befreit gewesen. In ihren Augen lag dieser eigentümliche Glanz, den nur Verliebte ausstrahlten. Inzwischen war Elsa sich sicher, dass es Emily war, auf die sich die Gefühle ihrer Schwester richteten. Die Liebe ging manchmal seltsame Wege.

Sie hatten nun Eugen und seine beiden Freunde erreicht. Der Onkel nahm Elsas behandschuhte Rechte und hob sie an, sodass er sie ihrem Bräutigam entgegenstreckte. Der machte jedoch keine Anstalten, sie zu ergreifen. Erst als Woldemar sich räusperte, zuckte er zusammen und packte Elsas Hand, ohne sie anzusehen. Das Paar wandte sich dem Altar zu. Ein Klingeln ertönte, die Orgel spielte einen Choral und die Menge begann zu singen. Elsa genoss jeden Augenblick. Es war ihr Moment, nun erfüllte sich alles, wofür sie gekämpft und gelitten hatte. Sie heiratete in den Adel ein, sie würde Eugen einen Erben gebären und auch wenn er jetzt noch kühl zu ihr war – er würde lernen, sie zu lieben.

„Willst du diese Frau zu deinem rechtmäßig angetrauten Eheweib nehmen", fragte der Priester.

„Ja, ich will", sagte Eugen so leise, dass Elsa es kaum hörte. Doch es war ihr gleichgültig. In ihr jubilierte alles. Und als der Priester ihr die Frage stellte, rief sie laut und deutlich: „Ja, ich will!"

– ENDE DES 1. BANDES –

DANKSAGUNG

Als ich im Januar 2020 die ersten Ideen zu diesem Roman gesammelt habe, konnte ich nicht ahnen, dass ich bald sehr viel Zeit für die notwendige Recherche haben würde. Das erste Corona-Jahr habe ich damit verbracht, mich in die spannende Wende vom 19. zum 20. Jahrhundert einzulesen. In den beiden Jahren darauf habe ich die ersten drei Bände meiner München-Saga geschrieben.

Wie stets wäre dieses Projekt nicht möglich gewesen ohne die tatkräftige Unterstützung einer Reihe toller Menschen, denen mein Dank an dieser Stelle gilt.

Ganz besonders möchte ich meinen Testleserinnen Julia Hartmann, Christine Mayer und Cordula Häberle danken, die mir wichtige Rückmeldungen gegeben haben. Mit Simon Kalus konnte ich sehr detailliert an Teilen des Textes arbeiten, wodurch ich Vieles über das Schreiben gelernt habe.

Monia Pscherer danke ich für das detailreiche Lektorat, das das Manuskript an den richtigen Punkten verbessert hat.

Ich freue mich sehr darüber, dass das wunderbare Team des dp Verlages an Elsa und Isolde geglaubt und mir angeboten hat, diese Geschichte, in die sehr viel Herzblut geflossen ist, zu veröffentlichen.

Und natürlich möchte ich meiner Familie danken, die mir wieder einmal mit viel Geduld und Verständnis nachgesehen hat, dass ich wochen- und monatelang in meinem Arbeitszimmer verschwunden.